教育部人文社会科学研究青年项目资助最终成果

项目名称："后经典叙事学视野中的时间与空间问题研究——时空体叙事学概论"

批准号：12YJCZH176

项目后期研究及出版还得到了国家社科基金重大项目"19世纪西方文学思潮研究"（项目编号:15ZDB086）和温州大学学科提升计划"中国语言文学"的支持，特致谢意！

时空体
叙事学概论

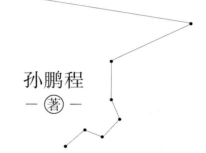

孙鹏程

—— 著 ——

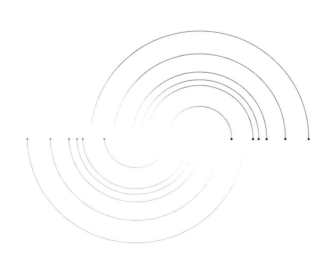

中国社会科学出版社

图书在版编目（CIP）数据

时空体叙事学概论/孙鹏程著. —北京：中国社会科学
出版社，2017.5

ISBN 978 - 7 - 5203 - 1030 - 7

Ⅰ.①时…　Ⅱ.①孙…　Ⅲ.①叙述学　Ⅳ.①I045

中国版本图书馆 CIP 数据核字（2017）第 231881 号

出 版 人	赵剑英	
责任编辑	张　林	
特约编辑	郑成花	
责任校对	韩海超	
责任印制	戴　宽	

出　　版	中国社会科学出版社	
社　　址	北京鼓楼西大街甲 158 号	
邮　　编	100720	
网　　址	http://www.csspw.cn	
发 行 部	010 - 84083685	
门 市 部	010 - 84029450	
经　　销	新华书店及其他书店	

印　　刷	北京明恒达印务有限公司	
装　　订	廊坊市广阳区广增装订厂	
版　　次	2017 年 5 月第 1 版	
印　　次	2017 年 5 月第 1 次印刷	

开　　本	710×1000		1/16
印　　张	14.5		
插　　页	2		
字　　数	219 千字		
定　　价	69.00 元		

序

　　鹏程是有学术抱负的。他这部著作《时空体叙事学概论》的学术目标是在结构主义叙事学之外建立一门历史认知叙事学。这是一个极具难度而备受冷落的学术领地，非得有足够大的勇气才敢于踏进。理论研究常常不得不尽量悬置不确定因素。不确定因素越多，研究难度就越大。索绪尔因此明智地抛开"言语"转而研究"语言"，从语言的历时性研究转向共时性研究，去寻找最具普遍性、也最简明的语言规律。结构主义叙事学就仿效了索绪尔的思路和方法。尽管结构主义叙事学取得了重大研究成果，但是无可挽回地流失了理论阐释力，它无法持存文学的丰富性，在它的理论视野中，文学往往成为脱离语境的被风干的干瘪僵尸。这就注定了结构主义叙事学难以真正深入文学生产的内在肌理，揭示深蕴的奥秘。叙事学要突破自身的困境，就必须另谋出路，注重语境的新叙事学则是走出这一困境的重要途径，因此，鹏程所做出的理论选择正顺应了学术发展的需要。

　　鹏程是以巴赫金时空体理论作为阐释对象来展开自己的探索的。巴赫金是 20 世纪学术巨擘，其学术思想蕴含了极其丰富的宝藏。10 年前，还在就读硕士学位时，鹏程的学位论文就是《巴赫金时空体理论研究》。记得这是一篇出色的学位论文，我虽与蒋承勇先生同为导师，实际上，我却并没有怎么费心。一位刚刚踏上学术道路的青年学子，面对相当难的研究领域，能够独立做出这样的成绩，实属不易。此后，鹏程一如既往地迷恋巴赫金。2012 年，他出版了《形式与历史视野中的诗学方案——比较视阈下的时空体理论研究》。这次的"历史认知叙事学"就是在重新阐释时空体理论的基础上提出的。正是深厚的学术积累，使得鹏程有勇气涉足新领域，去挑战学术难题。

为了深入揭示巴赫金时空体理论内在的逻辑线索，鹏程一改传统的研究路径，令人意外地从历史语言学角度开始他的思考，从而真正把握到巴赫金思想的逻辑起点、思维理路和思想渊源。当然，这种意外实则必然。语言建立了人与世界的所有关系，决定着人的所有思维方式，因而也就为理论预先设定了种种范型。一旦寻绎出某种理论所采取的语言学范型，往往也就领会了作者的思想实质。这样，从历史语言学到历史诗学，再到巴赫金的时空体理论，一条明显的学术传承路线及巴赫金的思维理路就凸显出来了。

任何理论研究都离不开分类学，也就是说，它必须对研究对象做出区分，同时进行归纳概括，由此找到共性、规律性的东西。这是一个形式化的过程，它不可避免地要丧失或部分丧失历史性因素。归纳概括的规律越具有普遍性，其历史性就流失得越多，历史内涵就越稀薄。因此，形式化与历史化似乎是难以兼顾的两极，构成了一个不可调和的两难问题。这也意味着纯粹的理论研究常常以损毁历史性为代价。

如何才能在理论研究过程保留丰盈的历史性？关键不在于要不要区分与概括，而在于怎样选择着眼点，怎样选择分类原则。就如语言同时包含着语法、词汇和语境，对语法的研究往往成为一个纯形式问题，而词汇就难以与语境相剥离，不能不与历史因素密切相关。结构主义叙事学所注重的就是叙事语法问题。叙事学从两个层面着眼来作分析：其一是对叙事话语的语法做出分类；其二是对故事要素和功能做出分类。即便原本具有丰富历史内涵的故事，对于结构主义叙事学来说，感兴趣的仍然是故事的语法。因此，结构主义叙事学不仅因为它注重共时性结构而放弃了历史维度，而且也把自己与语境相剥离了，其历史性因素丧失殆尽。为了纠正这一偏颇，后经典叙事学重新引入语境问题，努力恢复理论研究的历史性，但是，绝大多数后经典叙事学所关注的焦点受到结构主义叙事学的束缚，仍然紧紧盯住叙事话语的形式问题。

当后经典叙事学把话语与权力联系在一起，"谁说话""谁在背后暗中操纵着话语"就成为理论焦点,这也就是韦恩·布斯所说的"修辞的复兴"①,同时,叙事话语的语境关联也成为不可或缺的要素。从这个角度看,后经典叙事学的努力是富有成效的,它的确重新引进叙事语境,修复了理论范式的历史维度。但是,毕竟这种修复常常局限于叙述话语的形式层面,不能完整展示叙事语义,文学极其富赡的社会历史涵义仍然受到阉割。被结构主义叙事学所悬置的历史性因素恰恰是巴赫金最感兴趣的东西,他把自己的关注点首先投向叙事语义,或者说,即词汇和语境的关联。

巴赫金对语境关联具有极度敏感的天赋,他曾举了一个简化的例子对话语与情境的关系做出精辟阐释:两个人坐在房间里,沉默不语。一个人说:"是这样!"另一个人什么也没说。

为了揭示这一谈话的涵义和意义,巴赫金努力修复谈话的具体情境。首先假定我们知道说话的语调是愤怒的责备的,但又有轻微的幽默成分,那么,这多少充实了"这样"这个语词的真空,不过仍然未能揭示完整的意义。这就关系"非语言的语境"问题,其中包含三个因素:其一,说话人共同的空间视野(房间、窗户等);其二,两者共同的知识和对情景的理解;其三,他们对此情景的共同评价。由此共同构成话语"是这样"的语境要素。于是,话语意义就开始显现了:

> 对话的时候,两个对话者看了一眼窗户,看见下雪了。两人都知道,已经是五月了,早就应该是春天了。最后,两者对拖长的冬天厌倦了。两个人都在等待春天,两个人对晚来的下雪感到不快,所有这一切,即"一起看到的"(窗外的雪花)、"一起知道的"(日期是五月)和"一致的评价"(厌恶的冬天、渴望的春天)都是表述所直接依靠的。所有这一切都由它的生动涵义所把握、由它吸纳进自身。但是,在这里还残留有语言上未指明、未言说的部分。窗外的雪花,日历上的日期,说话人内心的评价,所有这一切都由"是这样"这句

---

① 修辞学讨论说话者怎样说话才能产生效果,其实质就是话语操纵,是话语权力的施行问题。

话来暗示。

正是从这个简化的话语分析过程中，巴赫金深入揭示出：对于话语阐释来说，语境是不可缺少的要素。离开语境，意义就没有着落，它变得不知所云，不知所踪。因此，巴赫金说："生活表述无论怎样，它总是联系着作为共同参与者的情景的参与者……表述依靠共同参与者同属的一个存在的生活片断所固有的真实的物质属性，并使这个物质的共同性获得意识形态的表现和意识形态的进一步的发展。"①

在上述话语分析中，巴赫金把话语与语境密切联系在一起来阐释，从几个简单、含糊的语词中揭示出极其丰富的涵义和意义，将话语的历史具体性充分展现了。我们之所以不厌其烦地摘引巴赫金这段文字，就因为他关于时空体的分析是以此为范型的。或者可以说，时空体研究正是着眼于词汇、语境及相互关系，对时空体的阐释实质上就是上述分析的"放大版"，其基本的思维理路是一以贯之的。鹏程的著作就是试图从源头上揭示巴赫金时空体理论潜在的思维理路。

当然，研究对象一经放大，势必增加了研究难度。在时空体研究中，巴赫金首先抓住了人物和时空体这两个要素，人物就是词汇，时空体则为语境，这是两个不可分割的要素，并且它们都不再是客观对象，而是经过作家认知和再造而出现在作品中的要素。对于巴赫金来说，最为重要的阐释对象或立足点是语境（时空体）。于是，我们看到各式各样的人物活跃在各式各样的时空体中，人物的行动构成了故事情节，而所有一切都是在时空体中展开，并与时空体相互作用的。特定时空体选择了参与者（人物），规定了各式人物的行为方式及相互交集和冲突，规定了故事情节的组构和走向。反过来，人物的行动也促成时空体的转换和变化。如此，我们就可以从人物（词汇）与时空体（语境）交互作

---

① ［俄］巴赫金：《生活话语与艺术话语》，吴晓都译，钱中文主编《巴赫金全集》第 2 卷，河北教育出版社 1998 年版，第 84—86 页。

用的规则中概括出一整套"语法关系"。由于不同历史时期的作家对人物、时空体及相互关系的认知水平存在一个发展演变的过程，由此繁衍出各种不同类型的小说谱系。巴赫金就是以此为据，对欧洲小说演化史做了类型和谱系分析，梳理并阐述了传奇小说、骑士小说、传奇世俗小说、世俗小说、传记和自传、牧歌田园诗、民间文学等，从中归纳出各种小说类型时空构造、人物及行动、故事情节诸方面的特征。这就是说，在巴赫金着眼于人物（词汇）、时空体（语境）及相互关系，通过历史比较来揭示各种小说类型特征，归纳出演变轨迹和谱系关系的同时，实际上就给出了另一套有效的阐释方法，一种主要从人物（词汇）与时空体（语境）相互关系角度构建的叙事作品阐释模型，即蕴含着丰富的社会性因素的历史认知叙事学。

在《时空体叙事学概论》中，鹏程不是简单地复述巴赫金的分析论述和观点，而是从历史语言学、认知语言学角度深入巴赫金时空体理论的内在肌理，对时空体叙事学做出鞭辟入里的阐释。从时空体理论最基本的要素开始，他逐次剖析叙事语义与叙事语法的交互关系、"叙"与"事"的交互认知等层面，揭示内含的社会历史因素和叙事学化潜势，在与结构主义叙事学的比较中凸显巴赫金时空体理论的历史认知，剥露出蕴含其中的历史认知叙事学雏形，并进而归结为建构历史认知叙事学的几条原则意见。鹏程明确指出："叙事学，尤其是在一个历史认知叙事学视野中，语境叙事学与形式叙事学是相关的，是'互相需要彼此的'，换言之，在一个历史认知科学中，叙事语义与叙事形式、叙事语境是密切相关的。"尽管对著作中的个别观点我仍心存异议，但从总体上看，却不乏深刻的洞见和精彩的阐释。

在巴赫金时空体理论中，"面具"是个全新的范畴，它既是叙述者，又是被叙述者，并且其内涵的丰富性和复杂性远超乎叙述者。"需要有一个重要的非杜撰的面具，它既决定作者对所写生活的立场（即他作为个人是怎样、从哪里观察并揭示全部这种个人生活的），又决定作者对读者对公众的立场（即他以什么人的名义站出来'揭露'生活，如作为法官、检察官、'书记员'、政治家、传教士、小丑等等)。"① 较之于空洞抽象的叙述者，面具在规定角色身份的同时，也规定了与作品所描述的生活的关系，独特的态度，以及与读者的关系。在面具这个范畴上，我们也看到巴赫金追求历史化所做的努力。

在此，我们仍然有必要对巴赫金时空体理论做出一点延伸。巴赫金所说的面具，其实际意义在于：面具的背后正隐含着社会规约。面具指示了某个特定群体，而构成群体的要素之一就是社会规约。正是社会规约决定着他的行为和态度，决定着他"是怎样、从哪里观察并揭示全部这种个人生活的"，决定着他"以什么人的名义站出来'揭露'生活"。同时，特定的时空体也同样隐含着社会规约。社会规约的重要特征就是语境性，它只能存在于特定语境中，和语境紧密相随。因此，特定时空体（譬如广场、酒吧、教室或沙龙）所包含的规约就限制着哪些人可能出现其中，同时，也制约着人物的言谈举止，从而引发矛盾冲突和构建故事情节。社会规约是贯通时空体与人物，并决定交互作用方式的关键因素。无论叙述话语、时空体、人物都不能不享有特定的社会规约，正是规约制约着各方交互作用的方式，特别是当诸方所分享的规约各不相同，相互间的关系就更显纷繁复杂。

我们不难从传奇小说、世俗小说、传记和自传、牧歌田园诗、民间文学中发现作家对社会规约不同的认知水平、态度及处理方式。譬如世俗小说就是一个交织着各式各样社会规约的时空体，参与其间的人物都受到规约的规训而成为"世俗之人"，作家则对此深有感悟并在作品中得到表述。传奇是对社会规约的抽象化，或者说，作家对社会的认知还相对肤浅，尚未悟解潜在的规约对人物的作用，因此，无论主人公处在怎样的时空体，经历怎样的事变，却依然故我。传记和自传不仅涉及时空体（广场、私室等）和主人公分别享有的规约，同时还涉及作者所享有的规约与主人公之间的特殊关系，以此确定传记作者的态度及素材的加工取舍。

---

① ［俄］巴赫金：《生活话语与艺术话语》，吴晓都译，钱中文主编《巴赫金全集》第 2 卷，河北教育出版社 1998 年版，第 84—86 页。

牧歌田园诗则是受到严格限定的时空体，区别于社会结构复杂的都市，田园这一时空体所蕴含的规约是简单、稳定、井然有序的，相互间没有矛盾冲突，人物虽各行其是，却其乐融融。至于民间文学，如拉伯雷小说又意图挑战、颠覆、解构既成的社会规约，追求狂欢化和肉体解放。从这个角度看，巴赫金对欧洲小说时空体所做的分类，就无意中涉及社会规约和作家对社会规约的认知问题。由于社会规约是在社会历史中塑造成型的，它只能寄生于具体的、特定的历史语境中，充分体现着社会意识形态，那么，当巴赫金无意中以它作为分类的重要尺度和形式化的主要依据，其理论范式势必能够最大限度地包容社会历史因素。

在《时空体叙事学概论》中，鹏程的思考是深刻而缜密的，他的学术抱负也已经基本得以兑现。只是在阐述过程中，作者作了太多理论的自我解释，以致妨碍了读者的阅读兴趣，这就需要读者耐心静心阅读，细细品味。

马大康 于洪殿

2017 年 6 月 18 日

目　　录

第 一 章

导论：走向历史叙事学的时空体叙事学

笔者的目的是建构某种后经典叙事学或者说一种历史认知叙事学，这种历史叙事学主要通过时空体理论（作为一种历史诗学）的（后经典）叙事学转化而成。我们可以暂时称之为"时空体叙事学"，换言之，就是时空体理论的（后经典）叙事学化后的某种叙事学模型。

在谈"时空体叙事学"之前，毫无疑问，笔者需要将时空体理论、历史诗学及历史叙事学究竟是什么讲清楚。

第一节　时空体理论叙事学化及历史
叙事学的国内外研究现状

我们的研究起点就是申丹教授面对国际学术界的发问，"为什么语境叙事学和形式叙事学需要彼此？"[①] 语境叙事学和形式叙事学在国外还有后经典叙事学与经典叙事学、结构主义与文化历史叙事学等说法，其实所指大致一致。我们就是试图在申丹教授发问的基础上进行进一步的论述。在内容指向上，有构建一个认知版本的普通语境叙事学或者说一般语境叙事学的意向，[②] 即试图建构一个历史认知叙事学。

从建构的方法上，我们的研究，从取向上看，是比较接近在语言学基

---

① Dan Shen. "Why Contextual and Formal Narratologies Need Each Other", *in Journal of narrative theory*, Vol. 35, 2005.

② 在笔者目前视域中，历史认知方向的后经典叙事学研究最有可能解决这个问题。

础上对经典叙事学进行传统重溯，根据我们的研究对象的特点，更接近历史语言学及认知科学交叉领域引领的叙事学。在安斯加·纽宁（Ansgar Nünning）描绘的从结构主义叙事学（Structuralist Narratology）到文化与历史叙事学（Cultural and Historical Narratology）的研究趋势中，[①] 莫妮卡·弗卢德尼克（Monika Fludernik）的基于历史语言学的《建构"自然叙事学"》（Towards A "Natural" Narratology）与我们的方向最为契合。因为，从根本上，语境叙事学与形式叙事学本质上是形式与历史之争，所以，我们的构建相关研究述评主要集中在对弗卢德尼克的细致分析，尤其是她的整体理论谱系问题。

确实，也正如作者自己宣称的，她自己是历史叙事学的标志性人物："弗卢德尼克则是有机论和历史论的代表。"[②]

《建构"自然叙事学"》中，莫妮卡·弗卢德尼克（Monika Fludernik）希望能建立一个新的叙事范式，这个新的范式，是建立在她对英语文学的历时研究上的，从口头语言到中世纪作品、从早期现实主义到现代主义、后现代主义，通过一种历时类型的探索，莫妮卡·弗卢德尼克（Monika Fludernik）希望能打开一个新的范式。

莫妮卡·弗卢德尼克（Monika Fludernik）的理论，按照其诗学来源，实际上可以分为三个重要部分，她试图从"自然"（nature）这个相关术语，建构起一种"自然叙事学"（"Natural" Narratology）的理论基础。这里的三个重要诗学来源，主要包括拉波夫传统、语言学的奥地利学派（与 Wolfgang Dressler 联系在一起）以及乔纳森·卡勒的"自然化"概念。

莫妮卡·弗卢德尼克（Monika Fludernik）承认了自己的语言学出发

---

① Ansgar Nüning, *Towards a Cultural and Historical Narratology*：*A Study of Diachronic Approaches*，*Concepts*，*and Research Projects*，in Reitz & Rieuwerts，*Anglistentag1999Mainz*：*Proceedings*，Wissenschaftlicher Verlag Trier，2000，pp. 345 – 373. 需要补充的是，后经典叙事学视野相关趋势描述，相关概述可以见申丹《为什么语境叙事学和形式叙事学需要彼此》（Dan Shen. *"Why Contextual and Formal Narratologies Need Each Other"*，in Journal of narrative theory，Vol. 35，2005）。

② ［美］James Phelan、Peter J. Rabinowitz 主编：《当代叙事理论指南》，申丹、马海良、宁一中、乔国强、陈永国、周靖波译，北京大学出版社 2007 年版，第 24—25 页。

点之一是拉波夫,①　我们知道拉波夫（W. Labov）是美国语言学家,其相关的变异研究为历史语言学和社会语言学开创了一个新的空间,他关于黑人英语的语言学研究已经成为经典,而其关于变异问题的系列研究中,②我们已经看到一种非常宏伟的历史语言学及社会语言学气象。这种语言学对于英美语言学主流传统来说,似乎颇为另类——尽管,他依旧是"在共时中研究历时现象"。③　但是对于德国、俄罗斯和中国来说,却是一脉非常重要的语言研究传统。从德国来说,历史语言学的重镇就在德国,雅各布·格林、葆朴、洪堡特等学者正是第一批历史语言学学者。在俄罗斯,自《全球语言比较词汇》问世以来,④　"民族的自觉和语言科学的兴起相偕并进,堪与日耳曼诸民族并驾齐驱"。⑤　而在中国,同样的语言传统在李方桂等学者之后,在国内也是影响深远。所以,我们看到历时论的叙事学出现在德国,尤其是德国的英语系,可能并不令人吃惊,在上面提到的历史叙事学提出及代表中,安斯加·纽宁（Ansgar Nünning）是德国吉森大学英美文学与文化研究系主任,莫妮卡·弗卢德尼克（Monika Fludernik）是德国弗莱堡大学英文教授,应该说他们的德国英语系学者的身份同时敞开了两个维度:一方面,英语系的学术身份使其向叙事学靠近;另一方面,他们都自觉或不自觉地传承某种历史研究的传统。在莫妮卡·弗卢德尼克（Monika Fludernik）"自然"叙事学与拉波夫（W. Labov）的语言学—诗学关联可见一斑。尽管,我们需要再次强调是,他们英语系的身份及经典叙事学的残留,在很大程度上会使他们更亲近结构主义历时

①　Monika Fludernik, *Towards A "Natural" Narratology*. London: Routledge, 1996, p. 10.

②　见 *Language in the Inner City: Studies in the Black English Vernacular*（1973）以及 *Principles of Linguistic Change, Volume 1: Internal Factors*（1999）、*Principles of Linguistic Change, Volume 2: Social Factors*（2001）、*Atlas of North American English: Phonetics, Phonology and Sound Change*（2005）、*The Social Stratification of English in New York City*（2006）、*Principles of Linguistic Change, Volume 3: Cognitive and Cultural Factors*（2010）等著作。当然,我们特别要强调的是,拉波夫的研究依旧是在共时结构中研究变异的。

③　王寅:《认知语言学和历史语言学的最新发展——历史认知语言学》,载《外语教学与研究》2012年第6期,第925页。

④　[丹麦]威廉·汤姆逊:《十九世纪末以前的语言学史》,黄振华译,世界图书出版公司2009年版,第55页。

⑤　[丹麦]裴特生:《十九世纪欧洲语言学史》,钱晋华译,世界图书出版公司2010年版,第39页。

语言学，这将使其在许多理论问题上，留下许多未能解决的问题。

　　同样，莫妮卡·弗卢德尼克（Monika Fludernik）自己宣称的与沃尔夫冈·德雷斯勒（Wolfgang Dressler）的关联①，也是能回溯到某种语言的历史比较模式，尤其是历史形态学的模式。我们在浏览 Wolfgang Dressler 的著作②以及查看他参与组织编选的一系列和形态学（Morphology）相关的会议论文集中③，可以看出其浓厚的历史形态学的研究背景，而这，恰恰是与历史语言学中的历时形态学研究传统，是相互并行的。

　　莫妮卡·弗卢德尼克（Monika Fludernik）宣称的第三来源是来自乔纳森·卡勒的自然化，④ 国内翻译者盛宁先生是将"自然化"翻译成"归化"，这个翻译很巧，一下子将其中注重程式的层面表现出来了。卡勒认为："如果我们不想面对那不朽的铭文目瞪口呆，我们就必须把奇特的、形式的、虚构的成分转化还原，或归化（naturalized），使它们纳入我们的视野。"⑤ 卡勒指出了在阅读的这个过程中，体裁与程式起着重要的作用，事实上，在这一点上，恰与维谢洛夫斯基的历史诗学传统注重体裁与程式（当然这个学派在此基础上同时也很注重变异，注重变异系统是如何扩展并维护发展整个原初系统论述⑥）有密切的联系。正是在维谢洛夫斯基的基础上，俄罗斯形式主义者发展了自己的形式主义文论。因此，涉及这个问题的时候，我们不得不回到历史语言学影响下的历史诗学中去。正如伊戈尔·奥列格维奇·沙伊塔诺夫所说，形式主义者是历史诗学传统下的一种新发展，正是在历史诗学的方法影响下，"整个儿

---

　　① Monika Fludernik, *Towards A "Natural" Narratology*. London：Routledge，1996，p. 13.

　　② 如 *Leitmotifs in Natural Morphology* （1987）、*Contemporary Morphology* （1990）、*Morphological analysis in comparison* （2000）等。

　　③ 见 John Benjamins Publishing Company 出版的一系列论文集，如 *Morphology* 2000：*Selected papers from the 9th Morphology Meeting*，Vienna，24 - 28 *February* 2000，*Morphology and Its Demarcations*：*Selected Papers from the 11th Morphology Meeting*，Vienna，*February* 2004，*Variation and Change in Morphology*：*Selected papers from the 13th International Morphology Meeting*，Vienna，*February* 2008，*Morphology and Meaning*：*Selected papers from the 15th International Morphology Meeting*，Vienna，*February* 2012 等。

　　④ Monika Fludernik, *Towards A "Natural" Narratology*. London：Routledge，1996，p. 14.

　　⑤ ［美］乔纳森·卡勒：《结构主义诗学》，盛宁译，中国社会科学出版社1991年版，第201页。

　　⑥ 这是莫妮卡·弗卢德尼克（Monika Fludernik）的弱项。

地改变了研究文学的方法，而在这一新方法的浪尖上出现了您提到的那些人名，每个人都有自己的看法，有时这是那些观点上互有抵牾的人，但抵牾发生在历史诗学的空间内"①。伊戈尔·奥列格维奇·沙伊塔诺夫在这里所说的，包括形式主义者、巴赫金、维诺格拉多夫、塔尔图—莫斯科符号学派等均是诗学传统中的重要一员。只不过，相对而言，形式主义将艺术形式及相关的演变视为一个内部问题（并且完全切断了认知语境方面的塑形与锚定），进而试图从一个共时平面来解决这个问题，实际上俄罗斯形式主义者仅仅发展了历史诗学的一个部分、一个方面。

正是在上述的影响基础上，莫妮卡·弗卢德尼克（Monika Fludernik）将 Naturalization 改造为叙事化（narrativization），② 并且试图从历时的角度来看待问题，这样，她就在某种社会语言学、历史语言学研究的基础上，试图构建一种历史叙事学，在这个过程中，这种"自然"叙事学实际上取得了和历史诗学类似的历时的效果，尽管，由于英语系的影响，这将是一个更接近结构主义历时语言学的叙事学方案。

需要再次补充的是，莫妮卡·弗卢德尼克（Monika Fludernik）的自然叙事学，如我们所知，是一种认知叙事学，从其著作中，她也试图建立一系列认知参数来研究各种文学类型，关于这一点，申丹等人已经在其著作中对莫妮卡·弗卢德尼克的认知方案做了比较深入的评论。③ 我们在这里不再赘述。

应该说，这种历时论的叙事学给人以很大的启发性，但是，从一个更为广阔的视野尤其是历史诗学的视角上，莫妮卡·弗卢德尼克（Monika Fludernik）的叙事学理论依旧存在着两个比较重要的问题。这两个问题，我们在下面的论述的视角中会反复谈到它，在这里，笔者先简明扼要地提出来：第一点是其理论对文学作品的阐释力不够，正如有研究者所说："在这项重要的研究里，弗卢德尼克明确提出一个历史性的且不囿于规范

① 凌建侯:《当代俄罗斯文学问题访谈》，载《俄罗斯文艺》2004 年第 2 期，第 71 页。
② Monika Fludernik, *Towards A "Natural" Narratology*. London: Routledge, Routledge, 1996, p. 235.
③ 申丹、王丽亚:《西方叙事学:经典与后经典》，北京大学出版社 2010 年版，第 225—231 页。

的（和虚构的）叙事形式的新框架。这是一个重要的研究领域，然而，为探索广义叙事所需要的这种叙事理论类型，并不能毫无疑义地适用于如现代小说这样的研究"①，这是因为这个传统在德国仅仅经历了两代，主要是斯坦泽和弗卢德尼克，人数也不多，没有像俄国的历史诗学一样，已经成为一个重要的有影响的传承——从维谢洛夫斯基到巴赫金、普洛普、形式主义者及汉学家李福清等更近的继承者。第二点，弗卢德尼克在理论建构上考虑得也不是很周到，首先，她更多地不知不觉地接受的是一个结构主义历时语言学的知识框架，这一点使得其阉割了历史叙事学的重要部分，使其理论从源头上不能很好地面对历史。包括她在内的认知叙事学者，"集中关注规约性叙事语境和规约性叙事认知者"②，这个方向是非常对的，但是，没有能很好地将规约性叙事语境的变化的维度展示出来，另外，在研究过程对文类部分的变化与内在结构的变化没有结合起来，在内在结构部分的共性的讨论多了一些，实际上并没有很好地建构起一个同与异并存的结构。这是因为弗卢德尼克采用了结构主义历时语言学的方法，其相关研究隔绝了作者和社会意识形态，巴赫金的时空体理论在这一点上，理论构建比她更好一些。

所以，和弗卢德尼克以结构主义历时语言学色彩更浓的影响为基础进行转化不同，我们试图从同样自历史语言学转化并且实践了更长时间的历史诗学入手——而且是一个认知型的历史诗学——这里是从时空体理论出发③，通过对时空体理论的叙事学化，笔者试图构建一个初步的历史认知叙事学，或者说是一个时空体叙事学。我们之所以选取巴赫金时空体作为一个对象，是因为其搭建的理论模型在某种程度上，比莫妮卡·弗卢德尼克（Monika Fludernik）叙事学具有更大的理论发展潜力及包容性，同时在描述文学现象方向具有更好的适用性，换言之，就是更深刻、更准确、

① ［挪威］雅各布·卢特：《小说与电影中的叙事》，徐强译，申丹校，北京大学出版社2011年版，第8页。
② 申丹、王丽亚：《西方叙事学：经典与后经典》，北京大学出版社2010年版，第224页。
③ 《小说的时间形式和时空体形式——历史诗学概述》中巴赫金所提出的时空体理论正是其历史诗学的最重要部分。

更适用——这里的优点主要归功于巴赫金诗学。当然,我们还是需要指出的是,时空体理论存在着许多模糊之处,带着很强的未完成性,我们需要进一步对空白之处进行推演。由于巴赫金诗学是一个具有很强未完成性的诗学体系,不仅涉及的理论层面比较多,而且跳跃的层面也很多,我们的论证工作可能会非常艰苦。

从上面的论述看,读者可以知道笔者所做的工作是一种转化,也就是说对原本是一种历史诗学的理论,进行叙事学转换,主要的工作对象是时空体理论。"时空体理论"是一个历史诗学(historical poetics)模型,系巴赫金通过历史与形式相结合的办法,提出的一个小说历史类型学,集工具性、阐释性、本体性为一体的历史比较工具,有很强可改造性。需要指出的是,历史诗学是一种比较诗学或者说历史比较诗学,这是因为其最重要来源,恰是历史语言学,而历史语言学虽然衍生发展了社会语言学,但其有历史比较语言学的称呼,是一种比较语言学。关于这一点,我们将在下面某些章节进行系统的阐述。从述评的要求来看,笔者已经描述我们的努力方向,这就是弗卢德尼克的历史认知叙事的相关模型建构,这是我们所去的方向;我们还要看看我们的出发点,这就是时空体目前研究现状,尤其是时空体理论与叙事学之间的关系。这是因为,我们目前试图从另一种方法入手来研究,那就是通过衍生、扩展的基础上构建一种新的叙事理论,更准确地说,是一种后经典叙事学理论。换言之,我们其实将时空体理论叙事学化了,尽管,从我们的去处来看,目标领域中没有相关的模型,但是,从出发点上看,这里转化目前做到什么程度了呢?因此之故,笔者下面对目前时空体与叙事学交叉领域的研究做进一步梳理。

时空体理论虽然非常有意义,但它却有一定难度,2007年笔者硕士学位论文时就已经做过一次研究梳理,其研究成果并不多,近年来继续收集相关材料,发现相关的研究取得了一定的进展,但数量依旧不多。从我们涉及与叙事学相关的篇目,就目前所见,就更少了。概述来说,时空体理论与叙事学研究主要有:张德明《〈暴风雨〉:荒岛时空体的文化叙事功能》①、庄华萍《〈凶年纪事〉的叙事形式与"作者时空体"》② 等论文在国内最早提出两者之间的关联，而国外的主要有俄罗斯学者 2015 年论文《叙事学的巴赫金》（*Narratological Bakhtin*）③ 相关观点值得关注，另外，苏珊·斯坦福·弗里德曼的《空间诗学与阿兰达蒂—洛伊的〈微物之神〉》中也试图在叙事学的维度上援引了巴赫金的时空体理论，巴特·凯南（Bart Keunen）的《时间与想象：西方叙事文化中的时空体》（*Time and Imagination：Chronotopes in Western Narrative Culture*）尽管有不少错误，但依旧是目前时空体理论与认知叙事学交叉领域中最早的成果，根据我们侧重理论论述的工作重心，笔者将着重分析后三篇。

《叙事学的巴赫金》（*Narratological Bakhtin*）认为巴赫金虽然没有使用特定的叙事学术语，但是巴赫金仍然对叙事问题非常感兴趣，作者认为，1920 年，巴赫金对早期叙事学者 Friedemann 被低估的作品表示了高度评价，同时，1970 年，巴赫金对叙事学创始者之一 Wolf Schmid 的评论表示出了极大的兴趣，而 1973 年，巴赫金对自己写于 20 世纪 30 年代（实际上是 1937—1938 年——笔者注）的《小说的时间形式与时空体形式——历史诗学概述》附加了一个结语，这个结语大部分具有叙事学的特征。在结语具有叙事学特征的说法上，《叙事学的巴赫金》（*Narratological Bakhtin*）概括得并不准确，巴赫金的时空体理论都具有很强的叙事学特征，最主要的是他在时空体的描绘中关注了整个事件与动作的谱系。在《叙事学的巴赫金》（*Narratological Bakhtin*）中，作者试图用沃尔夫·施米德（Wolf Schmid）在 2008 年更新过的《事件性》（eventfulness）来界定巴赫金的叙事学贡献，并认为作为历史诗学的时空体的历时分析对目前的叙事学研究十分有意义。应该说，这篇文章很详细地梳理了时空体理论与叙事学之间的关系，在某种程度上为本书的学理性做了初步的论证，而且，其主要的理解也是建立在对其历史诗学的认知上的，研究方向是与我

① 张德明：《〈暴风雨〉：荒岛时空体的文化叙事功能》，载《外国文学》2011 年第 4 期，第 54—62 页。

② 庄华萍：《〈凶年纪事〉的叙事形式与"作者时空体"》，载《当代外国文学》2011 年第 1 期，第 27—35 页。

③ Valerij I. Tiupa, "Narratological Bakhtin", *in The Dostoevsky Journal*, Vol. 16, 2015, pp. 29 – 37.

们的研究一致的，但是，非常遗憾的是，论文仅仅是将时空体与叙事学的关系提出了一个初步的论述，这篇论文看到了时空体在叙事学方面的巨大潜力，但是因为其对叙事学尤其是后经典叙事学的理解似乎并不深刻，所以对时空体理论中的许多重要的空白也没有追问下去，没有从历史叙事学这个视角深入下去，进行转化，当然，这与时空体理论晦涩复杂的特征有关的。

　　除此之外，苏珊·斯坦福·弗里德曼的《空间诗学与阿兰达蒂－洛伊的〈微物之神〉》中也援引了巴赫金的时空体理论，但是，非常遗憾的是，笔者觉得这篇论文有许多地方对巴赫金时空体理论的认识显得肤浅，还有不少错误理解的地方，我们还是先逐字逐句地援引其相关的论述，首先，苏珊·斯坦福·弗里德曼指出了巴赫金将时间和空间同时作为叙事的共同组成部分:"尽管巴赫金在20世纪20年代和30年代就坚持把空间（topos）和时间（chronos）作为叙事的两个共同组成成分"①，但作者认为其他叙事理论家都忽视了空间这个问题。所以，她仅仅是将时空体视为一个时间和空间都比较重视的诗学概念。而在接下来的论述中，她更试图突出时空体的空间维度，她认为:"在这些程式中，巴赫金的叙事时空体（chronotope）就很微妙地转变成了时间型（chronotype）;而故事中的时空轴也变成了形象—背景的二元。人物在时间中的遭遇，成了我们注意的'形象'问题，而在空间中发生的情节则是可以任意忽视的背景。"② 这种理解与表述所展现的思维模式还是很有问题的。她在谈到巴赫金的时空体时，并没有注意到时空一体论的根本思路，恰是来自爱因斯坦的相对论，而这种来源的援引恰是将时空体中的空间置于一种广阔的视野了，她并没有认识到这一点。相反，她援引了巴赫金对时空体中时间和空间相互转化的过程试图将之空间化:"巴赫金关于叙事时空互构互动的性质在很大程度上中途退出了叙事诗学。本人愿意步索加的后尘，建议对空间加以补偿性的强调，以便把人们的目光再次带回到巴赫金所持续关注的、关于叙事

---

　　① ［美］James Phelan、Peter J. Rabinowitz 主编:《当代叙事理论指南》，申丹、马海良、宁一中、乔国强、陈永国、周靖波译，北京大学出版社 2007 年版，第 205 页。
　　② 同上书，第 208 页。

产生过程中空间作为活跃的行为者的功能。"① 如果我们曾对巴赫金的时空体理论进行认真的细读，我们将会发现，在巴赫金的时空体理论中，时间本身就是空间的第四维，这是其诗学理论从源头上内在规定了，如此，不是说巴赫金空间或者时间维度不够，恰恰相反，这是巴赫金使时间和空间都得到了其正确位置的一种体现，另外空间作为活跃行为者的功能的解释似乎也是牵强，时空体中时间和空间是如何限定动作类型，进而与某些行为者联系起来，笔者会在本书第三章进行详细的论证。我们的研究需要建立在推演的基础上，而不能简单牵强地对之进行不论证的论述，提出"空间作为活跃的行为者"的说法。客观地说，尽管这篇论文依旧重视了许多传统资源，并指出了空间问题在后经典叙事学视野中蓬勃的生命力，但是作者并没有很准确地将空间为什么会具有这么大的作用的原因论证清楚——这个原因可以在分析哲学的相关衍生命题中得到论证，也就是我们在第三章要做的。同时，这篇论文不恰当的解读降低了巴赫金时空体理论的意义，在阅读巴赫金时空体理论上显得十分草率——笔者认可每个人眼中都有其自身的巴赫金的说法，也认为从每个人眼中，也定会有其眼中独特的时空体理论，但是，这种解读，必须建立在对理论的反复而深入的细读中。应该说，上述两篇论文还是提出了一个非常重要的问题，这就是我们怎么来看待时空体与叙事学之间关联的问题。

　　如果说上述论文的都是在叙事学与时空体理论交叉领域的研究成果的话，巴特·凯南的《时间与想象：西方叙事文化中的时空体》则是认知叙事学与时空体理论交叉领域中最早的成果，这部著作是其多年研究成果，作者是根特大学的教授，他的"学位论文是法语与德语城市文学"②，相关研究"引导他将文学中的都市视为时空体"③。应该说，在研究中，

---

① ［美］James Phelan，Peter J. Rabinowitz 主编：《当代叙事理论指南》，申丹、马海良、宁一中、乔国强、陈永国、周靖波译，北京大学出版社 2007 年版，第 208 页。

② Bart Keunen，*Time and Imagination：Chronotopes in Western Narrative Culture.* Northwestern University Press，2011，p. ix.

③ Ibid. .

试图将"巴赫金时空体理论与当代叙事学理论结合在一起"①是其主要的想法,虽然他的落脚点在于构建一个文学想象的一般理论。该书共三章,第一章是叙事想象的构建基点,第二章是时间和时空体的概念,第三章是情节空间和西方叙事文化中的道德性。从认知叙事学与时空体理论交叉领域上,他的相关研究有以下贡献:首先,他指出了"行为空间时空体作为(互文性)脚本"②,这与笔者试图从历史语言学与认知语言学交叉引导的整体思路是一致(都是将之落于认知科学交叉领域中),说明其有认知科学方面的系统积累——尽管其论述出现了错认,没有看到动作空间构成的是情境(situation),之后的带着事件序列的时空体才构成了脚本(scripts)。也就是他之后的所提的情节空间才是脚本而且是一个历史脚本。

他将时空体中的空间分为"动作空间(Action-Space)、情节空间(Plot-Space)、世界观(Worldview)"③ 等,虽初步涉及一些时空体认知问题的基本面,但实际上是没有看到时空体是由情境、脚本及社会认知整体框架等层层递进的认知图式构成,而由于其将动作空间视为脚本,他对于情境及其与其他框架之间的投射关系,是完全陌生的,所以在涉及其中的时间问题上,是不清楚的,没有看到时空体作为情境时中隐含着时空场点、人与关系三个因素,而动作是在时空场点与人的相互作用上,也就是在关系层面上才产生,所以,他在时间与动作这个层面上的分类,看似清晰,实际上并没有彻底搞清楚其中认知科学内涵。

其次,他有类型学的视角,这一点与笔者自硕士论文起坚持的思路是一致的(在类型学上),尽管他依旧是在共时模式中,没有历史类型学的视角,但是,他确实将问题推到了关键点上。再次,是他进一步扩展了巴赫金与西方叙事文化之间的关系,论述了堕落时空体与再生时空体等类型,当然尽管这里完全可以展开其中的历史维度,但是他却再一次将这些

①　Bart Keunen, *Time and Imagination*:*Chronotopes in Western Narrative Culture.* Northwestern University Press, 2011, p. ix.

②　Ibid., p. 23.

③　Ibid., p. 30.

问题与悲剧主角（女主角）联系起来，将之共时化，依旧说明了巴赫金的潜在的比较诗学的维度未被其完整理解。

除了他的共时化视角之外，也就是他未能将之比较诗学的视角展现出来，他最重要的问题主要是：在他所说的脚本上——他将之误认为动作时空，而不是事件序列时空中——巴赫金所涉及的社会历史维度对于他来说是比较陌生的，他没有认识到巴赫金所说的是一个历史脚本，没有将问题推到历史层面的、文化上层面的历史脚本，这说明他对于巴赫金的历史诗学的视角，也就是历史比较诗学的视野，以及社会历史批评方法是相对比较隔阂的。

不过，需要特别肯定的，巴特·凯南的著作对认知维度的初步认识与凸显，还是非常恰当地建立起了时空体在认知层面上与叙事学之间关联，这实际上是比上述几篇论文更进一步论证了笔者研究论文的学理基础，在这个一点上，尽管笔者是从这个认知领域的另一个方向进入的，建构的思路完全不一样，但笔者不得不强调他毕竟是在这个领域的最早认识到了时空体的认知科学维度并尝试进一步思考的学者。

笔者的 2007 年的硕士学位论文及之后的 2012 年的关于时空体的专著①也是坚持从历史诗学视角出发来研究时空体理论，从这个角度上，我们的立场与《叙事学的巴赫金》（*Narratological Bakhtin*）更接近一些。

当然，正如我们所知的，巴赫金的时空体理论具有未完成性，这"使时空体理论研究保留着思绪创生的痕迹而给人以极大的启发的同时，也使时空体理论因为充满了为数众多的省略、跳跃，成为一个晦涩难懂，有时让人摸不着头脑的理路难题，甚至成为一个因为在思路上不断变化并且因缺乏论证、有时甚至回避论证而留下了许多有待争议的地方的诗学迷宫"②。笔者的研究是坚持从历史诗学（historical poetics）的角度来研究时

---

① 孙鹏程：《形式与历史视野中的诗学方案——比较视阈下的时空体理论研究》，浙江大学出版社 2012 年版。

② 同上书，第 4 页。

空体，将之放在一个比较诗学的视角来研究的①，在硕士阶段的研究过程中主要做了以下工作：首先论述了巴赫金时空体理论与维谢洛夫斯基历史诗学，新康德主义的时空观等理论的影响关系，并在此基础上，注重在揭示其文本论证方面的症候：注意到1937—1938年的论文主体（前十章）与1973年的"结语"之间存在着差异，在指导教师的指导下，指出其思路有从本体到修辞这样的一个转变过程。在此基础上提出时空体理论中存在着多重主题和综合建构思路，着重揭示其历史类型学的主要思路、作者时空体的宗教意义，并在以上传统的反复核查比对推演的过程中，将系列问题的潜在思路初步补完整。

　　笔者坚持的历史诗学视角，和俄罗斯一些学者（《叙事学的巴赫金》的作者，以及B. H. 扎哈罗夫等②）对时空体理论的认知比较接近，但是，在西方尤其是英美研究中，这个时空体的历史诗学维度还是没有得到足够的认可。事实上，目前英美学界对历史诗学的研究与翻译十分缓慢，历史诗学（historical poetics）在英美一直还是姗姗来迟的幽灵，仅有美国和加拿大的一些学者，相关的论文也非常少，在2010年之后似乎看起来有所进展，如开始组建一些维谢洛夫斯基诗学的讨论小组，进行诗学讨论，但是，我们还是发现，这种讨论仅仅是看起来有所进展，实际上这个讨论小组同时承担着其他问题的研讨，而且目前开始研究视野时有转移，这种研究现状，从诗学视野上阻碍了英美学界对时空体理论的进一步接受。

　　尽管时空体很早就收录到对叙事学术语界定非常严格的《叙述学词典》，③ 但是，我们看到英美叙事学界对时空体所隶属的历史诗学传统是陌生的，目前的时空体的定义也是简陋，所以，当我们看到目前最权威的叙事学指南中，出现一个关键性错误的时候，这是不难理解的，重要的是，这个判断还是最重视语言学模式和诗学引导模式的戴维·赫尔曼做出

---

　　① 当然，正如卢小合（晓河）研究员所说，每个人都有自己眼中的巴赫金，那么从这个意义上说每个人也都有自己眼中的时空体。

　　② ［俄］B. H. 扎哈罗夫：《作为历史诗学问题的时空体》，高慧译，载《俄罗斯文艺》2008年第1期，第32—37页。

　　③ ［美］杰拉德·普林斯：《〈叙述学词典〉（修订版）》，乔国强、李孝弟译，上海译文出版社2011年版，第30—31页。

的。这在很大程度上说明了，英美学界，对于这种历史诗学思路是整体陌生的。

　　我们在提出戴维·赫尔曼的这个关键性错误之前，还是先提一提戴维·赫尔曼对叙事学史的精彩处理——这是因为，在我们接下来不得不变得有些草蛇灰线的叙事学谱系叙事中，戴维·赫尔曼的"谱系"将会成为我们复杂故事的一个"预叙"——戴维·赫尔曼在《当代叙事理论指南》中，试图用"谱系学"的方法，对叙事学的早期形态学源头做了较细致的梳理，这种方法非常值得提倡，他的视野也非常值得称道，尤其是他对传统源头追寻工作的重视，正如他所说："我想表明的是，英美学者在该领域的初始尝试尽管对最近的叙事研究仍然发挥着重要影响（参见下文"形态学Ⅱ"），但是必须置于他们的欧洲传统和话语的综合体之中来审视，20世纪60年代发轫于法国的结构主义叙事学也植根于这一综合体之中。"① 看清我们来处，永远是向前走的一个最好方法，在很多时候，当我们看不清楚未来的时候，我们常常需要回到传统，应该说，将叙事学传统重归欧洲文化传统中，找出其诗学源头，这是一个恰如其分、正当其时的工作。当然，这种理论资源如何述说，如何确定，终将跟我们所读的书，曾经涉及的理论冒险有关，也就是说，这个重要的工作，最终会变成某种视野的比对和对话。戴维·赫尔曼"试图发掘被忘却的内在关联性，重新建立已经模糊了的或不被承认的宗代关系揭示可能被视为各不相同、互不相关的各种体制建构、信念系统话语或分析方式之间的关系"② 的努力非常值得重视，但是很遗憾的是，他找错了关键的一个点。对于陌生的或者说不常见的"谱系"，如何能重建某种谱系研究呢？首先是需要经过对对象穷追不舍的探索，这就是此处所说的"试图发掘被忘却的内在关联性"背后所隐藏的"影子工作"，很多认识，不仅需要通过某种基于专业知识的长时段的漫长求索才能达到，而且需要某种传统，我们不能说赫尔曼似乎在一个转身中错过了一个关键的入口，没有进到这个传统之中，

---

　　① ［美］James Phelan，Peter J. Rabinowitz 主编：《当代叙事理论指南》，申丹、马海良、宁一中、乔国强、陈永国、周靖波译，北京大学出版社 2007 年版，第 5 页。

　　② 同上。

而是一开始,赫尔曼所秉承的传统之惯性使其对这个入口视而不见。

在这里,笔者还是再强调一遍,我们是将对戴维·赫尔曼的赞同,作为对戴维·赫尔曼慎重批评的开始——在很多时候,我们的批评有可能会让我们对部分学者的评价引起一定的误解,但是,没有人不犯错误,我们如此冗长的前奏实际上体现笔者的一种谨慎与不安,戴维·赫尔曼的下面这个失误完全不影响笔者对其诗学建构尤其是叙事认知维度方面的杰出工作评价,在很大程度上,这个失误是历史诗学在整个英美学界系统性失落的症候。

戴维·赫尔曼的失误在一个影响关系的确认上,他在谱系的认知上出现了一个史料性的错误。赫尔曼认为:"形式主义者试图为散文文本建立文体模式的努力也成巴赫金(反形式主义者)研究陀斯妥耶夫斯基(Dostowsky)小说中的多声部现象的起点。半个世纪之后,巴赫金的研究催生出语境主义叙事理论。"① 戴维·赫尔曼是一个非常好的叙事学家,但是在这个问题的确认上,他与一般的研究者一样,由于对历史诗学的传统比较陌生,所以出现了论断上的错误。

正如我们在上面初步做的"预叙",形式主义者不是巴赫金的诗学来源,实际上历史诗学才是巴赫金、俄罗斯形式主义文论及普洛普诗学的共同来源,形式主义者并不是巴赫金诗学上的父亲,而是其谱系上的兄长,而且是一个只继承了部分诗学遗产的兄长。真正称得上这个位置的,是维谢洛夫斯基,恰是他的《历史诗学》等著作,开启了整个历史诗学流派。当然,我们是在比喻意义上来解释,便于研究者来简单地理解这种关系,请各位深谙文化政治批判的专业读者原谅我们在语言及比喻上使用的幼稚,在新的比喻建立之前,有时只能借鉴旧的经验展现某些认知现象。

尽管《历史诗学》在我国,相比较而言,被接受得更早一些、更深入一些,但是,维谢洛夫斯基依旧也只是在一个更少的领域中为人所知,与巴赫金、什克洛夫斯基等人比起来,依旧未得到充分的重视,这里有几

---

① 〔美〕James Phelan、Peter J. Rabinowitz 主编:《当代叙事理论指南》,申丹、马海良、宁一中、乔国强、陈永国、周靖波译,北京大学出版社 2007 年版,第 11 页。

个重要原因：一是作为一个先行者，草创时期的许多理论，从目前的视野看，总是显得不如后来者在此基础上开拓的新理论更富针对性；二是草创期间的理论带有很多实验性质，不少可能看起来显得有些简陋及不易理解。所以，当大量的创新夹杂着属于 20 世纪甚至 19 世纪的话语出现在世人面前时，常会被人忽略过去。

不过，不可否认的是，维谢洛夫斯基所开创的历史诗学敞开了影响深远、极富影响力的诗学视野，我们在上面引文中已经看到了，维谢洛夫斯基对 20 世纪俄罗斯文艺思想产生了巨大的影响，形式主义者、巴赫金、维诺格拉多夫、塔尔图—莫斯科符号学派，实际上，在这个名单上，还有普洛普，正如有研究者提到普洛普时所说的："当我们从这一角度开始探索之旅时，首先看到的'源头'之一，便是维谢洛夫斯基的历史诗学。"①普洛普的民间故事形态学与维谢洛夫斯基的情节诗学有渊源关系，这样非常确定的关系。同样，《结构诗学》的作者乌斯宾斯基也指出了："当然，普洛普继承了前人的传统，他本人非常感激地承认道：'……可以指出，我们的观点尽管是全新的，但已被别人直观地事先预见了，而这个人恰恰是维谢洛夫斯基……'"②

事实上，在 Wolf Schmid 的《俄罗斯原叙事学》（*Russische Proto-Narratologie*）（2009）选集中，就是将亚历山大·维谢洛夫斯基排在第一位的。虽然，他在很大程度上将巴赫金的时空体理论给漏了。（但是，这个追溯以往的工作目前我们在上面看到，已经开始有进一步进展的好苗头，尽管我们看到，依旧是在德语统治的领域的。）

笔者做一个进一步的判断，维谢洛夫斯基所引导的"俄罗斯原叙事学"，实际上，在一个简化了普洛普和巴赫金之后，分别开启了形式主义叙事学和语境主义叙事理论，但是，实际上，如申丹所说，这两种叙事学

---

① 贾放：《普罗普故事学思想与维谢洛夫斯基的"历史诗学"》，载《北京师范大学学报》（人文社会科学版）2006 年第 6 期，第 58 页。

② ［俄］乌斯宾斯基：《马把舒申科带到另一个国度》，纪薇、赵晓彬译，载《俄罗斯文艺》2007 年第 2 期，第 91—94 页。

是互相需要对方的,① 这是非常准确的,因为,两者是来自同一个源头!

实际上,从目前的叙事学史视角看,普洛普和巴赫金在叙事学传统中分开了两条路:一条是结构主义叙事学的(也就是形式叙事学);另一条是语境叙事学的。② 实际上,更准确地说,是《故事形态学》化的普洛普和被过分历史化和简化的巴赫金分开了两条路:一条是结构主义叙事学的,一条是语境叙事学的。这是因为,正如俄罗斯汉学家李福清所说——李福清也认为自己的所有研究是"沿着维谢洛夫斯基开创的方向进行的"③——普洛普的第二本书其实是《神奇故事的历史根源》,在这本书,他涉及很多起源的历史问题。而且,"普洛普教授自己每次都强调这两本书是有连贯性的,代表了他的神奇民间故事研究的两个方面"④。所以,《故事形态学》加上《神奇故事的历史根源》才是完整的普洛普的历史诗学。

同普洛普一样,巴赫金诗学特别是时空体理论与维谢洛夫斯基是有渊源关系的,笔者已经在自己的硕士论文及之后出版的第一本著作中详细地论证过了。⑤ 所以不再赘述,在这里,笔者主要从几个方面论述巴赫金的历史诗学,与普洛普的历史诗学影响是怎样有所不同的,为了便于与叙事学影响衔接上,我们把重点放在《故事形态学》上。

如学术史所述,结构主义叙事学与普洛普之间的传承关系,是一个很确定的关系,但是,我们可以这么描述,实际上,热奈特等结构主义叙事学家衔接的是普洛普等人的工作,但是,由于对维谢洛夫斯基的历史诗学传统并不熟悉,法国理论家普遍接受的,是一个结构主义化的、简化的形式传统。怎么来理解,我们还是从普洛普的《故事形态学》说起。

---

① Dan Shen, "Why Contextual and Formal Narratologies Need Each Other", *in Journal of narrative theory*, Vol. 35, 2005.

② [美] 罗伯特·斯科尔斯、詹姆斯·费伦、罗伯特·凯洛格:《叙事的本质》,于雷译,南京大学出版社 2015 年版,第 308—310 页。

③ 夏忠宪:《俄罗斯著名汉学家李福清访谈录》,载《俄罗斯文艺》2000 年第 3 期,第 82 页。

④ 同上书,第 81 页。

⑤ 孙鹏程:《形式与历史视野中的诗学方案——比较视阈下的时空体理论研究》,浙江大学出版社 2012 年版,第 12—21 页。

应该说，普洛普的这本著作自身对维谢洛夫斯基进行了简化，所以，在这之后他撰写了《神奇故事的历史根源》，但是，他的民间故事形态学对其后来者，有着明显导向作用，尽管，他的诗学在很大程度上还是隐约闪现着历史诗学也可以称为"历史比较诗学"的传统的光芒，但其《故事形态学》中的形态学偏重于形式的研究，这就使得在接受的过程中，某种历史的维度被忽视了。

不过即使如此，普洛普《故事形态学》的诗学方法还是有很多历史诗学的痕迹，比如说，他认为："打算进行研究的不仅有故事的形态结构，还有其十分特殊的逻辑结构，这将为故事的历史研究打下基础。"[①]所以，他的诗学实际上是历史诗学的形式部分，这种历史诗学，不仅要对故事的形态进行深入的研究，而且还要对故事的历史进行深入的考证，这是一项最接近历史比较文学（也就是历史诗学）研究领域的跨学科研究，但是，我们知道，由于其论题的限制，实际上涉及相关的历史研究难度较大，当时还没有做好准备——巴赫金当时所做的工作还没有为人所熟悉——所以，形式部分先一步出现了，并因其简化与可操作性，获得了很大的进展。实际上，普洛普说的这句话，除了突出自己的形式论的方法之外，不乏对其相关传统的一种尊重，并最终展现出一个完整的历史诗学的工作，他的诗学本身确实具有很多历史诗学的痕迹，而且这些东西对结构主义叙事学也有很大的影响，比如说他所列出的许多民间故事形态类型中，本身就是一种文学类型的研究，恰是在民间故事的形态学研究基础上，他才很好地建立其自己的理论：重读热奈特多次的读者定会会心一笑，因为热奈特的叙事学其底层理论恰是类型学。当然，这是因为自维谢洛夫斯基的历史诗学以来，对文学类型的集中聚焦，开拓了一个极大的空间，普洛普恰是站在其历史诗学前辈的肩膀上，完成自己的工作。相对而言，他建构的是一个简化的版本，但失之东隅收之桑榆，他最终在这本书中展现的是一条类似形式主义者的道路——俄国形式主义者也是历史诗学

---

① ［俄］弗拉基米尔·雅可夫列维奇·普洛普：《故事形态学》，贾放译，中华书局 2006 年版，序言第 8 页。

的一个特殊的支流,一个形式方面的简化版本——并进而影响了经典叙事学。但是,我们看到,热奈特是将形式作为更重要的层面,而普洛普更侧重历史根源——虽然他也是很注重形式的,这是俄罗斯整个诗学的双面雅努斯特征:注重形式,也注重历史。相比较而言,形式主义对维谢洛夫斯基的简化更为彻底,但是,正是这种简化,使得其更为简单和明了甚至清晰,有时简单甚至浅薄也是一种力量,可以使某种理念在前期走得更远。

不过,普洛普所做的工作不是重复俄罗斯形式主义者的工作,相反,其视野十分完整,只不过,他所做的工作,在他看来,是对历史诗学形式部分的推进而已,正如其宣称的:"我们不曾触及包括历史研究在内的巨大领域。这些历史研究表面上看起来会比形态研究有意思,而且在这方面已经做了很多。"[①] 也就是说,形式与历史交互问题,是历史诗学的最终目标,那么这里的形式部分的研究仅仅是初期目的,但却是十分重要的部分,所以普洛普这样说道:"可在个别局部问题方面做得更多。历数著作与姓名并无意义。不过我们敢肯定:没有正确的形态研究,便不会有正确的历史研究。"[②] 需要指出的是,这里的历史诗学,是一种历史比较取向的,所以,对于以下的话语,我们有时觉得这种形态研究似乎牵扯得太广了,但是,实际上,这确确实实是其诗学源头所内在要求的,也就是历史语言学的要求,我们还是把这点比较完整地提出来:

> 如果我们不能将故事分解成一个个组成部分,那我们就无法进行正确的比较。而我们若不会比较,那又怎么能够弄清诸如印度和埃及的关系,或者希腊寓言与印度寓言之间的关系以及诸如此类的问题呢?如果我们无法将故事与故事做比较,那怎么研究故事与宗教的关系?怎么比较故事与神话?归根结底,就像百川归海一样,故事研究的所有问题,最终都应归结为解答一个最重要、迄今尚未获得解答的

---

① [俄]弗拉基米尔·雅可夫列维奇·普洛普:《故事形态学》,贾放译,中华书局 2006 年版,第 15 页。

② 同上。

问题——全世界故事类型的问题。①

　　普洛普在这里宣称的历史研究，恰是历史诗学范畴，但在今天，其诗学苦心却已经逐渐无奈淹没在更为汹涌的简化浪潮之中。从具体的论述来看，普洛普是完全不否定历史诗学的意义的，他认为没有正确的形态研究就没有正确的历史研究，肯定了形式与历史之间的关系，甚至，他所提到的比较视野，恰恰是在俄罗斯历史诗学（历史比较诗学）视野中进行的，而他所有的故事类型问题，则完全是一个类型学的视野，是一个比较诗学的问题。应该说，自始至终，普洛普是在一个历史诗学的传统上进行的一个创新，他自身带有历史诗学的视野，有着历史诗学的研究方式，只不过，他通过创新，在《故事形态学》中将历史诗学的形式部分方法发展到了极致——这就是将这个流派中注重结构维度，也就是形式的维度，发展到了新的维度。而这种发展，则影响了后来的结构主义叙事学的形式主义倾向，并进而最终模仿普洛普从形式问题入手来建构其诗学路径。

　　应该说，普洛普试图将文学研究置于一个科学领域中，用一个形式方法来解决问题，是令人耳目一新的。正如他自己说的："这样的话，我们便看得出来：很多东西有赖于形式研究。"② 他的做法是，用整体与具体成分之间的关系来对故事进行描述，在他的关于用道具将主人公送达目的地的著名描述中，③ 由于这个描述十分著名，我们将不再复述。普洛普主要还是从语法角度切入的，他认为沙皇、老人、巫师、公主实际上都是同一个成分的角色，只不过，他们的名称不同而已，当然，我们知道，普洛普著作带有历史诗学的隐含面，普洛普关注的是功能，他试图做的，不可避免地带有历史诗学注重意义的特点，正如他所说的："功能指的是从其对于行动过程意义角度定义的角色行为。"④ 也就是说，有时候，公主赠

---

　　① ［俄］弗拉基米尔·雅可夫列维奇·普洛普：《故事形态学》，贾放译，中华书局 2006 年版，第 15 页。

　　② 同上书，第 16 页。

　　③ 同上书，第 17 页。

　　④ 同上书，第 18 页。

给伊万一个指环,和巫师赠给伊万指环,有时候,是不同的,尤其是不同文学类型之中,当然,尽管普洛普涉及了这个问题,但是,在这本书中,他并没有深入这个问题,也没有涉及其他文学类型中,他谈的是民间文学,民间文学有时并不是特别复杂,尽管,普洛普试图说明这个"简单"的领域也并不那么简单,他提到了:"例如,如果伊万娶的是公主,那这完全不同于父亲娶了带着两个女儿的寡妇的婚事。另一个例子是:如果在一个例子中是主人公从父亲手中得到 100 卢布,后来用这些钱给自己买了一只能未卜先知的猫,而在另一个例子中是主人公因其英雄业绩而获得余钱奖赏,故事到此结束,那么我们面对的虽然是同一行动(钱的转手),从形态学上说却是不同的要素。"① 相同的结构项,在不同的语境中是不同的说法,毫无疑问是带有历史诗学色彩的。不过,我们在上面大量的论述中,可以看到普洛普的理论建设方向是与巴赫金不同的,他的《故事形态学》中是强调历史维度,但在具体操作上,将强调形式因素的部分写成了一部书,这在某种程度上割裂其理论部分,普洛普没有在一个理论层面上彻底解决这个问题,他虽涉及了形式与历史交互面,但是对交互面没有系统深入地发展。

我们将会在下面论述到,巴赫金的时空体概念,从叙事学角度上看,是一个集叙事语法与叙事语义、叙事语境为一身的概念,相反,应该说,普洛普在这个著作中没有从叙事语义整体方法来研究这个问题,这是因为,由于研究对象的原因及其简化研究的思路,这是不可避免的。另外,与巴赫金的时空体理论涉及诸种文学类型不同,普洛普涉及的仅仅是民间文学,而这民间文学比巴赫金所提到的传奇时间类型的文学似乎还要简单一些,这样,普洛普实际上减少了自己讨论的范围,所以,他的相关研究,不可避免地简化了,但是,他的这种研究却为结构主义叙事学提供了一个非常好的思路。实际上,与普洛普的形式研究相比,结构主义叙事学尤其是热奈特更进一步削减其中的语义及社会历史内容,强化了形式功

① ［俄］弗拉基米尔·雅可夫列维奇·普洛普:《故事形态学》,贾放译,中华书局 2006 年版,第 18 页。

能。尽管，我们同时看到热奈特不得不诉诸具体批评，试图从一个特殊性的角度，也就是普鲁斯特的独特性成分，找到其中的意义部分，这就成了他自己说的在方法论和具体批评中的摇摆。

如果我们很简单地将普洛普的方法和巴赫金的方法有一个简单的区分的话，那就是普洛普采用的是一个最早期的叙事语法方案，而巴赫金采用的是一个叙事语义、叙事语法及叙事语境综合的方法。

所以，从这个角度上看，我们可以看到，巴赫金的文论（包括时空体理论），作为一种叙事学传统，从一开始，看起来是在经典叙事学之外，[①] 但是，却有可能在另一个时期重新归来，而成为语境叙事学的重要来源的原因，正如上面戴维·赫尔曼提到过了。但是，我们需要指出的是，我们这次要做的，是试图在转化学理论证上，借助相关理论模型的搭建，使时空体理论能获得衍生的形态，变成语义和语法、语境的综合为基础的后经典叙事学研究，一种基于巴赫金时空体理论的历史叙事学，这种历史叙事学，是西方传统比较陌生的，但是在德国（主要是在德国的英语系学者）和中国——俄国学者对诗学模式情有独钟，对叙事学不免有所忽视——却因为社会历史批评和形式论的双重深入，将会是让国人有一定接受度的模式。

要之，我们实际上进行的是一种转化工作，这些转化工作中还会涉及

---

① 时空体理论作为某种历史诗学的纲要及主干，写于 1937—1938 年，在巴赫金所潜在构建的小说历史族系之上，巴赫金所关注的三个点：陀思妥耶夫斯基、歌德、拉伯雷脱颖而出，在这个意义上看，巴赫金的时空体理论一直作为其诗学研究的纲要存在着，其许多成分已经变成了其诗学潜在层和基础层，我们也许需要考虑到，巴赫金时空体理论中的形式层面，是否有可能在某些层面上对托多罗夫产生了影响，这可能也是一个疑似影响关系的问题，从目前看，我们也许可能会遇到一些困难，这是因为，首先，托多罗夫与巴赫金是有关系的，但托多罗夫的叙事学构想和巴赫金的时空体理论之间是什么关系？这个问题倒不好说，从理论的形态上看，巴赫金的时空体理论是试图将某种语义和语法的综合视为理论的基础，但是托多罗夫，是从叙事语法角度构建叙事学的，尽管巴赫金的时空体更具综合性、范围也更广，可以成为某种充分条件；其次，时空体理论中的某些缺点和整体结构是通过某种转换进入了托多罗夫的叙事语法研究了吗？我们提出的这个疑似影响关系，是否会得到同时研究巴赫金和托多罗夫研究者的普遍认可？这都是一些暂时未能确认的问题，最后，需要指出的是，这两者理论之间的平行关系，在这里是某种在逻辑上有关联并且具有互补的关系，是存在的。如我们在上面所述，普林斯的叙事学词典，将"时空体"收入《叙事学词典》——尽管他实际上"拒绝"了很多后经典叙事学的术语——是有其道理的。而时空体理论与托多罗夫的叙事语法之间的平行关系，也进一步为我们的研究学理化做了注脚。

其他后经典叙事学的一些牵扯，这里主要是两部分。

第一部分是试图对叙事语义和叙事语法、叙事语境的交互进行研究的叙事学，这部分主要涉及一些语境叙事学及个别以语言学模式引导的叙事学理论。语境叙事学大部分还是引用巴赫金的一些思路，没有系统地转化时空体理论，由于绕过了时空体理论这个难关，所以这部分的相关研究显得比较浅与泛，其他个别以语言学模式引导的理论，还是比较多地借鉴了认知诗学、认知语言学、语义学的方法，这部分主要还是戴维·赫尔曼与可能世界叙事学等，但是，戴维·赫尔曼对于历史语言学、历史诗学是完全忽视了，这就意味着他的理论视野显得比较狭隘，其理论未能容纳更为广阔的世界，而可能世界叙事学在基础方法上未能解决专名问题，则使这个方法留下了一个缺陷。当然，我们对戴维·赫尔曼的批评与可能世界叙事学的批评，不是意味着笔者的方法比他更巧妙，而是笔者站在巨人肩上，也就是借助了巴赫金理论对他进行的一种批评，甚至巴赫金也是站在巨人的肩上，也就是维谢洛夫斯基的历史诗学之上进行创造——这个历史诗学流派，毕竟是一个国家历经几代非常努力的学者进行的艰难的工作。

第二部分是涉及比较叙事学部分，因为时空体理论是一个比较诗学，而且是历史比较诗学，所以系统转化后将是一个比较叙事学方案。比较叙事学研究目前也处于理论的最初阶段，国内是谭君强教授的富有启发性的比较叙事学，国外除了零星的几篇英美模式的比较叙事学论文之外，也就弗卢德尼克及其老师斯坦泽的历时论的叙事学具有一定比较色彩。因为巴赫金所采用的比较文学路线是在"族系"或者说"谱系"的基础上进行的，试图将影响和平行问题结合起来讨论，并且采用了历史语言学或历史的方法，最重要的是他采用了认知的方法试图对类型学与影响都有所拓展，在比较方法上有所创新，因此也会显示出不一样的地方。需要指出的是，弗卢德尼克及其老师斯坦泽的历时论的叙事学，尽管是历史语言学模式的，但在很大程度上还是结构主义化的、带有很大的普通语言学的残留，所以造成了其理论的很多思路的受限，虽然有历史与比较维度，但与时空体理论还是有很大的不同的。需要特别提出的是，谭君强教授的比较叙事学建构，应该是第一个系统地提出比较叙事学的模型，对这个领域的研究，在很大程度上起着研究方向的指引与标识作用，但谭君强教授是从叙事学的角度到比较叙事学的路径，也就是从叙事学到与比较文学理论交叉领域的过程，而笔者实际上采用了从比较文学理论到比较叙事学的过程，是另一面的转化，因此两者在路径及出发点上还是不一样的，思路及涉及的内容也有所差异。所以，关于这两部分相关学说的述评，我们暂时在这里采用简述。①

我们在上面较详细地"叙述"了某种研究的背景，但是，我们依旧担心，如果不知道维谢洛夫斯基的历史诗学，仅仅是从字面上理解的话，我们在上面的述评将会使人觉得不知所云，在很大程度上，笔者最为担心的是，历史诗学这个名字容易让人望文生义，常忽略了它实际上的比较诗学的实质，正如历史语言学有另一个历史比较语言学的名称一样，从而对我们的转化过程难以理解。

第二节　时空体叙事学的研究方法及思路

笔者采用的研究方法主要有两个：第一个是我们的具体方法论操作层面；第二个是我们方法总体思路层面。

在具体操作层面上，也主要有两个层次，我们最主要的工作实际上是转化，但是在转化过程中，我们会遇到空白的地方，这是因为，叙事学是一个比较规范的理论，巴赫金的理论是充满很多空白成分的，有些地方，对应不上。空白的地方我们需要借路搭桥，需要参考相关的语言学以及更深层的逻辑学与哲学作为我们倚重的工具，首先，这里的第一步，也就是第一个层次，我们需要的是阐释原因及其学理，就是我们之所以选用相关工具的原因，这部分主要在第二章。其次，也就是第二个层次，我们要借助这些工具进行推演，这是因为，在研究的过程中，我们要进行补充论

---

① 因为我们这一章从理论方法一般基础层面上来建构历史叙事学，并且论述其理论史变化，由于对象复杂，我们能把这一部分说清楚就已经很不容易，而且，我们研究的对象在国内并不为人所熟知，这些部分的内容只有在转化的时候才能讲得更清楚，实在没有必要将涉及部分相关的牵扯在内，这样容易将对象混淆了，因此这些部分相关、但在整体上不同的、路径上也不一样的相关研究在这一章暂不涉及。

述，这些论述是根据巴赫金诗学的一些前提与转化所必需的叙事学逻辑得出的，这部分主要在第三章至第五章。

按照上述思路，我们在具体操作的第一步，就是论时空体理论作为一个历史诗学的语言学基础及其叙事学化的基础，其中有很多对其理论线索或者说其指向许多未知的问题的阐释，这个层面我们将单独作为一章来论述，也就是第二章。这一部分为转化做前期工作，我们要论述，从历史语言学到历史诗学（时空体理论）再到一种历史叙事学的可能性，由于我们已经经过了历史诗学这个流派对历史语言学的诗学化——这个过程远远比叙事学对语言学模式的援引要早得多，甚至我们看到，整个叙事学本身就是与历史诗学的一个简单化的著作《故事形态学》有着密切的关系的流派，是与形式主义有着密切关系的流派。笔者现在要做的是，就是揭示我们整个工作的过程，笔者试图用一个图表来表述。

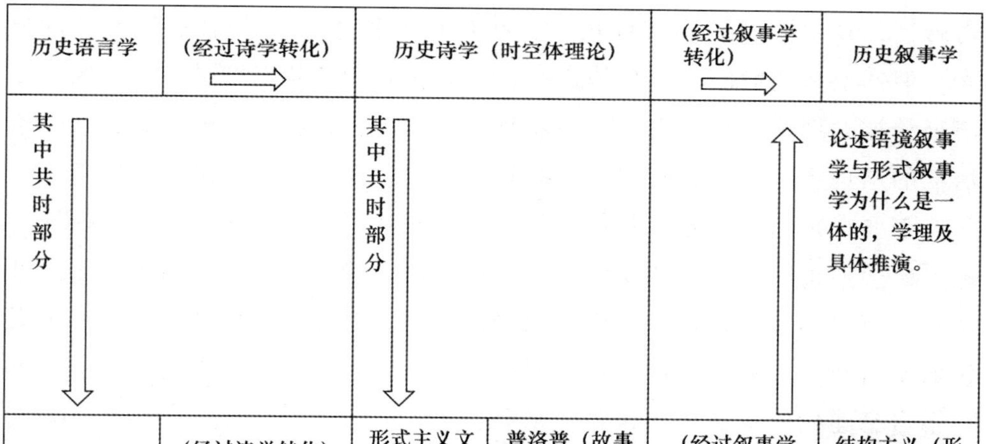

历史语言学	（经过诗学转化）	历史诗学（时空体理论）	（经过叙事学转化）	历史叙事学
其中共时部分		其中共时部分		论述语境叙事学与形式叙事学为什么是一体的，学理及具体推演。
普通语言学	（经过诗学转化）	形式主义文论；普洛普（故事形态学）	（经过叙事学转化）	结构主义（形式）叙事学

图 1　历史叙事学与形式叙事学关系

需要特别说明的是，历史语言学到普通语言学部分，正确的表述应该是 19 世纪的历史语言学到 20 世纪的普通语言学（索绪尔的结构主义语言学），表面看来，似乎不是一个从历史到共时转换的过程，因为，结构主义语言学也有共时部分和历时部分，所以，一般人会认为，共时部分的转换是在从普通语言学到形式主义文论部分，但是，在本质上，我们可以认为，20 世纪结构主义语言学对 19 世纪历史语言学最大的胜利，就是共时模式——尽管 21 世纪历史语言学卷土重来——结构主义语言学虽然也有历时语言学，但是这种结构主义历时语言学最大限度地共时化了，最主要的标志是它放弃了内容，抛弃了所指而转向了能指，这也造成了目前以语言学为引导学科的叙事学，更多地带有共时特征，而缺乏历史与社会维度。所以我们从这个意义上说，历史语言学到普通语言学，实际上是一种共时的转换。

我们看到，在这个图表中，笔者实际上是从转化维度来论述这个问题的，是从历史语言学到历史诗学再到历史叙事学，我们是选择了时空体理论作为转换对象，时空体理论是历史诗学的一支，从历史顺序上，这看起来是没有问题，当然，转化过程会遇到很多困难，最主要原因是时空体非常晦涩，其中的理论跳跃性很大，在转化过程中，会将很多问题显示出来，但这也是我们的一个目的之一，因为我们知道叙事学是一个试图理出清晰结构的理论，在严格性方面具有一定的优势，我们试图将其放在一个清晰的结构中，重新看其中的一些问题，然后我们会对之进行一些推演。

需要特别指出的是：我们在具体方法论的选择上，需要费一些工夫，笔者试图建构一种历史认知叙事学，从字面上看，需要回到历史语言学和认知语言学的交叉领域，历史认知语言学上，但是，这里会出现一些前沿领域中可能会出现的一些问题，就是所依靠的研究对象实在太少，有时不得不自己建构或选择认知模型，从目前看，历史认知语言学是在 2010 年之后才出了第一部论文集，从里面的具体论述来看，理论模型数量少，还没有多到用来解析时空体理论的程度，这就使得，我们只能在历史语言学或认知语言学中选取重叠的部分，结合其他的相关的模型，来解析巴赫金时空体理论中的晦涩甚至看起空白的跳跃，这样的处理，是根据巴赫金时空体理论的特点来操作的。

同样需要提醒的是，如果我们将时空体放在叙事学的版图中，我们将会发现其中有太多的空缺需要填补，有些线索仅仅是一个"矿脉"的预兆,然后就转到深深的理论地下层去了,一点儿也不给仿佛看到某种神奇的探险者以机会,而且,目前的学术研究,选择这样一个虽看起来是富矿但却十分困难的选题,冒着暂时不出成果的风险,对于许多研究者来说,是非常具有风险性的,所以,在很大程度上,一般的研究者都会避开这个问题,在这个意义上,我们选择这个对象具有一定的研究风险,笔者的处理方法是:在许多空白的地方需要搭建很多引桥,而且我们试图搭建两层基础,第一层是语言学的,是广义历史语言学包括社会语言学与认知语言学交叉面上,如语法化等,通过对语境、语法及语义一体的相关观点,推进我们的研究,这一层面,不少后经典叙事学家如戴维·赫尔曼有相关的工作——尽管他的方案似乎有生搬硬套方面的问题——过于系统功能语法化了,应该说,国内文学研究者虽觉得比较陌生,但国外学者及国内的语言学界研究者尤其是系统功能语法等词汇语法和认知语言学则相对比较熟悉。第二层则是逻辑学与哲学的。之所以选择这部分,最主要的还是我们目前对形式与历史交互面的逻辑学与哲学论述不够,我们接受的是旧式的逻辑,在哲学层面上对主体与环境交互层面也不太关注。我们在操作过程中发现了这个问题:我们试图在拼接语境叙事学和形式叙事学版图的基础上,对时空体理论进行叙事学化的,关于这一点,许多英美的研究者由于对共时语言学的接受过深,并且刻板化了自己的思维,所以会在很大程度上拒绝这种衔接——实际上我们从其思维逻辑和哲学背景上已经看到其问题。另外,即使是目前最具历时维度的历时叙事学,其本质还是结构主义历时叙事学,这部分主要还是集中在德国的英语研究界,这是因为他们对历史语言学的模式相对比较熟悉,但是,他们依旧会不自觉受到英美学界的结构主义历时语言学的影响。所以,我们会在更多地选取一些更具历史与社会维度的方法基础上,进一步论述其中的逻辑层面和哲学层面,我们觉得,之所以对历史与形式的交叉面认知得不是很清楚,是因为我们对主体与环境的交互,语法与词汇的交界等层面认知不够,论证不足,所以,我们需要在一个新的逻辑层面演进上,通过历史影响的考证以及最新的相关工具援引,对之进行进一步的论述。我们的理论尽管已经在第一层面,也就是语言学引导的操作层面站得住脚,但是我们试图能论证得更加深层一些。

笔者目前选择的工具，主要还是在历史语言学与认知语言学的交互面上，一般两个学科交叉会有所侧重，我们的侧重点更近于历史语言学。这个工具的第二层面是一些具有历史化、社会层面，同时又有形式思考的语义、语法及语用（语境）的历史认知框架，如语法化、语法隐喻和认知语境理论等，深层的涉及情境语义学与戴维森的语言哲学——这些理论是我们在不断比对的基础上大量筛选进行的，涉及语言学及语言哲学的许多方面——我们试图在此基础上，来借助这些工具来进行推演时空体的理论，需要指出的是，我们所借助的工具，本身之间的很多问题也需要论述跟推演，这就给我们的研究增加很多难度，同时，我们需要证明，这些理论是能够在一定程度上，搭建起一个系统性的基础，主要是语言学层与逻辑学及哲学层两个层面，这一点，对于笔者来说，还是有一定难度的，但是，所幸的是，最终笔者还是艰难地完成了这个任务。

上面是我们的具体操作层面，我们在下面探讨这种方法背后更深层的方法论层面思考，就是试图回到传统去创新的总体思路。

笔者试图做一个新的后经典叙事学模型，也就是说试图从一个新的后经典叙事学的角度建构一个新的理论——在这个意义上，即在整体上试图与其他后经典叙事学在大的趋势上是一致的，又在思路上试图与其他的后经典叙事学有所区别——按照目前的情况，这样的努力一定隐藏着许多陷阱，最大的陷阱就是我们某种看似新潮的努力，最终会落入陈旧的陷阱，最终使某种努力成为非常努力的无用功，成为一个看似新潮却十分陈旧的展示。

因此，笔者试图反其道而行之，将我们的研究基础，奠基于一个被忽略的传统之上，这种"隐秘"传统目前还不是为人所理解，但是，仅仅列出这个学派所影响的文论家，读者将会十分惊讶：他们是普洛普、俄苏形式主义者、什克洛夫斯基、巴赫金、洛特曼等。[①] 这个学派与叙事学的密切联系，将会使我们感到惊讶。这种诗学传统的"传人"所建构的理

---

① 见夏忠宪《俄罗斯著名汉学家李福清访谈录》，载《俄罗斯文艺》2000 年第 3 期，第 82 页。

论，按我们的通常所认为的那样，一些如俄苏形式主义者、普洛普恰是经典叙事学（形式叙事学）的许多理论基础，另一些，如"被零散切掉"的巴赫金恰是后经典叙事学（语境叙事学）的重要理论资源。

如前所述，当我们在一个新的视野中重回叙事学传统，我们会发现，这种诗学流派，也就是历史诗学，或者说历史比较文艺学，对于叙事学来说，比我们想象的重要得多，甚至，在叙事学传统形成的过程中，由于选择了另一条路，叙事学创造了许多辉煌，却也形成了许多问题，在此时，也许是需要我们在诗学传统中，重新看待这种诗学传统和叙事学传统了。

为了便于论述，我们试图从这个学派中较多地为叙事学界所知但对其传统模糊不清、且内部十分复杂的一个理论点，也就是时空体理论这个点入手，通过对这个历史诗学或者说历史比较文艺学的诗学资源再改造，尝试着构建一个初步的历史认知叙事学或者说相对比较基础的历史比较认知叙事学，也就是我们在前面提出的"时空体叙事学"。

这种建构的冲动，是笔者从阅读了经典叙事学和后经典叙事学理论文献之后，发现某种重回传统的重要性才产生的。经过近九年的思考，笔者发现我们也许要像新亚里士多德学派一样，能够回到传统并在此基础上进行创新，才能比较好地面对我们在叙事学上的一些问题，我们这次回归，试图回到这个不怎么被许多人所知但是十分重要的流派中去，我们首先要回到在后经典叙事学研究中常被提及的巴赫金时空体理论那去，并在此基础上重返巴赫金时空体理论的更早的源头，这个源头是生发了普洛普民间故事形态学、形式主义和巴赫金诗学的历史诗学。

我们回到语境叙事学最重要的来源之一上去——也就是回到巴赫金。这是目前后经典叙事学对巴赫金的定位——关于巴赫金对语境叙事学的影响，这一点，学界的意见是相对比较一致的。笔者也再次强调，绕过时空体理论的巴赫金的语境叙事学方案，是非常不完整的，其次是我们试图将巴赫金尤其是时空体理论与历史诗学学派的传统重新展现出来，并在与普洛普的某种参照视阈中，力图打开一个新的视阈。幸运的是，历史诗学与巴赫金诗学与时空体理论之间的渊源关系，这一点已经在笔者硕士论文以及对巴赫金时空体理论专著中得到非常系统的论证了。退一步讲，即使我们在更弱的联系上建立我们的理论，也就是试图将某种论证基础奠基于某种平行关系之上，其学理性也是可行的，因为，我们做的是理论的一种改造工作，其最根本的出发点，仅仅是理论上的逻辑联系而并不完全要求事实上的联系。所以，这个重视形式的历史生成的诗学流派，也就是历史诗学流派，与叙事学之间是否有事实上的渊源关系，并不构成其必要的起点，而某种理论上的平行关系，就足以成为研究的起点了，当然，实际上，我们是能发现其中比较确切的渊源关系的，其平行关系，更是十分容易确认。在此基础上，通过一种叙事学转化，笔者试图构建一种历史认知叙事学。

历史诗学曾经启发了巴赫金、形式主义者、普洛普等人，从其作为理论资源方面，这种复杂而深刻的诗学有许多可以挖掘的地方，而巴赫金的时空体理论作为一个未完成理论，向叙事学敞开了一个开放的空间，初步进入了叙事学视野，更准确地说，其理论介于历史诗学向历史叙事学前进的维度上，或者其中大部分内容构成了一个面向历史认知叙事学的雏形，所以，我们在这个基础上，重新思考与巴赫金关系密切的托多罗夫，重新审视与俄苏形式主义者、普洛普联系颇深的经典叙事学，重新看待在只言片语的巴赫金理论影响下的语境叙事学，并在此基础上试图从巴赫金的时空体理论为出发点来构建一种新的后经典叙事学，还是有很大可能。我们试图构建的这种后经典叙事学，如上所述，最终将走向历史叙事学或者说是历史比较叙事学。

我们还是要非常清楚地在影响的基础①上厘清巴赫金时空体理论与叙事学之间的学理关系，这种关系的建立，恰恰体现在巴赫金时空体理论的后经典叙事学化的上。我们将从叙事语义和叙事语法的结合、类型与比较的维度、语境的认知面等方面来构建"时空体叙事学"的转化基础，而我们的哲学基础将推到更远的地方，通过最新的主体与对象的交互论到新康德主义，再到康德的先验形式中所蕴含着的主体为对象赋形思想，直到康德提出这个问题的哲学更远的源头，就是亚里士多德对柏拉图理论的

---

① 退一步说是平行关系或者说是逻辑关系。

改进。

特别需要指出的是,我们的这种构建冲动是源于某种困惑,而这种困惑是基于我们的大量阅读体验的。我们最初的困惑是,后经典叙事学究竟为何,如何"后"、怎么"后"?我们之所以有这样的困惑,比如说,我们总是隐隐约约地觉得,不少国外后经典叙事学研究,似乎是足够"新"了,但是,依据这些理论面对文本的时候,有时又发现许多研究有一种违和感,仿佛这些理论,为了追求某种知识生产,求新求异,却常常忘记了传统,所以许多研究,似乎终究让人觉得有些让人觉得漂浮,不踏实,未能根植于事实本身,未能根植于传统的反思,反而让人觉得不够深入,不能解决问题,也许最终未能真正地创新,也就是未能真正地"后"经典叙事起来。

也就是说,笔者觉得不少研究,也许应该可以说一点新、但最终似乎没有能够说出来,与其说我们的相关研究不够"后经典",实际上是因为我们一直没有真正关心传统。

所有的"变革"与创新如果说还有什么不够的话,那往往是因为,我们对我们的来途,认识得不是很清楚。需要特别指出的,对于经典叙事学的诗学源头的确定及描述,一直是一个很让人觉得不够清晰的领域:不少人总觉得缺了点什么。这使我们不得不觉得:我们对以往一直认为的,属于旧的经典叙事学话语,是否还是有重读得不够的地方呢?所以,有了我们在前面对历史诗学与巴赫金与普洛普两位学者关系的较长论述。

对经典叙事学的诗学源头关注得不够,对传统研究不够,也将会使我们对未来认识不清。当然,这是有一些具体原因的,进入我们目前通常所说的后经典叙事学研究阶段,大部分的叙事学学者忙于构建自己的后经典叙事学理论体系,忙着开拓新的疆土,对于后经典叙事学也各自有着自己的意见,而沉下心来,重温旧的文献,反而是一件非常重要的事情,也许是因为我们在重温了传统方面力度不够,所以,即使是我们目前号称很新的后经典叙事学研究范式,似乎依旧重复许以往的问题,比如说大多数都依旧不约而同地采用了叙事语法的研究范式加具体作品的阐释方式,试图在具体作品或者说某种"语用"环境下打开历史的界面,应该说,这条路是非常对的，但是，问题是，我们为什么不从一开始就将许多因素作为理论的一部分考虑进来呢？这些问题在传统中有没有答案呢？这就使得我们有时不得不再重回历史现场，看看能否从一些最初理论开始，如通过时空体理论所提供的洞见，沿着其理论建构的历史之路进行反思性阅读，从而构建一个基于历史叙事学反思的最初解决方案。在这个过程中，我们将不得不对时空体理论本身进行转化、补充及推演，通过借鉴后经典叙事学理论的相关洞见，尤其是通过时空体理论与后经典叙事学的某些"衔接""衍化"，构建一个较完整的新的叙事学方案。

需要自我反省的是，我们的研究不可避免地带有某些最新的后经典叙事学潜在的视野，甚至可能会有时空体理论或者新的后经典叙事学的一些"症候"，在这个意义上说，我们赞同国内学者认为经典叙事学与后经典叙事学密不可分的提法，所有的切割与超越，正如后现代性与现代性一样，在其原初之处（原初现代性）就显示出复杂的纠葛与致命的症候，但所有的研究，还是非常努力地展现某种新的叙事学视野。我们的研究最初的阅读起点（不是理论起点），不是从"前"（也就是经典叙事学）开始的，相反，却是从阅读后经典叙事学，尤其是思考后经典叙事学视野中的时间与空间问题所产生的困惑开始的，然后在此基础上，重回历史传统。这就使得我们一开始就进入了一种颠倒却有可能准确的顺序或者说秩序（order），这种反常的秩序（order）有可能成为某种进入新领域的入口。

但是，我们的理论起点，是从某种原初经典叙事学的问题出发的方法，也就是说，笔者试图通过重读原初传统的方法，综合并发展后经典叙事学的一些方法，在阅读中建构新的视野，并试图来面对经典叙事学曾面对过的许多问题，并在此基础上，实验其有效性。应该说，我们在细读了许多后经典叙事学以后，再回头重读经典叙事学，这将会使我们在具体论述的时候努力避免那些真正过时的东西。我们的所有的最初设想，很多是基于细读叙事理论的疑惑，这些念头在最初不仅零碎，而且微弱、犹豫及缺乏信心，但是，随着研究者尤其是后经典叙事学的新文献的阅读，以及阅读到类似的质疑甚至看到明确提出的反对声时，笔者渐渐增强了信心，看到了一些确实不是仅仅一个人看到的问题,所以,重新依据传统,通过综合,重构某种历史叙事学方法,在这里主要是对时空体理论的叙事学化,是经过反复思量,是有一定的学理性的。

当然,尽管笔者已经在上面类比论述了现代性和后现代性问题,我们依旧需要再重复说明一次,这是因为我们目前的许多认识及研究风气受简单地要求"新"这种观念的影响,对于真正的创新来说,是非常不利的,尤其是对于经典重读,有不少影响甚远的误解。

实际上,从旧的材料中发掘出些新的东西,不断地阅读经典,应该是创新的重要步骤,如果不这么做的话,也就是说我们如果不重复、多次阅读经典文献,创新有时无从谈起,因为没有反思,没有对旧的文献的反思性的也就是"生产性"阅读——这种生产是在马歇雷意义上的,① 指的不是研究"工业化"的趋势,而是指的是某种基于创新的创见——我们的所谓的创新,有时依旧会落入旧的圈套,所以,重读十分必要,因为在后来者的视野重读原初的构建,实际上蕴含时代对于经典文献的一种新的愿望与祈求,新的时代、新的要求,必然会带来新的视野,只要我们细致深入地从事重读工作,从旧的理论中再次读出新的东西,不会是一件难事,如果我们重回其更深的传统,通过在思路上的重新展现,并在其基础上凸显其系列症候,有可能会发现一条新的理论图示。理论史和思想史上都有很多这样"回到×××"的例子,但是,在年纪尚轻的叙事学研究史中却非常罕见,我们之所以这么做,并不是因为省力跟风的某种研究惯性,而是因为在向上回溯的过程中,确确实实觉得研究过程中发现了一些问题,需要回到某个原点来重新认识它们,这些理论原点的反思,对于构建新的视野,是非常重要的。应该说,我们本身就在一个理论形成的过程之中,笔者不知道,我们在构建某种后经典叙事学视野中的努力中究竟还有多少盲点,但是,我们知道,这种反思本身,是有意义的,不管是加深我们对后经典叙事学还是经典叙事学,甚至更早的一些形式理论的理解。

----

① 孙鹏程:《作为生产的批评——重读马歇雷的〈文学生产理论〉》,载《中国图书评论》2015 年第 7 期,第 32—39 页。

第三节　时空体叙事学研究意义及创新点

在《鬼魂和妖怪：论讲述叙事理论史的可能性和不可能性》中，布赖恩·麦克黑尔提出了一个尖锐的问题："有一个幽灵缠绕着叙事理论，至少缠绕着戴维·赫尔曼和莫妮卡·弗卢德尼克讲述的叙事理论史。这个幽灵不是别人，正是米哈伊尔·巴赫金。"① 初看起来，布赖恩·麦克黑尔似乎认为这个问题的原因也许在于他们的分工，但是，我们将很快发现，这只不过是布赖恩·麦克黑尔的一个让步叙事，实际上，他认为："它表征着叙事理论史内部的一种重要冲突，最终也是叙事理论自身的内部冲突。在我看来，巴赫金是从叙事理论史的两种讲法中滑落的。"② 需要指出的是，我们看到，布赖恩·麦克黑尔似乎将之列为一个不可能的任务。麦克黑尔确实提出了一个很好的问题，尽管并没有给出答案，本书似乎可以给这个问题提供一种解释。

实际上，有时理论的问题回到历史和个案，比在那里不断地推演更加重要，在这个问题上也是这样的，我们的研究将会给这个问题一个更为详尽的解释，我们将会证明，之所以麦克黑尔提到的两位之一戴维·赫尔曼将这个问题忽略了，是因为他从一开始，就将历史影响的问题弄错了。

而莫妮卡·弗卢德尼克之所以形成了没有将巴赫金算进去的印象，其实是因为作为继承了其中"偏结构"的历史论叙事学者，对于巴赫金背后悠远深厚的诗学传统，依旧有一些拿捏不定，所以，尽管，他们在源头中给巴赫金排了一个位置，莫妮卡·弗卢德尼克是这样做的，罗伯特·斯科尔斯也是这样做的③，并且这些学者基于某种学术阅读经验，展示了他们对这个问题的理解，但是，俄罗斯历史诗学在西方尤其是英语学界的缓

---

① ［美］James Phelan，Peter J. Rabinowitz 主编：《当代叙事理论指南》，申丹、马海良、宁一中、乔国强、陈永国、周靖波译，北京大学出版社 2007 年版，第 48 页。

② 同上书，第 49 页。

③ "当然，也有诸多其他学者曾进入这一领域，在理论和历史研究两方面都创造出丰硕的学术力作——如巴赫金、托多洛夫、热奈特、巴特以及麦基恩（Mckeon）。"见［美］罗伯特·斯科尔斯、詹姆斯·费伦、罗伯特·凯洛格《叙事的本质》，于雷译，南京大学出版社 2015 年版，序言第 3 页。

慢接受情况,阻碍了这个问题的深入。

　　所以,尽管笔者可以认为从莫妮卡·弗卢德尼克自己在历史语言学基础上中重构历史取向的叙事学是非常有潜力的,但是,他们的方案未能使得偏向形式叙事学的学者信服,需要指出的是,巴赫金一直就在诗学的源头,较早地构建并实践了一种历史诗学,通过转换成历史叙事学,这种方案将会使人信服:巴赫金时空体理论的叙事学化,其个案的意义在于,我们从一开始就发现,形式与历史在其诗学源头,就是互相需要的,如果我们以申丹《为什么形式叙事学和语境叙事学需要彼此》论文的标题作为某个提问的话,我们实际上发现:在巴赫金处,实际上,形式和历史问题,从开始实际是一种交互的状态。关于这个问题,目前飞速发展的语言学研究及逻辑学会给我们提供帮助。

　　我们对巴赫金的定位与戴维·赫尔曼和布赖恩·麦克黑尔不同的是,他们是将巴赫金视为某种反形式主义者和不可定位的鬼魂,但是,我们认为第一个定位是错误的,因为戴维·赫尔曼是从一开始就将理论谱系弄错了,实际上巴赫金在形式研究方面,可以被称为后形式论者或者说超形式论者,形式是其研究的重要组成部分,但是,从一开始,他将形式就置于历史语境中了,而且,更为重要的是,他展现了形式的变异视角及社会历史语境,但他所有的研究方法中,形式是一个重要的视角,在其诗学传统中,他所秉承的历史诗学是一直如此坚持的,时空体理论已经是一个非常精彩的方案,而我们在其基础上进行进一步的转化,将会使其晦涩处畅通,彻底展现其异彩纷呈之处,当然,我们再次强调,异彩纷呈之处属于巴赫金,如果有什么依旧晦涩,责任在我。

　　也就是说:我们试图描述一个被忽视的叙事学资源、一个沉默的叙事学传统环节,在此之前,我们还是从一个叙事学者对某种被忽视的叙事学资源的讲述开始,然后,我们在他的理论史讲述的某个缝隙和断裂之处入手,引出另一条长久被忽视的理论历史线索,通过这种讲述,我们将补上这一段叙事学忘却的历史。

　　上面讲的是某种理论史上的意义,在具体问题上,如有一些创新的地方的话,可能主要在于以下几个方面。

（一）通过对较长时间存在于叙事学领域，但是，一直没有得到进一步研究的"时空体"这个概念的深入研究基础上，讨论了时空体理论的叙事学维度，通过这种进一步叙事学化的研究，我们可以开启一个新的视野：我们对于进入叙事学领域的各种术语、传统，是否需要重新看待？所有的术语是否都得到我们细致的分析，对于这些长期存在叙事学领域但却很少有意识关注的术语，其背后的诗学传统与叙事学是怎么样的关系，是否需要进一步研究？这些术语所内含的叙事学意义，是否都得到了充分的表达？这种进一步叙事学化的研究，是否有其范式面的意义？这个案例的研究，将会让我们重新审视一直处于沉寂状态的叙事学相关理论。

（二）在对叙事语义和叙事语法方面，笔者认为时空体第一层面叙事情境抽象层中实际上设定了一个词汇语法系统，通过语法映射与语法整合，也就是通过发展词汇语法系统的过程，时空体从词汇语法系统在形式层面上得到了映现，通过对语义和形式的交互问题的论述，我们能对意义与形式的结合面有更深的理解。具体来说，就是时空体在理论论述的实际操作层面，搭建了时空、人、动作三个词汇语法位，通过语法化，也就是多次映射与整合，最终构成了其中时空体形式与时间形式。特别需要指出的是，我们在研究过程中，进一步认为在初步的映射与整合过程中，事件型类成为一个确定语义比较重要的结构整合项，在语法化过程中起着很重要的作用，换言之，不是时空、人、动作三项，而是时空、人、动作、事件四项才确定其中的意义与形式的类型，同时我们在情境语义学及戴维森的语言哲学上找到了相关的论证。需要指出的是，我们补正了戴维森的研究，认为我们词汇语法系统到整体形式的过程中意义与形式的定位，依旧是一个类型与抽象的层面上，仅仅构成了某些可能的类型，需要在语境的锚定换言之是具体化中得到表达。

（三）在认知语境、语法及语义的交界面，笔者重构了时空体所隐含的所述情境与说话语境的视角，这个视角是来自时空体理论的设定，并且找到了语言学和逻辑学和哲学方面的依据。具体说来，在认知框架中揭示时空体理论中的情境、脚本、图式和社会心理表征问题。对长期困扰我们的一个难题，形式与历史之间的研究如何交叉的学理基础及具体论证——

给出了一个解释，用语法、语义与语用交叉研究范式来解决这个问题。同时，我们试图为这个问题提供一个哲学基础方面的论证，这是在分析哲学与主体对象交互论基础上的，笔者以为，通过说话语境和所述语境的结合，"叙"与"事"构成了一个转换界面，在这个界面中，"叙"中不可避免地受到"事"的影响，而"事"则被"叙"所塑形，在这里我们还回溯了巴赫金所秉承的康德先验形式与新康德主义转换中的隐含的亚里士多德传统，并考虑了巴赫金对这个问题的思考及新亚里士多德对之的进一步的发展与简化。

（四）在比较叙事学层面，时空体理论也将提供一个非常引人注目的方案，历史诗学有其历史比较的维度，是整个俄罗斯的比较文学学派中的最重要的一个传统，其更早的源头是来自历史语言学也就是历史比较语言学同样有其比较维度，巴赫金的时空体理论是其中一个非常好的建构，最主要的原因是巴赫金试图在认知框架的基础上，融合影响与平行的维度，对比较文学进行扩展，具体说来，他试图构建一个文学类型的总脚本或者说母本，通过对文学类型的总脚本或者说母本的认知变化的历史描述，他所构建的是一个小说历史族系学或者说是谱系学。需要指出的是，巴赫金的案例研究，总是隐藏着比较与类型的层面。通过转换并保留发展的比较维度，我们搭建的还是一个具有很强应用型的比较叙事学。

特别需要注意的是，我们的理论取向是某种走向中间层面的理论，希望搭建的是某种可能而不是某种观点，希望在这过程中，我们的理论不要变成一种僵化式的如同侦探小说的理论，而是为许多问题的探讨搭建更多的可能。

当然，这些都是笔者的一些努力与尝试，至于是否能达到预期目的，一些观点是否能站得住脚，都需要学界师长从"外位性"的视角对之进行批评、对话、质疑。

第 二 章

时空体叙事学的理论基础：时空体理论
后经典叙事学阐释及其反思

笔者已经在前面提到过，本书实际上从一个转化的角度，或者说是衍生与发展角度来研究与发展时空体理论的，但是，所有的衍生与发展的研究，必须基于已经有的学理基础上，如果用一个不太恰当的比喻的话，我们是从某个接口中发展时空体理论的，为了说明我们所提出的时空体叙事学，我们必须论证这种"接口"的"衔接"是有学理依据的。

我们这样安排论述顺序：如果我们研究的对象是建构一种历史叙事学。我们的论述顺序是分两部分的，首先是按照理论来源的先后论述。

按照理论来源的先后顺序如下所示。

第一个层面，主要是第一个衔接点，这个层面是时空体叙事学的来处及曾经的理论基础，时空体理论的基础是历史诗学，进一步地追溯，就是历史语言学，不管是历史诗学，还是历史语言学，都是有类型学和比较维度的，历史诗学是一种比较诗学，历史语言学是一种比较语言学，从本体上说，巴赫金的时空体理论是一个比较诗学的概念，之所以在英美学界有很多误解，恐怕跟其系统性失落有关。但时空体理论实际上是历史比较诗学的一个概念，这一点，在笔者 2007 年硕士学位论文及之后的 2012 年的专著中，有很详细的论证。所以，时空体理论是什么，关系到我们对时空体叙事学的构建，时空体叙事学的历史比较维度，应该是我们不应该忽视的。这部分对应莫妮卡·弗雷德尼克的《建构"自然"叙事学》，两者在思路上有很相近的地方。

　　第二个层面，包括两个衔接点，就是其中的第二个衔接点和第三个衔接点，这主要基于时空体理论对历史诗学的贡献，时空体理论最重要的贡献之一，是搭建了时空体这个概念及其在历史语境中的相关使用，需要指出的是，这部分是最难的，也是最复杂的。如果不能理解这部分，对巴赫金时空体理论的深入就是有问题的，因为，这部分是巴赫金最独特的创造，也是最复杂的创造，同时，在某种程度上，我们对之的理解与转换，应该是最难，也是最具创造性的，换言之，这个层面对巴赫金时空体理论是如何后经典叙事学的，而且是创造性地后经典叙事学的，十分关键。这里主要可以分成两部分，第一部分也就是第二个衔接点涉及部分是时空体的规则层面，这个衔接点主要论述其叙事语义与叙事语法相结合的方法，这是最重要的、最核心的部分。相对对应的后经典叙事学的部分，主要是戴维·赫尔曼对叙事语义的强调，尽管他缺乏历史语言学的知识背景，但这种叙事语义的取向，恰恰是后经典叙事学目前所努力达到的，不过相比较戴维·赫尔曼而言，时空体叙事学提出的解决方法，在适用性上达到了一个较高的高度，这是它和其他后经典叙事学在叙事学有所区别的核心。第三个衔接点，是时空体的语境层面，通过对所述情境的锚定，我们上述的抽象层面才有了其完整的"肉身"，或者说，恰是在语境的驱动中，在主体与环境的交互中，我们才构建形式、表述意义。所以，第二个衔接点和第三个衔接点是同一的，是一而二、二而一的关系，实际上在第一个衔接点中，我们对规则归纳，实际就已经是与某种语境有关的，但是，为了更清楚地表述，我们在分析中，将之抽象独立出来。

　　在这个过程中，我们特别会强调语法、语义及语境的交叉衔接层面，甚至会推到这些语言学观念，更远的会到其中某种哲学基础及新的逻辑基础（这种新逻辑学对古典逻辑传统提出了质疑，对于语义学研究领域的影响十分显著，但是对于目前的文学研究者依旧十分陌生），作为其中的理论基础，这是形式与历史之所以能够交叉的基础论证。我们还会对主体与环境的交互的哲学层面做一些论述，因为这是形式与历史交界面的一些根据。

　　需要指出的是，第三个衔接点，在后经典叙事学中，对应的是目前如火如荼的语境叙事学，尽管很多语境叙事学采用的是将作品具体化以及旧式叙事语法框架加上文化政治阐释的方法，但是，我们会在根子上、从理论层面而不是操作层面上就将意义接纳进来。需要指出的是，和上几个层面一样，这里我们结合了认知的方法。我们知道，巴赫金时空体理论是一个综合概念，其将历史诗学传统、爱因斯坦的相对论（"时空"一体的概念）、新康德主义的认知概念、东正教哲学观念、苏俄文论中最重要社会历史方法创新等方面结合在一起了，这个层面将会涉及新康德主义的认知概念和东正教哲学观念以及对认知框架的独特建构，这部分建立在作者时空体、读者时空体及文本时空体之间的共同感，或者说是某些比较普遍但又有变化的认知模式，恰是新康德主义及俄罗斯东正教哲学的洞见，这种洞见赋予巴赫金最终将某种图式理论能较好地展现出一个综合理论的面目。应该说，这部分对应了当前的许多认知叙事学的创造，包括莫妮卡·弗卢德尼克的自然叙事学所体现出的认知方法以及认知语言学及认知诗学的一些创造，有一些也在戴维·赫尔曼的叙事学中涉及了，应该说，莫妮卡·弗卢德尼克所构建的认知方法，具有一定特色，但是在小说方面以及比较普遍面依旧没有体现出其潜力，而戴维·赫尔曼对于语境的理解依旧是在一个共时框架中的，但是巴赫金所构建的时空体无论是在历史维度，还是构建认知模式上，是有其独特的创造的，比起目前的认知叙事学模式，更具潜力。

另外，在实际论述中，关于历史叙事学的比较维度这一部分是贯穿整个过程的，我们会在第三、第四章涉及，最终，我们会安排一个全盘托出的章节，也就是最后一个部分，第五章。如果需要指明顺序的话，简单地说，从论述主体上看，我们后面的第三章对应第二个衔接点，第四章对应第三个衔接点，第五章对应第一个衔接点，更准确地说，第三章涉及第二个衔接点，第四章涉及第二个衔接点和第三个衔接点，而第五章则是在更为全面的基础上在涉及第二个衔接点和第三个衔接的基础上，论述第一个衔接的整体展开。这里显得比较复杂，我们会在这章结束的地方给予图示处理。

这样的安排是有原因的，第三章主要论述时空体叙事学规则面的核心，这部分主要是叙事语法与叙事语义相结合层面，第四章是在第三章的基础上论述时空体叙事所述情境是如何被锚定的，这部分主要是语境叙事的相关层面，而且是在认知语境上来论述的，这是重点，当然我们看到，这两章是同一的，第四章是对第三章更完整的论述，是在第三章基础上论述的，涉及了语境、语法及语义，实际上是在补充基础上的一种递进。第五章主要论述了在这部分基础上，一种叙事类型学或者说比较叙事学是如何可能的，这部分也是相对宏观一点儿的，突出类以及谱系方面的要求，但是，我们看到，这种类或者比较的研究实际上是贯穿始终的，其实是历史叙事学最完整的层面，所以这部分也是补充基础上的递进，我们实际上不断地循环向前，不断地补充并且前进。

第一节　时空体理论的语言学及后经典
叙事学化基础之一:类型、比较
及整体架构基础层

我们接下来首先是论述其中的几个衔接点，我们在这章中的整体思路顺序，是按照以下顺序进行的:我们在这里的整体研究，首先，要考虑到某种衔接;其次，我们要体现出时空体理论叙事学化的某种特质及优势。换言之，我们的研究要与后经典叙事学对经典叙事学的改进相一致;最后，我们需要展示后经典叙事学化的时空体理论如何对后经典叙事学目前常见的思路有所拓展。

时空体理论与后经典叙事学的第一个衔接点，从语言学层面上看，主要基于历史语言学的类型、比较维度，从其与后经典叙事学视野中看，衔接的主要是某种历史类型研究与比较色彩的后经典叙事学，其中典型代表为莫妮卡·弗卢德尼克等人的自然叙事学及一些中国与英美的比较叙事学，由于巴赫金采用的是历史诗学式的认知方法试图融合类型学与影响的研究，所以在某种程度上具有特异性，从而与这几种有所区别。

让我们回到时空体理论的源头上，维谢洛夫斯基所建构的历史诗学是一种历史比较诗学，他在著作中论述道:"众所周知，在语言学领域运用

比较的方法在研究和评估所取得的成果的价值方面引起了怎样的转折。"①
正如其著作的随后注释所揭示的："在18—19世纪之交，由于历史主义原
则的传播而在语言学领域形成了从历史起源和演变的角度分析各种语言的
比较方法。在语言学领域的比较历史方法的代表人物有德国的雅·格林
（1785—1863）和俄国的亚·沃斯托科夫（1781—1864）。学者们的努力
集中于建立语言系谱（族谱）分类，语言的家族和趋异。"② 需要指出的
是，在这里历史语言学中的两个典型人物，正是占据整个19世纪语言学
研究主流的两个重要成员。

　　雅·格林所著的《德语语法》是"以历史为基础、用比较的方式描
写所有的哥特—日耳曼语族较古老的和较年轻的语言"③。在这部著作中，
他"推动了历史语法学——探溯和阐明亲属语言的诸形式在各个时代和
各种方言中的历史相互关系——的建立"④。在历史语言学的开创功绩中，
关于雅·格林和拉斯克（笔者注：另一位语言学学者）的功绩谁更大一
些，尽管有所争议，但"弱势从纯粹历史主义的观点来考虑问题，这就
不能不承认正确的是格里木（引者注——即雅·格林），而不是拉斯克。
格里木恰恰企图强调历史主义观点的意义，而拉斯克则不理解这种意
义"⑤。这里的格里木就是格林，应该说，格林等人的语言学研究方法，
整个引导了19世纪历史语言学潮流。

　　而维谢洛夫斯基这里提到的亚·沃斯托科夫（1781—1864）则在古
俄语方面做出了很大的贡献，他解决了"斯拉夫语文学上许多基本问
题——确定了斯拉夫语史和俄语史的分期，阐明了古俄语同教堂斯拉夫语
的关系以及古俄语同波兰语和塞维尔亚语的关系"，⑥ 我们看到，这里，
谱系的分类是其贡献的重点。但是，他的研究是从另一个非常值得关注的

① ［俄］维谢洛夫斯基：《历史诗学》，刘宁译，百花文艺出版社2002年版，第9页。
② 同上书，第21页。
③ ［丹麦］威廉·汤姆逊：《十九世纪末以前的语言学史》，黄振华译，世界图书出版公司2009年
版，第77页。
④ 同上。
⑤ 同上书，第80页。
⑥ 同上书，第83页。

方向进行的，是以"历史语音学的观察为基础的，而在格里木所著的《德国语法》中，历史语音学观察只是从第二版（1822）起才有"。①

需要指出是，笔者回顾这个历史语言学的历史，以及我们这里涉及的相关影响，不能不简短地回顾相关研究的历史文本，这里的最权威的选本是《十九世纪印欧历史语言学读本》（*A Reader in Nineteenth Century Historical Indo-European Linguistics*），这本绕不开的著作中对之做了较详细地介绍，收集了最重要的论述，并做了最经典的点评，笔者接下来关于 19 世纪历史语言学的一些论述，都是选于其中，尽管其中关于作者的一些常识，我们可以不详细地加以引用，因为这是研究的常识，但是，考虑到关于历史语言学的许多常识读者未必清楚，不加以引用，难以辨别，所以还是加以详细地注解。笔者在这里还是计划抓住重点人物，采用一种"历史叙事学"方法，通过一种历史的描述与展现将历史语言学的基本理论展现出来。

历史语言学需要提到的第一个人是英国的威廉·琼斯爵士，"与他同时代的人比，琼斯对更好地了解古代历史很有兴趣。在追求这种知识的过程中，语言是唯一的手段"②。尽管琼斯在其亚洲学会的继任者看来，似乎有更为宏伟的目标，他仅仅将"语言学视为工具，其本身不是目的"，③ "他的野心是要有益于人类"④。但是，我们依旧在某些迹象中看出"琼斯曾计划在语言学上花费额外的时间"。⑤ 事实上，细读选文，我们已经看见了琼斯开启了一个非常广阔的视野，一个有意识展开历史与比较视野学术方面的广阔视野。我们甚至可以注意到，这种语言学和我们的比较文学与世界文学的亲缘关系，威廉·琼斯爵士的一些论述，几乎使我们看到了某种反写帝国（逆写帝国）般的努力——我们知道，我们的英语文学在

---

① ［丹麦］威廉·汤姆逊：《十九世纪末以前的语言学史》，黄振华译，世界图书出版公司 2009 年版，第 80 页。

② Winfred P. Lehmann, *A Reader in Nineteenth Century Historical Indo-European Linguistics*. Bloominton and London: Indiana University Press, 1967, p. 7.

③ Ibid..

④ Ibid..

⑤ Ibid..

很大程度上，恰恰是在英殖民地产生而不是在本土产生——正如他对自己的研究对象的描述："我从印度开始，并不是因为我找到理由去相信它是种群或知识的真正中心，而是，因为它是我们现在所居住的国家，从其我们可最好地调查我们周围地区。"① 但是下一句对梵语的重要位置发现与太阳的发现描述结合，很快使我们觉得，他在某种程度上，对于印度的梵语的位置是很笃定的，他认为，我们说起太阳，"它很久以前被想象和现在被证明，它是我们自己行星系统的中心"。② 这种将某种东方的语言，而不是西方的语言，视为太阳，视为一个中心，是非常令人震撼的，这意味着他完全有一个比较研究学者应有的视角，而且是放弃了西方中心主义偏见的比较研究学者。

　　试着想象一下，一直认为拉丁文是希腊文的后裔、在语言研究上秉承西方语言的最初源头依旧只能在希腊之中寻找的观念的一般研究者，在发现琼斯所提出的梵语的重要位置时候的那种冲击。这种冲击，只能是一个比较视野带来的震撼，所以，对于琼斯来说，他所能做的，就是当其尽可能地将这种历史回溯到更远，"扩展它们向前，尽可能远，到对人类的最早的真实记录"。③ 在其中，我们看到了一个广阔而宏观的视野。而且更为可贵的是，他尊重事实，琼斯可以说是很艰难地引用并确认了一个观点或者说事实：印度历史学家关于印度历史上印度地区的居住者与其他地区——包括欧洲——之间的隔绝的论述。那么，如此，梵语这种印度语言将是一种独立的古老语言，和欧洲语言一样，甚至，在琼斯看来，更胜于欧洲语言。所以，威廉·琼斯认为梵语具有相对优势，"比希腊语更完美，比拉丁语更丰富，比两者提炼得更精巧"，④ "任何语文学家将三种语言全都检查一遍，都会相信它们来自同一个来源，而这个来源，可能不再

---

① Winfred P. Lehmann, *A Reader in Nineteenth Century Historical Indo-European Linguistics*. Bloominton and London：Indiana University Press，1967，p. 12.

② Ibid. .

③ Ibid. .

④ Ibid. ，p. 15.

存在了"。① 由于人种群的迁移的未知性以及语言的普遍性，琼斯的猜测有很大可能性——当然也可能存在着某些类同而不是影响的关系。琼斯的这种判断，带来一个梵语研究热的研究趋势，并在之后构成整个历史语言学或者说比较语言学的历史比较语言谱系的基础。

弗里德里希·冯·施莱格尔（Friedrich Von Schlegel）是另外一个很重要的传递者，"施莱格尔的著作对于唤起在梵语的兴趣方面是非常重要的，特别是在德国"②，尽管这里的编者威弗列德·P. 莱曼（Winfred P. Lehmann）对于施莱格尔的研究似乎有一些不以为然，编者认为，"他为建立关系的语法标准的清单，说明了普及者的热情，而不是一位学者的谨慎"。③ 这显然是在语言学史上的一种评价，基于语言研究的。但是，不可否认的是，对于弗里德里希·冯·施莱格尔（Friedrich Von Schlegel）似乎在比较研究中，有很多新的想法，他对于寻找相同语言的源头或者说所出之处似乎非常感兴趣，这种坚持，似乎在比较领域，不管是比较语言学还是比较文学中，有着重要的意义。实际上，其在语言学上，应该说还是有不少值得重新看待的观点，比如说，目前的历史语言学中依旧比较热衷的上古音系构建，如郑张尚芳④等人的研究依旧显示出了其中的潜力，就有他的影响。而他所提到的谱系树，在某种程度上，对于历史语言学及我们将要谈到的历史诗学包括巴赫金的时空体理论的解读，都是有极强的意义。对于先驱者的研究，尤其其中的某些只言片语实则吉光片羽的最早的一些提法，还是应该给予尊重。实际上，研究者们也已经指出，他重要贡献之一就是比较语法及生物学方法的引入，这在很大程度上导致了形态学这个方法进入语言学尤其是诗学研究。弗里德里希·冯·施莱格尔（Friedrich Von Schlegel）还认为梵语与希腊语及德国等语言相比："相似

---

① Winfred P. Lehmann, *A Reader in Nineteenth Century Historical Indo-European Linguistics.* Bloominton and London: Indiana University Press, 1967, p. 15.

② Ibid, p. 21.

③ Ibid. .

④ 见郑张尚芳《上古音系》，上海教育出版社 2003 年版，以及近几年来的汉藏语的历史语言学研究著作。

之处不仅在于大量的共同词根，而且延伸到最里面的结构和语法。"① 所以他提出比较语法的方法，"语言的内在结构或者说比较语法，给了关于语言的谱系我们相当新的信息，正如比较解剖学以类似的方式照亮了自然史一样"②。这显然是一个非常精彩的"形式"研究方法，难怪评论者认为："这些方法论的采用以及他提请对梵语的注意，是他书中最重要的贡献。"③ 但是，我们在这里，也许要补充一下，他所采用的类型学，尽管在当时也许是一种设想，但在其之后，则成为非常重要的方法，"施莱格尔还建议区分语言的相互关系更深入的方法，一种没有被葆朴、格林和他们的继任者接受，随后依然是对 19 世纪语言学中央路线的外围的方法：类型学的使用"④。应该说，在弗里德里希·冯·施莱格尔（Friedrich Von Schlegel）研究中，他的类型学方法作用还不是很突出，但是，我们知道，这一点在比较文学研究上却非常重要：有时，一个学科的边缘方法移植到另一个学科，将会展现出非同一般的夺目光彩，尽管，当时好像看起来并不起眼。事实上，在我们当代，这种方法在文学中则取得了非常重要的影响，甚至，我们可以看出即使在热奈特的叙事话语中，尽管其试图提出了叙事学的一系列概念，试图使叙事学成为一种基础方法，但是，仔细琢磨：其更底层的方法，不是一种类型学吗？如果我们列出其中大多数术语，倒叙、预叙等，我们发现，他的根源于方法与普洛普以及维谢洛夫斯基甚至巴赫金都是一样的，这种方法，似乎更远地可以追溯到历史语言学以及施莱格尔处，但是，遗憾的是热奈特的研究，是共时的，而是不是谱系的，他的比较完全是抽象的，是脱离文学作品的那种抽象，甚至不得不诉诸文学批评，也就是诉诸普鲁斯特的具体作品，但是，其比较上，尤其是作品的引用上，完全是零碎的意义上引用，这是他在方法论上的缺憾。

① Winfred P. Lehmann, *A Reader in Nineteenth Century Historical Indo-European Linguistics.* Bloominton and London: Indiana University Press, 1967, p. 23.

② Ibid., p. 25.

③ Ibid., p. 22.

④ Ibid..

拉斯穆斯·拉斯克（Rasmus Rask）是历史语言学的重要成员，尽管，他在晚年，从事的似乎是一个类似索绪尔的工作，这注定了其晚年研究被时代所忘却，不是他不对，而是他太超前了。在细致分析他的相关研究的时候，我们恐怕还得分出其中功与过，这是因为，拉斯克可能是 19 世纪历史语言学最重要而且最富启发性的引导者之一，但是他的许多方法，也将是会有许多层面需要被剖析，被厘清出的无效成分以及容易被误导的部分，这是需要在很长时间思索才能够得出。

正如有人认为："正如佩德森和别人指出来了，拉斯克必须归功于他的'系统'的使用与'语法标准'而不是词汇中，执行学院的要求。"[①]这种看法很准确，事实上，这将很大程度上导致结构主义和形式论的最终产生。但是，拉斯克这种看法，也最终使普通语言学在语义与词汇的研究上，或者说与语法密切相关的语义和词汇研究，一直处于相对不太重视的层面。在文学中，也将使得形式与意义同时进行的研究在方法论上被忽视了。我们是从这样的层面上来确认其关系的，一方面，他的研究是有意义的，重视形式是对的，他是索绪尔的先驱，此外，他对系统的重视尤其是系统对应的方法也是非常重要的，这对于我们来说，都是其理论中非常重要的指向。但是，在另一方面，他在研究中片面地将形式与内容分裂开来，使意义成为一个失去研究方法的对象被隔离开来了。这种研究的结果，实际上使很多语义问题或者意义领域的研究，漂浮起来，没有在一个综合的视角也就是语义与语法关系的视角来看待它。之后虽然有研究者开始重视语义和词汇，但依旧是在隔离的基础上。尽管，他实际上最终认为："一种语言，无论其如何混杂"[②]，"当其最重要、最具体、最不可或缺和最原始的词汇"[③] 与其他语言是一致的，它将作为另一种亚类型属于另一种语言。这实际上是另一个维度的理论基础，当然，我们可以知道，他依旧是将这两者之间分裂开来了，这将导致之后的一系列

①　Winfred P. Lehmann, *A Reader in Nineteenth Century Historical Indo-European Linguistics*. Bloominton and London: Indiana University Press, 1967, p. 30.

②　Ibid., p. 32.

③　Ibid..

问题。

我们也已经在前面涉及雅·格林的一些理论，相对而言，格林的重要发现，其实是与拉斯克分不开的，他在拉斯克发现的基础上大量地补充了相关的例子，对日耳曼语和其他印欧语的辅音系统之间的对应关系给出了系统展示，在具体问题上搭建了历史语言学的根基，需要指出的是，格林试图将有些难以解决的问题回溯到历史去的思路，对历史诗学产生了重要的影响，如格林认为，他们当时的对辅音系统的解释，是有其例外，这里例外，不是规律出现问题了，而是因为在历史传承中，很多发音产生了变异，这些变异也是系统性的，而理解这些变化，则要回到历史的语境中去，从变异的视角中来看待它。所以，他实际上认为，不能在当代语境来解决很多难点，而是需要回到过去或者说历史的情境中理解某些难以理解的现象，要注意是否因时代的变迁产生的变化，这对历史诗学尤其是巴赫金诗学产生了很大的影响，巴赫金不仅是将拉伯雷中的很多现象，如肉身化、双重性等问题来看待拉伯雷，不将拉伯雷当代化了，试图将之放回到中世纪及文艺复兴早期的语境，并且构建一个文化语境来解释他，这与历史语言学是分不开的，而他一直都坚持着历史比较的视野，从整个文学变异的视角上看待许多著名作家及那些看起来微弱的传统。

我们在上面按照"历时"的模式论述了相关语言学家及其观点，熟悉这种论述的方式可能会觉得十分清楚，但是，对于习惯了共时的模型的另一些读者来说，还是需要强调一下，做一些初步的"共时"概括：历史语言学与我们的研究，有相关的主要是，首先，历史语言学是一种比较语言学；其次，历史语言学还是一种类型语言学，这一点和第一点是有联系的；最后，历史语言学注重变异的研究，注重将具体问题尤其是一些难以解释的系统性难点放在历史中来看待。

实际上，维谢洛夫斯基的研究一直是在探寻系统之间的关系：他试图在影响和平行的结合中来讨论这个问题，他认为同源说以及移植说以及自身说，"应当加以综合利用，使其'互相补充，携手并进'，从而为他的历史诗学研究奠定了坚实的方法论基础"。① 巴赫金的理论，实际上在这一点是完全地从维谢洛夫斯基出发的，既注重影响的研究，同时也注重类型方面的建构，而且试图在认知的基础上将两者结合起来，实际上，在比较维度上，历史诗学是与历史语言学一样，享有共同的比较方法基础，但是，巴赫金比较强调模型和结构的搭建，在这一点上，是比较现代的，而且需要指出的是，巴赫金搭建这个模型时，是比较强调具体的文学经验的，是试图将某种认知的维度和文学经验问题结合起来的。在这一点上，我们的研究与目前的比较叙事学区别开来了，我们知道，在比较文学上，维谢洛夫斯基是有其贡献的，那么巴赫金有什么贡献呢？笔者以为，除了时空体建构了一个小说谱系之外，巴赫金在比较文学基本观点上提出的体裁的"创造性记忆"② 的基础上以及在时空体中融合影响和平行的认知方法，是其重要的比较文学贡献，我们知道，比较文学在如何比怎么比上存在着很大的问题，但是，巴赫金所提供的认知方法，尤其是其历史认知方法，在某种程度上试图解决这个问题。

　　需要强调的，在历史认知这个角度上看，巴赫金之所以与莫妮卡·弗卢德尼克与 F. K. 斯坦泽（F. K. stazel）——弗卢德尼克是继承了其导师的历时叙事学方法并有所发展③——都有所区别的是，如笔者在上述比喻论述还算清晰的话，巴赫金在很大程度上，是一个形式与历史相结合的理论，或者我们可以说，其相关的研究最大的特点是将内容或者说词汇、语义与语境考虑进来了，巴赫金的方案是一个综合的方案，这一点是优势，④ 也就是说，如果巴赫金是在做一个历史语法学问题的话，当时，在另一个层面上，他做的是一个考虑了历史词汇学（从文学角度上看，是历史题材学）交界面或关联维度的历史语法学方案，而且，他还非常准确地对语境的锚定作用做了标识。正是在这个意义上，笔者转到我们需要涉及的第二个衔接点。

---

① ［俄］维谢洛夫斯基:《历史诗学》，刘宁译，百花文艺出版社 2002 年版，序第 9—10 页。

② ［俄］巴赫金:《诗学与访谈》，白春仁、顾亚玲等译，河北教育出版社 1998 年版，第 140 页。

③ Monika Fludernik. "The Diachronization of Narratology", in Narrative, Vol. 11. 2003, p. 331.

④ 当然在某种程度上，由于语义和语法之间的复杂关联，造成了他在论述上的含混不清。

第二节　时空体理论的语言学及后经典叙事
学化基础之二：语义与语法的综合

　　时空体理论与后经典叙事学的第二个衔接点，是试图将叙事语义和叙事语法相结合的方法。这种方法是属于形式与意义关系维度，其在语言学上，对照的是语义与语法的交界面。但是，需要指出的是，尽管目前语言学的前沿突飞猛进，而进一步地，在其逻辑相关面与哲学相关面上，对于形式与内容二分反思、对主体与环境维度的交互研究也正努力推进。但由于索绪尔共时研究系统的普遍传播、句法被独立出来做形式研究等趋势，再加上更深层次古典逻辑的影响，目前接受语法与语义交界面及相关问题的理解，依旧仅在语言学界与逻辑界的几个若干前沿点上展开，尽管，"语言学对语义问题以及语义、语用和句法交互界面的研究已经是今非昔比。语义结构不再被看成是杂乱无序的，人们对语义和句法二者的关系也有了新的认识"。① 但相关的论述延伸、推广到其他领域，甚至成为教材基本内容，看来需要一个较为长期的过程。因此，我们在涉及这个问题的时候，需要充分考虑到这个问题的接受方面的难度。

　　我们在此的论述，基于对巴赫金时空体理论文本形态的一种理解，巴赫金是一个建构方面的大家，其理论触角涉及许多方面，在其理论一开始就涉及了多层面的问题，只是，由于其中论述过程的跳跃、断裂，使不少环节未能进一步得到说明，当然，有些方面是时代认知的局限，只有随着相关学科的深入拓展，一些原本未显示的有其独特意义的地方才能展现出来。

　　反复深入地细读巴赫金时空体理论文本，笔者发现，巴赫金不仅受历史比较语言学（是经由历史诗学也就是历史比较诗学）影响，巴赫金实际上很早在诗学领域中就构建了一个历史比较认知诗学的模式，也就是我

---

① 李可胜：《语言学中的形式语义学》，载《中国社会科学院研究生院学报》2009 年第 2 期，第 113 页。

们要找到这个横跨叙事语义、叙事语法及认知语境三部分的一个概念，这个概念就是时空体。时空体不仅是内容兼形式的，换言之是语法与语义为一体的，它还是认知的，尤其是从康德的认知范畴角度入手的，实际上是与其社会历史维度结合起来，是一种认知语境的。时空体是有三层面的，这是我们在研究过程中需要指出的最重要的一点。在这个意义上，时空体所建构的框架，在很大情况上不仅包括情境，也涉及脚本、社会心理表征等因素。笔者是在认知语言学的框架语义学等层面来论证。框架语义学的相关语法模式，恰恰也是注重词汇与句法界面的。[①] 在这一点上，我们是能将历史语言学和认知语言学衔接起来的。应该说，在语言学这一层面上，我们建构的最基层的，恰是历史语言学与认知语言学的交叉层面。[②]

需要补充的是，我们之所以不在历史认知语言学来直接引导，最主要的原因是历史认知语言学的研究自 2010 年才系统地在认知语言学界提出，[③] 初步建构还不是很成熟，而且由于初建，还是论文集形式的建构，体量也比较小，离作为引导学科，尤其是作为时空体转换成历史认知叙事学的引导学科，还有很大距离，所以我们选取了历史语言学和认知语言学的交叉部分来描述它。笔者上面已经描述了其中我们比较基层或者说最外层的部分，就是历史语言学，在交叉领域中，一般都是有所偏重，我们比较偏于历史语言学，但是笔者对认知不是不重视，相反，这是其中的重要成分，但是，我们的研究更希望将更为宽泛的历史语言学与认知语言学的交叉作为我们的研究基础（当然包括历史语言学的历史比较层），这里的宽泛的历史语言学包括了一些还是比较广义的、社会语言学意味很强的受其影响的一些语言学流派。如能在双层层面上，尤其是历史语言学与认知

---

① 我们是在语法化一般意义上采用词汇语法系统的，框架语义学的维度，我们在这里最主要的是采用其中框架的总体架构，以及一般意义、宽泛的词汇与语法界面研究。

② 当然，在某些地方，我们会对之的逻辑层和哲学层进行探索性的研究，这些研究，可能对相关的语言学的研究也具有一定的启发性。这是因为，在目前看，某些认知诗学与认知叙事学领域的某些研究，会给认知语言学一定的启示，因为大家都是在同一个荒原上奔跑，工具都有些简陋，在奔跑的过程中发现或建筑的工具，有可能会有互相启发的地方。

③ Margaret E. Winters, Heli Tissari & Kathryn Allan, *Historical cognitive linguistics*. De Gruyter Mouton, 2010.

语言学的交叉面描述，则是更佳。笔者这里的方法，是在两者的交叉维度研究也最重要的理论工具，就是词汇语法系统和语法化（另一个层面就是词汇化，因为在历史语言学中这是一体两面）。

具体操作层面，笔者首先通过分析解析时空体理论中最初的"词汇语法系统"，我们暂时在这里将时空体的三个重要组成部分称为词汇语法位或者说词汇语法系统，而词汇语法系统通过一种映射与整合到事件再通过再语法化到情节等形式层面，时空体的三个重要的成分通过这个过程走向了整个叙事形式。

需要指出的是，我们的研究是在语言学基础的，但是在涉及语义及语法问题的时候，除了词汇语法位的实际描述，为了更好地描述，笔者会对这种操作背后的逻辑层面进行一些进一步探索，这部分主要涉及一些逻辑学与哲学。之所以要到比语言学研究更深层的逻辑基础，甚至要到更深层面的语言哲学与行为理论及在其中起基础作用的意义理论，换言之，要到戴维森的相关哲学研究。这是因为笔者在寻找了许多理论模型后发现，巴赫金具有某种独特的视角与逻辑，如果我们不从上述方面来理解，我们对时空体理论的逻辑层面会失之浅薄，而最新的相关哲学研究，则为我们的相关研究提供了更进一步的哲学基础，当然，这部分由于具有很强的分析哲学色彩，所以我们在涉及相关的理论之后，尽量用时空体的应用与推演来说明这个问题。而且再次强调的是，我们的第一层面基础是语言学相关理论的引导，而逻辑和哲学层面是一些探索性研究，如果读者觉得其中阅读性不强，可以直接略过，直接关注其中的语言学引导层面即可。

因此，我们这部分的论述是按照以下顺序进行的。

首先，巴赫金时空体理论与情境理论进行比对，我们会发现，在这一层面中，时空体所描述的框架恰是一个情境问题。① 我们选取了情境理论

---

① 这就一方面符合了我们在整体上用框架语义学的取向。

（situation theory），这是情境语义学重要的部分①，对情境与时空体做进一步的研究，"我们的出发点就是，从现实情境（real situations）中抽象出情境理论的基本建筑材料：个体、性质、关系和场点（location），它们被称为常项，或者我们应当把它们称之为现实情境的通量（uniformities）"②。我们需要注意到，性质（properties）作为描述层面，是与个体、关系和时空场点结合在一起的。所以，情境理论实际上是论述了三个部分，这三个部分就是个体（individuals）、关系（relations）和时空场点（space-time locations）。应该说，这恰恰与巴赫金对时空体的狭义界定实际上是一致的，但是，我们可以看到，巴赫金实际上的处理是在类与汇集的层面上，这就是使得其中的三个部分实际上是词汇语法系统或者说是词汇语法位。

　　从语言学科引导的角度上看，笔者是在语法化理论基础上推进我们的研究的，这些理论如历史语言学包括受历史语言学影响的系统功能语法，以及认知语言学。重点与核实是用词汇语法界面以及语法化（历史语言学和认知语言学中是语法化，系统功能语法对应的是语法隐喻）理论来解析我们的对象，当然，我们是在一般方法论意义上使用，主要是在从词汇语法系统到叙事语法的一种论证。

　　对巴赫金诗学很熟悉并且反复细读的人，应该知道巴赫金的时空体理

---

　　①　笔者的一个重要的逻辑起点，在于仿佛反复阅读中的一个疑惑及试图解决的思路，我们的疑惑就是：故事空间、故事时间的表述，看起来很大程度是一个描述问题，而不是叙事问题，但是，巴赫金却在之后的传奇小说时空体、世俗小说时空体、传记小说时空体中直接跳到了对事件也就是叙事层面去了。那么，如何看待巴赫金的这个"跳跃"？空间、时间的描述是如何跳跃到叙事也就是动作的分析？空间、时间的描述与动作究竟是什么关系？能否找到一个理论作为基础的对象来描述论证这个情况，一方面这个理论需要涵盖我们所看到空间、时间的描述层面，同时能证明这个空间、时间的描述层面对于事件的展开是有关系的？笔者的解决方法十分愚笨，主要还是筛选和对比，通过阅读，我们逐渐认为，这个问题就是解决事件问题为什么会发生，怎么发生的问题，我们最后找到的描述时空体的理论模型是寻找与时间、空间等问题相关，同时也与事件相关的理论方法，最后我们找到的理论是情境语义学，之所以选取情境语义学作为解析时空体这个理论空白的方法，主要还是因为，在情境语义学中，我们发现了一个隐藏的事件维度的论证，这个方法很好地解释了其中的相关问题。

　　②　［美］乔恩·巴威斯、约翰·佩里：《情境与态度》，贾国恒译，南京大学出版社 2015 年版，第 6 页。

论存在着许多理论的空白：时空体理论，是从对时空体的设定一下子跳到了其所说的"内容与形式兼顾"的问题，他少了两个层面，第一个层面是内容也就是时空体的对象如何聚合在一起，构成一个整体，在这个语义整体中，在这个"语法隐喻"换言之是"语法化"（形式化和历史化一体过程）的过程中，这个语义—语法初步结构如何体现规则的；第二个层面，也就是从"语法"层面上看，上述的这个语义—语法初步结构，是如何不断地通过映射与整合，投射到形式层面，最终成为一个形式与内容的整体。应该说，如何论证历史和形式的交叉是一个问题，是涉及这种历史诗学最终是否能站得住脚的重要的过程，我们在第三章就是试图做这个工作。

需要特别强调的是，笔者试图用词汇语法理论如历史语言学（包括受其影响的系统功能语法）与认知语言学交叉领域中的一些理论来表述时空体理论，我们将努力使这些理论中所体现的某种语义与语法的结合的层面体现出来，但是，我们知道，毕竟文学研究和语言研究还是存在着不少差异，从经典叙事学就可以知道，语言学模式的借助，并不意味着生搬硬套，需要我们在领会精神的基础上，进行系统深入的重新构建。这样可以避免类似建构如戴维·赫尔曼的一些方法上的机械方面。

所以，我们会很灵活地运用其精神而不拘泥于具体操作，举例来说，笔者会汲取系统功能语法学派的一些分支的特点，如从悉尼语法（悉尼模式）对语法隐喻的肯定入手，也会在第四章中采用加的夫语法（加的夫模式）的简单清晰、用图表表示相关形式，对其中的具体的分歧有所保留，其中有灵活运用的地方，或者说是在不同层面上运用其合理部分。但总体而言，笔者会在一般意义上的词汇语法学的角度上，来看巴赫金的创造。通过词汇语法的一个普遍的模式，我们来看巴赫金是如何将时空、人、关系（叙事中主要是动作）这几个部分词汇语法化了，通过这个词汇语法化过程，搭建了一个基本框架，然后通过一种"语法隐喻"也就是形式化过程将之投射到形式层面上去，应该说，巴赫金在设定及实际操作过程中都有实际上潜在的周密思考，但是在这一段的具体论证上，由于其思维十分超前，所涉及的领域的相关论证的依据，都只是跳跃与空白的部分，如果要论证其学理，只能是在之后的理论发展中寻找，而我们在第三章所做的工作，就是在这个层面上补上其空缺的地方。

这部分的主要依据，包括词汇语法系统、语法化等，当然，我们采用的理论，一定要有语境接口，所以我们采用了许多语境意味比较明显的、历史化程度比较高的一些理论方法，这一点我们将会在下面进一步补充。在此基础上，笔者试图通过一种历史语言学及历史语言学影响下的理论与认知语言学的交叉，也就是语法化或语法隐喻来说明其中的语法化过程，从理论背景上看，"作为语言研究的一部分，语法化历来属于历史语言学的范畴，直接跟研究语言的演变相关"①。而且，语法化恰是认知语言学的重要内容。② 需要指出的是，巴赫金所构建的时空体理论也是一个新的创造，也是属于一个在实践中构建很好的案例，尤其在其理论深层，构建了一个叙事语法与叙事语义相结合的范式。这就使得，我们不得不在新的理论层面，尤其是在语法与语义层面寻找较新的范式来描述这种话语。

我们在上面是直接用叙事的词汇语法系统通过语法化（语法隐喻），不断地通过映射与整合到叙事形式来说明其现象，相对比较浅层，但是，从更深层的逻辑与哲学层面来看，这个映射与整合远比我们考虑得要复杂一些，需要考虑其中的事件型类等问题，这样的话我们的论证会显得更深入一些。

需要特别指出的是，诗学问题也好，情境语义学也好，之所以说涉及的面更广一些，因为其中有些部分涉及描述而不是叙述。我们需要强调，在很多时候，空间是在很大程度上是属于描述的，但是实际上在事件的层面，它却又是必需的，这种复杂的情况造成了我们对空间叙事等问题需要

---

① 沈家煊:《"语法化"研究综观》，载《外语教学与研究》1994 年第 4 期，第 17 页。

② 在研究者列出的认知语言学十大主题中，语法化排在第 7 位，见束定芳《中国认知语言学二十年——回顾与反思》，载《现代外语》2009 年第 3 期，第 253 页。

进一步界定论证的原因。

我们将会在逻辑语义学及戴维森语言哲学的基础上，重新解释情境语义学的事件情境型类问题，实际上，从类型与汇集的角度到形式组织，我们会证明，实际上通过一个集合，这个集合越是详细，其映射出的组合形式越是接近，当然，我们是从情境方面来看待这个问题的，尤其是涉及人的动作的时候来论述这个问题，我们会在第三章来论证这一点。

我们知道，情境语义学在很大程度上，提醒我们要注意情境，而事件语义学则提醒我们要注意事件或者动作，两者是有互补的，但是，可以说事件语义学对于情境虽有所吸收，但是，还是注意力不够，它更多的是属于一种兼而没有非常重视的角度，情境语义学会提醒我们更关注这个变异的部分，而且，需要指出的是，情境在描述时空体理论的初始对象的时候具有优势，能描述得很清楚，但是，事件语义学在描述巴赫金后面的时空体分析方面很清楚，这说明这两者是有一定互补性的。

需要指出的是，除了第二个层面，在意义的形成上，还有第三个层面，也就是我们在第四章所做的论述，从主体及其对象之间进行的语境的论述，这是一个一而二、二而一的过程，这就是，在语义—语法初步结构中向语法（形式）层面映射与整合的时候，这个过程是和语境化在一起的，也就是说，一直是和一种具体化、现实化、语境化联系在一起的，是在现实中选择其具体的使用的，这一点，和形式化是完全在一起的，但是，为了在逻辑上更为清楚，我们将这一点放在第四章单独来论述，而在第三章主要集中词汇语法交界面到语法问题的规则问题上，总之就是规则面上来论述。

我们在上面提到过了，这种转换在我们所采用的引导学科就埋下了论述的基础，情境语义学比较有特点的是，它不仅实际上是将历史层面从一开始设定的地方就带进来了，因为之后它会提到说话语境和所述情境的区别，以及性质层面的介入，实际上为一个意义的形成，也就是历史化、语境化提供了一个接口，而且这种理论需要特别注意的是，它提供了语义和语法相关层面的界面，尤其是在其汲取了戴维森的发现之后，实际上内在，在事件句中，是一个"情境事件语义学"问题——这也为叙事学化提供了基础，我们知道，叙事面对的主要还是一个事件，当然，我们需要提醒大家的是，这个事件句实际上，在很大程度上，与狭义的情境（时空场点与人）① 是密不可分的。需要指出的是，历史语言学尤其是在其影响下的社会语言学和系统功能语法等研究也是注重语境的，而认知语言学的认知语境更是一个非常精彩的架构，我们将会在交互的层面上转到第三个衔接点。

这部分与后经典叙事学有什么关联的话，首先还是涉及弗卢德尼克与斯坦泽。

笔者在第三章，主要涉及的是一个叙事情境（narrative situation），这个叙事情境②，主要"呈现被叙的调节过程"③。这个概念是由莫妮卡·弗卢德尼克的老师 F. K. 斯坦泽（F. K. Stanzel）于 1955 年提出来的④，应该说，这个概念主要还是体现了某种语法特征，但是，斯坦泽主要从"person，perspective、mode"部分，即人称、视角、模式来研究情境，体现了对情境的形式视角。其本质上是语法式的研究，而没有考虑语法与词汇的交界面。

斯坦泽的相关研究，将叙事情境问题完全结构主义化了，而弗卢德尼克会好一些，因为她会有可能考虑到某些题材问题，她初步接触到事件问题，事件在其叙述学中是一个非常重要的工具，但是她把事件结构主义化了，进而失去了进入语法与语义的交接面的可能，这是其结构主义历时叙

---

① 广义的就是时空场点、人和动作关系。

② 如果我们将之转换成叙事学的话语的话，我们可以认为，我们不管是大时空体还是小时空体，我们都对应其为叙事情境（narrative situation），只不过大的时空体，我们对应大的叙事情境（major narrative situation），小的时空体，我们对应小的叙事情境（minor narrative situation）。

③ ［美］杰拉德·普林斯：《叙述学词典》（修订版），乔国强、李孝第译，上海译文出版社 2011 年版，第 147 页。

④ F. K. Stanzel, *A Theory of Narrative*. London：Cambridge University Press，1984，p. 46.

事学的视角的结果。① 相反，巴赫金很明确地将时空体视为内容与形式的综合体，在里面非常精彩地留下了语法与语义的接口问题的论述。

此外，对应这部分的衔接点，还有后经典叙事学中戴维·赫尔曼的相关叙事语义和叙事语法交叉的研究，以及可能世界叙事学的相关研究。但是，我们可以看到，相对而言，巴赫金在这方面的构造，显得更具启示性。

实际上，结构主义也试图涉及叙事语义问题，但这种对意义关注的萌芽从一开始就滑走了。② 后经典叙事学应该还是注意到了这个问题，但

---

① 热奈特是这样解释自己的方法论的，他说："既然一切叙事，哪怕像《追忆似水年华》这样复杂的鸿篇巨制，都是承担叙述一个或多个事件的语言生产，那么把它视为动词形式（语法意义上的动词）的铺展（愿意铺展多大都可以），即一个动词的扩张，或许是合情合理的。我行走，皮埃尔来了对我来说是最短的叙述形式，反之，《奥德修纪》或《追忆》不过以某种方式扩大了（在修辞含义上）奥德修斯回到伊塔克或马塞尔成为作家这类陈述句。"（［法］热拉尔·热奈特：《叙事话语·新叙事话语》，王文融译，中国社会科学出版社1990年版，第10页）这种"语法式"的研究方法，热奈特在前面已经承认了，他正是在托多罗夫的理论基础上划分的，他在书中，用顺序、时距、频率、语式和语态来对托多罗夫的原本体系做了改造，但是，其根本方法，是一脉相承的。

② 我们知道，从一开始，叙事语法的提法是从托多罗夫那提出来的，热奈特接受了这种研究模式，但是，我们知道，目前的后经典叙事学对经典叙事学有所反思，但是，需要指出的是，在这个过程中，叙事语法的方法依旧实际上被接受很广，后经典叙事学在很大范围内依旧运用了叙事语法的研究模式，热奈特是在托多罗夫的叙事语法角度，构建了整个结构主义叙事学，实际上，他的结构主义叙事学，仅仅是一个以叙事语法为基础的结构主义叙事学，在很大程度上，显得不完整——这是我们从事后的一个角度上看的。由于对意义分析提出理论根据具有很大难度等诸多原因，热奈特等人选择从叙事语法入手，就显得十分必然。尽管我们说热奈特的普鲁斯特分析并不偏颇，显出广阔的视野和形式论及具体作品分析时的谨慎精致，但是他的意义探索是诉诸具体作品的临时赋予意义，并没有系统地在理论给予留白，所以，他的研究没有引起如巴赫金的几个个案分析的巨大影响，应该说，他的研究在理论上是非常不完整的，和俄国形式主义者一样，仅仅发展了历史诗学的一半的任务。应该说是结构主义时期就有研究者注意到了这个问题，但是在长期的研究中被极大也忽视了。这是因为，相对语法等形式非常明显的因素，语义的形式分析确实显得多少有些困难，但是，从一开始，整个叙事学的研究过程中，叙事学者都试图介入这个形式分析过程中，通过个人的理解来补足意义，但是，由于语义研究的难度，他们还是下意识地忽略了这个问题。更进一步讲，由于对形式主义的源头的忽视，实际上对某种更为全面的传统的误解——也就是对历史诗学传统的阉割，研究者逐渐失去了这个视野。应该说，热奈特在结构主义诗学尤其在形式方法方面，比托多罗夫走得更远一些，也更深入一些，热奈特是发展托多罗夫的叙事语法理论，将他自己的研究变成了完整的叙事语法学，所以，热奈特的这本书，真正的名字，其实更应该改为《叙事语法导论：对叙事话语的一种研究》，他把托多罗夫的时态（temps）拓展成顺序、时距、频率，保留了语式范畴（mode）和语态（voix，voice），阉割掉了语体（aspect）。但是，语义的研究模式根本没有进入其研究领域中来，实际上，这是热奈特最大的一个问题，所以，他有时候不得不自己出面，通过作为一个普鲁斯特批评家，补足其意义。

是，我们看到，其相关研究并不是很充分，同时在理论运用上，也存在着一些问题，这在很大程度上也影响了后经典叙事学研究的深入，容易使其受到相关形式论者的有效批评。

关于其注意到这个叙事语义的问题，应该从戴维·赫尔曼对叙事学历史的描述中可见一斑："因此，韦勒克和沃伦关于'虚构世界'——虚构再现的故事世界——的论述，使叙事语义成为突出的问题，而这一问题在长达三四十年的时间里鲜有论及，直到另一组话语复合体出现，叙事理论及其谱系面貌才得到改变。"[1] 与戴维·赫尔曼不同，笔者是对巴赫金时空体概念模型的反复探索中接触到这个问题的，通过大量的阅读，笔者发现，在语言学理论中，词汇语法一般理论在这个问题上的处理与我们的对象有密切关系，并进而考虑时空体中的语义和语法问题。戴维·赫尔曼对叙事语义的方案，应该是很早的，他确实是开创者，无可否认，他关注了"句法学与语义学的交界面"（the interface between syntax and semantics）[2]，他试图从语义学的视角构建 10 种不同的参与者（participants）——这个其实是人物（characters）的一个叙事语义学的变形——但是，戴维·赫尔曼将会发现，尽管其看起来十分精致巧妙，但实际上在文学作品的分析上是难以行得通、使用起来十分吃力的工具，他的方法带有非常机械的系统功能语法性质，反而不如巴赫金时空体理论建构的更宽泛更高层面的三个词汇语法位灵活实用。应该说，戴维·赫尔曼试图在叙事语法和叙事语义的交叉之处，寻找经典叙事学以来失落的意义，并且找到一个非常好的入口，他的理论探索非常有意义，但在具体实践上似乎界定过死，更主要是没有落实到文本上来。

另一种后经典叙事学视野中语义研究模式来自"可能世界叙事学"，在这里有玛丽－劳尔·瑞安的相关探索[3]和张新军的可能世界叙事学，其

---

① ［美］James Phelan, Peter J. Rabinowitz 主编:《当代叙事理论指南》，申丹、马海良、宁一中、乔国强、陈永国、周靖波译，北京大学出版社 2007 年版，第 20—21 页。

② Herman David, *Story Logic: Problems and Possibilities of Narrative*. Lincoln and London: University of Nebrasha Press, 2002, p. 116.

③ Marie Laure Ryan, *Possible worlds, Artificial Intelligence, and Narrative Theory*. Indiana University Press, 1991.

理论所采用的"叙事语义学"（采用张新军术语）主要来自可能世界语义学。但是，可能世界语义学不能解决专名问题，[①] 这是一个非常重要的缺陷，所以，笔者采用了试图成为可能世界语义学进一步版本的情境语义学来作为其中论述的逻辑基础，[②] 当然，最主要的原因是情境语义学这个理论是在逻辑层面上，能成为巴赫金在语义和语法层面上的一个支撑，其适用性与巴赫金时空体理论衔接好，并且能很好地说明情境与事件的相关问题。

巴赫金时空体这个概念的最大特点是什么？笔者以为，是综合性与适用性。它几乎是一个完整的意义整体，是语法（句法）、语义和语境的结合，这就使得我们所采用的语义研究基础必须具有形式语义学的某种特征，同时具有一定的语境开口，在这个意义上，我们认为作为可能世界语义学的一种替代理论的情境语义学为中心来描述巴赫金时空体理论。这是因为这种形式语义学的方法很好地表述了三者交叉的情境，比可能世界含混的表述更加合适。

总之，我们试图将从语法与语义层面上交叉来论述第一个问题，这就是作为一个时空体的规律层面，这个层面，在浅层处我们建构了一个词汇语法系统，并且用语法化来描述其中的映射与整合，而进一步地探索所依据的情境语义学具有很大的优势，可以避免"可能世界"这个含混概念的一系列论争，且在语境层面，由于其具有说话情境与所述情境之分，在很大程度上是与巴赫金的观点立场是一致的。

我们在前面已经论述过了，词汇语法系统及语法化的相关论述，都为语境的引入开启了接口，这就使得它们符合了巴赫金的时空体理论特点：

---

① 贾国恒：《专名及其逆向信息》，载《自然辩证法研究》2008 年第 2 期，第 12—15 页。

② 但是，需要指出的是，可能世界语义学或者说可能世界理论的相关理论片段，将在某些情况下具有一定的作用，毕竟，从我们试图用来表述时空体理论的情境语义学来说——这种理论试图替代可能世界语义学——它的形成也是在一种批判性继承中发展的，正如其两位作者在《情境与态度》中所言，许多传统概念在其书中并没有出现，同时"'一些'同样的术语都具有不同的用法"，"这使得我们发展的理论听起来像是白手起家，但事实并非如此"，他们依旧"保留近来这些洞识和传统模型论的强大分析方法"（［美］乔恩·巴威斯、约翰·佩里：《情境与态度》，贾国恒译，南京大学出版社 2015 年版，前言第 5 页）。

巴赫金时空体理论是一个既面对规则又面向历史的理论。而且相对而言，这两个理论模型，相关划分十分清晰，非常适合我们做论述的基础，当然，最主要还是其符合时空体理论。以上的理论，不管是巴赫金的，还是我们所用来解析巴赫金的，都是重视语境的，这就为我们第三个衔接点打下了基础。

第三节　时空体理论的语言学及后经典叙事学化基础之三:语境的认知维度

我们认为，时空体与后经典叙事学的第三个衔接点主要在与历史社会维度或者说其语境层面的推进。

笔者已经在第二衔接点上埋下了理论转接的工作，也就是说，我们选取的情景语义学以及语法化、词汇语法系统等理论，都是有其语境或者说社会历史维度的。

实际上，正如有研究者在研究中谈到的那样，在情境语义学中从一开始，说话语境就使整个话语意义从一开始规定了情境的意义生成:"把这两个方面的思想结合起来，巴威斯和佩里就得到了一种新的意义理论，即意义的关系理论（relation theory of meaning）:表达式 α 的意义就是现实世界中的情境或事件之间的关系，即说话情境 d 与所述情境 e 之间的关系，记作 d［α］e。"① 而这一点上，是与巴赫金一方面重视所述情境分析，另一方面重视社会历史语境，提出作者时空体的整体思路设置是一致的，情境语义学提供了一种社会与历史的约束，使我们在保持着非常灵活与系统的可能性基础上，使许多问题能落于具体实处，这也为其历史化和社会化提供了可能。由于其认为意义在很大程度上与情境与态度有很大关系，这实际上向现实与语境敞开了其维度，事实上，这个思路是对的。

我们在上面的一节分析了时空体叙事学的规则层面，实际上就是分析

---

① 贾国恒:《专名及其逆向信息》，载《自然辩证法研究》2008 年第 2 期，第 12 页。相关的论述参见［美］乔恩·巴威斯、约翰·佩里:《情境与态度》，贾国恒译，南京大学出版社 2015 年版，第 126 页。

其句法和语义模型之间的交叉关系，归根结底，是一个句子、一个规则，讨论的是这个句子和规则是如何生成的，这里主要还是涉及一个动词，这是我们已经在前面的脚注中看到过的，是基于热奈特的方法，应该说对一个句子（也就是我们常说的故事的概括）的分析是我们在上面所做的，当然，我们在上面所做的，还是会涉及 1—2 个动词，因为我们虽然是在情境的抽象层面来看待它的。但是，核心叙事（kernel narrative），从叙事语法上看，如普林斯所说，是由两个事件组成。① 普林斯从单个句子的随意和有意叠加的角度来论证这个问题，而巴赫金的出发点是对大量的文学作品叙述情境中的主要动作进行归纳，实际上，在巴赫金的基础上，我们实际上发现比较成熟的小说亚类型中的两个事件有其联系：一般而言是一个动作为基础的事件造成了某种"势"，从而导致下一个动作为基础的事件，与普林斯的随意组合还是有所不同。从这个意义上，我们解决了热奈特强调一个动词，普林斯强调两个事件的跨越问题。我们这里的相关论述都会在第三章的时候展开并解决，在这个基础上，我们将为我们转到认知语境尤其是脚本的研究打下基础。

应该说，从一个动词到两个动词（事件）的工作，我们还是在抽象的层面上的，是在同一个抽象层面的叙事情境中来讨论这个问题的，我们转到语境层面，必须有其衔接的层面，这个衔接还是作为框架（frame）的时空体，我们知道情境是一个框架，脚本也是一个框架，认知图式和社会心理表征在某种程度上也是框架。正是从情境到脚本，进而到认知图式和社会心理表征，我们实现了从具体的、大量的文本中归纳出某种较低层面的、某种句法的叙事情境的框架。不同的是，我们这次是从规则到具体的文本语境，到更为广阔的认知图式比如说脚本、认知图式及社会心理表征中去。

第三章的论述主要是围绕着所述情境层面展开的，而第四章主要是从说话语境展开，我们知道，文学具有一定的特殊性，在很多时候，它会出现话语优先的情况，变成了我们需要从中分析其认知语境问题。

---

① Gerald Prince, *Narratology : The Form and Functioning of Narrative.* Walter de Gruyter, 1982, p. 83.

我们所采用的情境语义学本身就带有语境接口,从其研究的来源上看,其理论与奥斯丁的语用方法密切相关,他们认为:"近年来,奥斯丁的追随者与塔尔斯基的追随者之间存在截然对立,前者认为语言意义理论应当以言语行为为基础,后者则赞成真值条件语义学(truth-conditional semantics)方案。由于我们已经从这两种传统中了解了很多东西,所以人们不会感到惊奇,我们相信这两种传统对于讲述语言事件的意义(meanings of linguistic events)。但是,信息交流是一种基本的言语活动,语言携带信息的能力是理解它在里面起部分作用的大量活动的关键。"① 奥斯丁的言语行为理论是极为精彩的论述,近年来,有研究者对之展开研究并在此基础上陆续取得进一步的研究成果,实际上,情境语义学受到其影响,正如作者所说,事实上,从一开始,这种情境语义学就设置了理论的语用或者说语境面向。

再看我们援引的另一个理论,我们看系统功能语法,韩礼德在自己的著作中开门见山地提出:"本书是功能的,意思是说明语言是如何被使用的。每个语篇——任何说出来或者写成的东西都是在某种使用语境中展开的。"② 也就是说,这种语法比较关注自然语言而非人工语言,所以说这种语言理论注重在语境的意义上展开,甚至,"语境这个概念页是伦敦学派的弗斯的老师 Malinowski 首先提出来的,不过他提出'语境'概念目的不在于建立某种语言理论,而只是因为他在人类学分析中涉及语境问题"③。而韩礼德的老师"Firth 吸收 Malinowski 的'语境'概念"④,"不过他是从语言学的角度出发"⑤,弗斯(Firth)形成了较为完整的语境理论,所以,从一开始,韩礼德的语言学研究就一直在语境驱动观之中,这

---

① 〔美〕乔恩·巴威斯、约翰·佩里:《情境与态度》,贾国恒译,南京大学出版社 2015 年版,第 301 页。

② 〔英〕M. A. K Halliday:《功能语法导论》,彭宣维、赵秀凤、张征等译,外语教学与研究出版社 2010 年版,第 F31 页。

③ 俞洪亮、朱叶秋:《英国现代语言学传统与伦敦学派的发展历程》,载《外语教学》2003 年第 1 期,第 45 页。

④ 同上。

⑤ 同上。

一点不再赘述了，因为已经是系统功能语法的常识，多篇论文都重复诉说这个问题。另外，我们知道，韩礼德自己就曾说道："在中国，罗常培赋予我对一个印欧语系以外的语系的历时观和见识。王力传授我很多东西，包括方言学的研究方法，语法的语义基础和中国的语言学史。"[①] 这说明其有一个历史语言学及社会语言学的面向。我们知道社会语言学作为历史语言学重要的发展，是非常注重社会历史维度包括语境的，正如我们所知："格里木、洪堡特、布斯拉也夫、博杜恩·德·库尔特内、索绪尔、梅耶和房德里耶斯以及许多其他语言学家，都区分语言中的社会方面和个人方面。但在本世纪上半叶，国外语言学的主要力量集中在对语言结构系统本身的共时研究；直到 60 年代，社会语言学才作为一门独立的学科建立起来。"[②] 我们知道，文艺社会学维度的批评与历史批评在文学中常是并举的，一般被称为社会历史批评，在很大意义上，比较准确地展现了两者之间的关系。

笔者已经在上面提到过了，韩礼德对自己的功能语法的提出，实际上给出了一个历史的解释，揭示了其与中国历史语言学及社会语言学的渊源，当然，这一点在韩礼德对儿童语言的发展上表现得很明显，韩礼德很明显地将儿童的意义选择与语言的功能语法联系起来，揭示了儿童意义表达与其语言的初始语言功能是有着密切联系，甚至是一而二、二而一的关系，也反映了其历史的维度及历史语言学的影响。总之，在韩礼德看来，在很大程度上，如何讲出自己的意思，表达自己的语义，其实就是一个词汇语法的问题，换言之，也是一个功能选择的过程，这个过程，实际上是语境化了。所以，他的理论完全接受了伦敦学派对语境的强调，通过言语行为来表现意义："语言被看作把行为潜势变成意义潜势的编码；或者说是表达人类生物体在互动过程中'能做'什么的手段，这一手段就是将'能做'什么变为'能表达'什么。而'能表达'什么（语义系统）又

---

① [英] M. A. K Halliday：《功能语法导论》，彭宣维、赵秀凤、张征等译，外语教学与研究出版社 2010 年版，第 F11 页。

② 戚雨村、谢天蔚：《国外社会语言学研究综述》，载《现代外国哲学社会科学文摘》1983 年第 5 期，第 1 页。

被编码为'能说'什么（词汇语法系统，或语法和词汇）；或者用我们自己的民俗语言学术语来说就是，通过措词来表达意义。"① 当我们使用措词来表达意义的时候，实际上就是将之语境化或者说在一个社会语言学或者语用的角度来处理语言，同时，我们需要强调的，在韩礼德看来，某种程度上，语言中的意义和形式是一体的，同样与语境也是一体的。

注重语境和社会层面的理论层面一直在巴赫金诗学之中，巴赫金除了是一个诗学研究者、哲学家，他还是一名语言学者，甚至他的研究，以另一个人的名字（巴赫金代写的著作）出现在弗卢德尼克《建构自然叙事学》的参考书目中。在我国，已经有研究者在很早之前就已经对巴赫金的语言学和其诗学关系进行了深入的研究。② 在很大程度上，这与情境语义学的解决方案、系统功能语言学的方案基础上是一致的，当然，对于巴赫金来说，这种重视语境的方法，在时空体理论中，是嫁接于历史语言学之上的，在其文学研究中，是与历史诗学即注重社会历史层面，③ 也注重形式分析的角度一致的。当然，我们可以看出，我们对其的认知并不困难，在重视语境这一点上，在新时期中，得到了一个发展，甚至在很大程度上，由于过去一百多年的飞速发展，我们还会常常将这个维度当成历史诗学的最重要部分，而忘记了其中最底层的比较、类型层面。

我们可以看到，在巴赫金诗学层面中，在时空体层面中，这种层面也是存在的，而且是相当底层的。需要指出的是，这种社会语言学或者说社会历史方法在巴赫金时空体理论中有其重要的说明，这一点在笔者的硕士学位论文中已经指出来了。

所以，相对而言，巴赫金在时空体层面中试图建构社会历史维度，尤

---

① ［英］韩礼德：《作为社会符号的语言：语言与意义的社会阐释》，苗兴伟等译，北京大学出版社2015年版，第18页。

② 张林认为："要理解巴赫金的文学理论，必须首先掌握他的语言概念。本文第二部分通过与索绪尔纯语言学的对比，介绍巴赫金的超语言学。超语言学实际上是一种社会语言学，它反对把语言当成一个抽象的系统，而是将语言置社会交际活动中加以考察，并由此得出结论：语言是具有物质性和社会实践性的意识形态符号。"（张林：《巴赫金社会诗学述评》，北京师范大学硕士学位论文，1990年，第1页）

③ 需要指出的是，巴赫金的这种"社会诗学"的性质十分明显，确实是体现了马克思主义注重社会历史分析的影响，这在很大程度上，实际上还是显示出了在俄苏文论中最为重要也得到最大发展的社会历史方法对于巴赫金的影响。

其是在生命中的最后一年时间中建构作者的维度，说明了他一直是一位注重社会历史维度或者说是语境维度的理论家，这也是其重视语境的社会语言学所强调的，但是，巴赫金一直是一位非常强调整体的理论家，他的深刻洞见及渊博的知识总是会使他建构一个非常宏大、关系甚广的理论，时空体理论也是如此。他所引入的康德的认知范畴，实际上让我们看到了，时空体中的时间和空间除了主题、形式层面的意义，还蕴含着作者的认知范畴层面。换言之，其实是一个认知语境问题。巴赫金从一开始，就将叙事语义、叙事语法、叙事语境的交界面展现在我们面前了。换言之，其本身就是在一个新的综合层面，也就是历史认知诗学的层面来论述其中的。

我们在上面论述了语境部分，这部分，将会在很大程度上最终与历史语言学非常完美地结合起来，因为社会语言学是历史语言学的一种新的发展，在很大程度上，对历史的重视最终会走向社会语言学，因此，不可避免的是，我们目前的很多研究都是将历史诗学视为一种社会诗学来看待的，而忘记了其中的历史比较层面、类型学的层面，也就是第一个衔接点，所以，笔者还特地将这部分首先提出来，这是我们为了考虑到读者认知的方便来这样特殊处理的。最终，第三个衔接点将会很好地以合理的形式与第一个衔接点结合起来。

第三个衔接点与后经典叙事学交叉的领域主要在于语境叙事学，这种语境叙事学，都试图将叙事学研究语境化，但是，我们可以看到，巴赫金的方案，似乎是一个更为完整的方案，如果可以说的话，叙事学化的时空体理论，可以视为一个语境叙事学的母体，或者叫普通语境叙事学或一般语境叙事学，更需要指出的是，这个语境叙事学是认知型的，是一种认知语境叙事学。应该说，语境叙事学，如果绕开时空体理论的叙事学化，它的建构是不完整的。

我们需要强调的是，我们在这里所提出的狭义的语境叙事学，正和形式叙事学一样，是历史叙事学的一个部分，我们需要强调的是一种形式和内容的结合，主体与对象的交互，关于这一点，我们会在第四章，通过主体与环境（对象）交互的界面，形式与内容交互的界面，来谈这个问题。

回到叙事学中，这种形式和历史方法之间的关系及其争执，在当前叙事学中显得十分明显,而且有学者对之似乎还颇有微词,关于某种张力在形式论的和语境论的叙事学之间不断涌现,布赖恩·麦克黑尔讲得比较清楚:"就目前来说,张力体现为'经典的'结构主义叙事学与语境论(contextualist)两种倾向的冲突,在宽泛的意义上也可以将女性主义叙事学以及其他形形色色的历史主义包括进来。"① 这种历史冲突中,如布赖恩·麦克黑尔所说,两者的任何一方都试图"包抄对方,征服对方,招安对方;如果不能奏效,就忘记对方或压抑对方"②。在布赖恩·麦克黑尔的故事中,这成为结构和历史之间的对垒,实际上,从他的描述中来看,更准确地说,是形式和历史之间的对垒,当然,我们在上面看到了其中的对垒,但是,在其中,我们看到的还是麦克黑尔实际上的结构主义语言学的视角以及对最新逻辑的忽略。麦克黑尔的论述看似言之凿凿,但其背后有一种非常僵硬的立场,在其旧式的视野中,形式与历史是不相容的。非常遗憾的是,研究后现代主义小说的麦克黑尔在其逻辑领域中,依旧保持着非常陈旧的立场,如果他能够在逻辑方面读一些当代逻辑的著作的话,他将不再那么笃定,落实到某种语言学的立场,如果他看一些当代语言学最新的著作,如语义与语法交界面的论著,他将不会看起来如此简单却又如此偏执,这种陈旧的标准逻辑观,确实是需要在某种程度上进行刷新了。同样地,在更深层的哲学层面,其看起坚定的形式的一元论,其本质上是实际的形式与内容二分法,他不是将人的活动视为主体与环境的交互,而是孤立地看待这个问题的,其实,即使是看起来十分独立的康德先验形式论,这看起来是形式论的最初几个源头之一,其背后依旧有主体为对象赋"形"的隐含意义,而新康德主义则已经将认知视为看待世界的一个桥梁。

为什么这么说呢?在人文社科领域,如果从时空体这个角度上,里面涉及的形式是主体赋予的,但是这个主体是历史生成的,因此形式在本质上,是具有某种社会规约性质的,也就是说,它实际上是历史的,只是,

① [美]乔恩·巴威斯、约翰·佩里:《情境与态度》,贾国恒译,南京大学出版社2015年版,第53页。
② 同上。

形式在某些历史时期甚至比较长的历史时期，它是比较稳定的，但并不意味着它是永恒的。

实际上，在更深层的理论基础上，情境语义学对形式与历史、主体与环境关系给出了较为清楚的解答，他们认为："生物不但必须处理构成事件过程的大量新情境，而且还必须预期将要出现的事件过程。它必须为未来做准备，避开捕食者，并捕捉猎物。要完成这些，它就必须能够从一个情境中挑出关于另一个情境的信息。"① 这里的一个情境与另一个情境，实际上就是指的其情境之间的历史与形式关系，"那些具有感知和行动能力的部分，我们称之为生物"。② 他所秉承的理论基础，实际上在主体与环境交互的视角上来看待相关问题的，在这一点上，与巴赫金十分相近。同样地，我们想引用历史语言学与认知语言学交叉的理念基础来看待这个问题，正如研究者所言，"现实—认知—语言"是认知语言学的主要原因：

> 此为 CL（认知语言学——引者注）的核心原则，据此，语言就不像索氏所说的那样，是一个先验的、自我完善的自治系统；也不像乔氏所说的那样，它与心智都具有天赋性、普遍性，且头脑中有一个专管语言的"心智特区"，与人类其他认知能力相分离。CL 的核心原则在"认知—语言"这两个要素之左增添了"现实"，意在强调语言的"体验性"。我们认为，该原则可更合理地解释语言的成因，也为 HL（历史语言学——引者注）提供了一个新方法。据此，语言不是天赋的，而是来自于人们对现实世界的"互动体验"和"认知加工"，前者主要解释语言中的客观现象，后者主要解释语言中的主观因素，这与马克思主义的历史唯物辩证法也相吻合。③

---

① ［美］乔恩·巴威斯、约翰·佩里：《情境与态度》，贾国恒译，南京大学出版社 2015 年版，第 8 页。

② 同上书，第 9 页。

③ 王寅：《认知语言学和历史语言学的最新发展——历史认知语言学》，载《外语教学与研究》2012 年第 6 期，第 928 页。

如果我们从主体与环境的交互的角度来看，人在很大程度上，虽然有其一定程度的独立性，但在不管是在其前期生成、中后期发展的维度，他实际上一直与环境是交互的，所以，认知问题不能不受对象影响，实际上，在这个意义上，形式（从康德角度看是与主体有关的）与内容的完全分隔的看法是有问题的，形式与历史之间的关系之间的纠葛比我们想象得更为复杂。由于人们对人文社科领域中的形式及逻辑有所误解，很大原因是某些旧的逻辑观和形式观的影响，所以造成了很多根深蒂固的偏见。但在实际上，历史诗学或者说历史比较文艺学的所采用的历史与形式相结合的方法，是有其道理的。从上述角度看，巴赫金下列理论很容易理解，巴赫金认为："文学对现实的历史的时空体的把握，经历了复杂和断续的过程：人们学着掌握了在当时历史条件下力所能及的时空体的某些特定方面，为艺术地反映现实的时空体仅仅创造出了某些特定的形式。"① 按照这个观点，我们所探讨的叙事问题，理应回到历史中去，在历史中查看叙事形式的历史生成问题。这个点，是对传统的结构主义叙事学是一个反思，而且，这个反思，必然会导致我们走向历史叙事学或者说历史比较叙事学，而我们的时空体叙事学，仅仅是这个历史叙事学的导论，是一个最初版的方案。

应该说，巴赫金试图在维谢洛夫斯基的基础上，从认知的基点上来解决这个问题，或者说，主要是一个新的认知框架或者说认知图式方向的，这个方向，目前我们知道，正在如火如荼地进行，我们已经在上面的过程初步用一些新的研究模式来描述巴赫金时空体理论，但是，我们还是发现，在进一步的研究中，我们需要一个新的视角来对其中的一些问题进行系统的解决，这部分将会涉及许多认知层面。

在很大程度上，巴赫金的时空体理论尽管是 20 世纪 70 年代的论证，但是却十分超前，似乎走在了认知诗学领域的前沿，怎么来描述这种关系呢？就像我们所说的，巴赫金的时空体理论，搭建了一个新的认知框架，有其建构的历程，但是，他实际上构筑了相关的认知诗学的一个雏形。他

---

① ［俄］巴赫金：《小说理论》，白春仁、晓河译，河北教育出版社 1998 年版，第 275 页。

的这个理论超前性，是通过对康德的图式观念的援引及发展中获得的。

我们已经在前面说过了，时空体的"原初—认知叙事学"，其基础与关于康德的一个注释有关，巴赫金在书中第二个注释引用了康德关于时间和空间是人认识的不可缺少的形式，他采纳康德在对时空形式在认识过程中有重要的意义的看法，但是，不同的是，巴赫金采用了新康德主义的相关洞见，将时间和空间视为某种世界与心灵之间的桥梁。① 但是，在后经典叙事学视野中，我们该如何将时空体理论与后经典叙事学联系起来，我想，可以利用情境、脚本、图式以及社会心理表征这些认知框架来描述时空体，并在此基础上，使历史叙事学进一步拓展。

相对而言，历史认知叙事学以及认知叙事学比起历史认知语言学，在研究中，在起步上显得更早，历史认知叙事学，从莫妮卡·弗卢德尼克算起再到目前各式认知叙事学，将近 20 年了，而历史认知语言学在 2010 年才开始有其第一本论文集。但巴赫金所构建的认知框架，则是更早，是其在 1937—1938 年之间构建，1973 年补上结语出版的，其时间更为提前，其超前性让人觉得十分震惊。需要指出的是，从巴赫金那里推演出的方案，适用性非常好。

我们知道，在《建构自然叙事学中》，Fludernik 试图将自然化（naturalization）改造为叙事化（narrativization），这样，她实际上开启了历史的维度和认知的维度，但是，说实话，比起 Fludernik，在认知方面，时空体理论的认知叙事学化显得更加合情合理，因为，时空体理论中，时空体概念本身就具有认知维度，这样比起叙事化转道自然化，并在此基础上建构认知维度，这样会更加合理。

需要特别指出的是，在我国，由于读者反应论的强大影响，在接受认知叙事学的时候，研究者依旧带有很多读者反应论的无意识接受维度，有时会将其视为一种读者反应论的，实际上，宽泛一点说，其更多地属于文学认知学的维度，正如戴维·赫尔曼的新的界定："认知叙事学指的是故

---

① 孙鹏程：《形式与历史视野中的诗学方案——比较视阈下的时空体理论研究》，浙江大学出版社 2012 年版，第 21—26 页。

事讲述实践中与心理（包括心理和大脑）相关的研究，无论那些实践发生在哪里，也无论它们以什么样的方式发生。"① 所以，笔者特别指出，千万不能因此而对我们的认知叙事学进行了不正确的限定。

实际上，我们在上面提到了，所有的词汇语法构成都有其社会性，在初始对象的组建和具体化过程中，都会有一个指向社会历史的层面，从语境锚定这点上，这部分相对应地指向作者和叙事者。我们在这里，是将作者视为一个创造者或者说是中介的，换言之是从作者的认知范畴层面来说的。巴赫金涉及的时间和空间具有多层面，第一层次是涉及词汇语法位的时空问题，第二层次涉及时空形式和组织，第三层次涉及认知问题，也就是作者与世界的关系。这几个问题是在不同层次中构成的，所以我们不应该说巴赫金将之弄混了，而是时空在巴赫金中承担了太多的角色和任务，我们所理解的、所看到的时空体具有一个非常复杂的层次，是一个什么样的层次呢？

我们在第三章看到，巴赫金实际规定的有两个层面，也就是第一层面词汇语法位的时空和第二层面的时空组织形式层面。笔者通过词汇语法位的解释和语法隐喻的说明，把这个跳跃层面做了论述。这是我们的一个补充。第四章主要涉及的是认知问题，是侧重作者与时间空间范畴层面的，当然，这两者是有关联的，但也是有所侧重的，我们知道这一层面就是作者与文本世界的关系，这部分是巴赫金所希望提的，我们知道，巴赫金最终还是在其时空体理论重新给作者或者说语境的锚定留了位置，所以这是一个社会与历史维度，但是他的处理方法，实际上通过一种新康德主义与社会历史批评结合的方式，走向了一种历史认知语境的方法。关于这一点，我们将会在第四章详细论证。

总之，在注重社会层面上，我们又在这个层面上回到第一个衔接点历史语言学尤其是社会语言学上去了，将几个衔接点结合起来了，应该说，在这三个衔接点，都是有其互相联系的地方。

---

① 转引自张万敏《认知叙事学研究：以鲍特鲁西和迪克森的"心理叙事学"为例》，中国社会科学出版社 2012 年版，第 3 页。

需要特别补充的是，我们的三个衔接点，是相互联系的，但这里的联系是有层次的，第一个衔接点是最外层，第三个衔接点是基于第一个衔接的，是中间层面，第二个衔接点是基于第三个衔接点及第一个衔接点的，相当于一个层层包裹着的内容。但是，我们在这里的探险是从最里面出发的。

笔者已经在第二章初步论述了三个层面之间的关系，接下来，我们用三章（也就是第三章到第五章）来论证我们在本章已经铺陈很久的问题，笔者是采用层层递进的方法来论证的。

第三章，我们论证的是叙事语义与叙事语法的问题，第四章，我们在第三章的基础上论证的叙事语义、叙事语法与叙事语境的同一，第五章，我们展现这个整体也就是叙事语义、叙事语法与叙事语境整体一体的整体是怎样展开其历史比较与类型学的维度的。我们首先涉及的，正是其第一部分，叙事语义与叙事语法的交界面及规则层面的最终形成问题。

为了更清楚地说明这个问题，笔者将整部书结构图示如下：

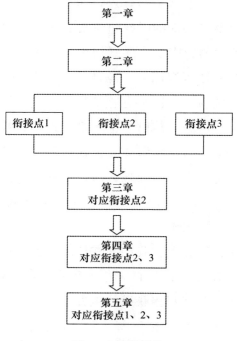

图 2　本书的结构

第 三 章

时空体叙事学的第一个层面：叙事语义与叙事语法结合的规则层面

我们在下面的论述，主要是分下面几节。

第一节是作为词汇语法系统或者说词汇语法位的时空、人与动作。在这一节中，我们特别需要读者注意的是时空体中的时间问题的多层次性，如果我们不能非常正确地描述时空体中的时间问题设定的多义性和多层次性，我们无法理解时空体的意义，这是时空体理论中的最大难点。这也体现了巴赫金时空体理论中含混性和需要特别需要注意的地方。

第二节主要论述词汇语法系统在不断地整合与映射过程中走向整体形式的过程。我们在这里，通过试图称之为形式化或者说"语法化"的过程来描述其中的词汇语法系统到整体形式的过程，我们初步认为，在语法化的过程，时空、人、动作通过结构映射等层面构成了事件，并再次与事件进行语法化形成了一个基本的情节，在反复的语法化过程中，最终形成了形式。此外，通过"语法化"的过程，我们将解决时空体理论中一个比较重要的难点，这个难点就是一直比较困惑的"骗子时空体"或者说"道路时空体""城堡时空体"这样的命名难题，这些命名看起来为人所诟病但却实际上有其内在的学理，这是因为其中隐含了从聚合关系到组合关系之间的一个语法化问题。

第三节主要从逻辑与哲学层面来论述为什么我们不能直接通过时空、人、动作到整体形式，而是要通过时空、人、动作及事件型类到意义与形式的结合体，笔者是通过情境语义学中的事件型类的进一步分析，揭示了其中受戴维森的语言哲学的洞见，在这个基础上，我们也试图对戴维森的理论做进一步的语境锚定方面的补正，在我们看来，戴维森所限定的最终的整体单位，似乎依旧是类方面的并且是不能最终定型的意义与形式的整体，我们需要在语境的锚定中获得意义的最终形成，在这个意义上，我们会在理论层面中转到第四章。

笔者在第三章论述了某些晦涩的逻辑问题与语言哲学，其中不少带有分析哲学的色彩，不免令人生厌，通过具体的例子，我们对之具体化，笔者将更多的力气花在一些经典的分析案例中，这些案例的解读或者说阐释已经形成了一些不假思索的沿袭，我们试图在上面分析的基础上，能尽力纠正其中的错误。

第一节　时空体叙事情境语义初始三要素的界面化：作为词汇语法位的人、时空与动作

我们在此处，将会使用社会语言学之一、受历史语言学巨大影响的系统功能语法来描述，采用系统功能语法中的词汇语法系统来描述时空体，主要采取系统功能语法中的"悉尼语法"也即是肯定语法隐喻的语法分支来描述时空体的词汇语法系统或者说词汇语法系统。当然，我们是在情境这个认知框架中进行的。

应该说，在目前的叙事学研究中，对于语义的研究还是非常匮乏的，除了我们在上面提到的戴维·赫尔曼等人的语义和语法交互的研究。这就使得目前的研究实际上还是共享着同一个基础的，这一方面反映了经典叙事学与后经典叙事学有着继承的关系；但是另一方面，我们知道，还是说明目前的研究还是有进一步的研究的空间，这种经典叙事学和后经典叙事学共享一个叙事学模式的情况需要改变，当然，我们的研究应该是从继承的角度去发展，这个继承就是我们还是要采用形式的方法也即是叙事语法

的方法,但是,要将研究推进到叙事语法与叙事语义的交界面上去。

我们在这一章,试图将叙事语法与叙事语义相结合,这主要有两个步骤,第一个步骤,笔者试图证明巴赫金时空体是一个形式与内容一体的结构,这一点实际上巴赫金自己有所论述,我们是比较忽略了而已,但是,我们会在此基础上证明,第一层面的时空体在很大程度上有一个抽象情境结构,我们在巴赫金时空体理论基础上,试图建立一个模型,第一个层面是证明时空体是时空、人和动作的内容及形式兼具的层面,这个层面就是叙事时空体;第二个层面,我们用语法与语义学的交界面上来处理这个问题,我们在建构理论的基础上是以时空体的实际情况为基础,在这个过程中,我们会比较时空体理论与戴维·赫尔曼的相关研究的优劣。

我们已经在第二章第二节中的一个脚注中提到了,热奈特试图将叙事视为"动词形式(语法意义上的动词)的铺展(愿意铺展多大都可以)"①,"即一个动词的扩张"。②在很大程度上,笔者觉得其是有道理的,尽管,他是从"叙事语法"的角度,也就是形式的角度对这个问题进行研究的。我们在接下的方法,也是试图用这个视角,不过,我们根据时空体的特点,将范围涉及得更广一些。从动词形式涉及以动词形式为主的句子主干层面,而且我们对热奈特提出的一个动词的处理也不一样,在很大程度上,笔者用一个更综合的方案来看待它,从一个类和汇集的视角来看待它的。

在时空体理论中,我们注意到了这样的一个跳跃:在时空体理论的起点部分,巴赫金谈论的时间和空间,很多部分是涉及时间和地点,而在后面的部分则直接跳跃到了以主要动作为基础的情节概括及相关的形式分析。这种跳跃基础何在?究竟是如何实现的?

需要特别指出的是,我们这里首先涉及的是第一层面的时间与空间问

---

① [法]热拉尔·热奈特:《叙事话语·新叙事话语》,王文融译,中国社会科学出版社1990年版,第10页。

② 同上。

题（一般理解的题材层面，需要指出的是，在巴赫金理论中是时空的词汇语法项，也就是说，巴赫金不是在抽象意义上来理解题材的，而是认为文学作品的时空题材都是认知化，词汇语法化的，尤其是时间与空间问题。但是，为了便于传统研究者接受，有时笔者会用题材层面暂时称呼它），主要就是涉及时空场点，但巴赫金时空体中的时间有三方面的含义，有题材层面的，有形式层面的，还有认知范畴层面的（实际上是认知语境的）。

由于其模糊性，巴赫金将题材层面的时间和形式层面的时间进行自由转换的时候，将会使我们的逻辑暂时失效。换言之，巴赫金是通过论述方面的设置，甚至他自己都没有意识到的一个跳跃解决了自己的论述方面的难题。

但是，我们在分析的时候，需要将题材层面的时间和空间单独揭示出来，然后看巴赫金是如何实现从时间、空间题材到跳跃的时间形式的。

笔者认为，巴赫金比较有特色的一点是，他自己搭建了一个富有意味的词汇语法位。我们谈的词汇语法位，是指语义和语法的交界面，通过这个交界面，语义实现了形式方面的转换，为语法的转换提供了基础。要了解这个问题，我们还是先将时空体理论的三个重要的组成部分分析清楚。

我们知道，原则上，时空体理论应该是直接对应时间和空间问题的，但是，经过多年反复阅读，我们还是发现了，时空体理论中的时空体，并不仅仅只有时空，巴赫金还是要了一个非常重要的花招，在其理论中，夹带了其他内容，时空体，也许只是其高明理论直觉或者说理论潜意识中的一个下意识反应，通过这种下意识的理论建构，巴赫金实际上构建的时空体，是一个人、时空与关系三要素齐全的结构，这是诗学的一种建构，转化成叙事学的层面，实际上是人物、时空与动作的三要素。

我们先来看人，这一点是从一开始就决定了，"文学把握现实的历史时间与空间，把握展现在时空中的现实的历史的人——这个过程是十分复杂、若断若续的"①。同时，巴赫金说道："作为形式兼内容的范畴，时空体还决定着（在颇大程度上）文学中的人的形象。这个人的形象，总是在很大程度上时空化了。"② 巴赫金实际上在一开始就已经开始对人强调了多次，但是，关于这一点，许多研究者在细读与重读中都没有给予重视，实际的搭建中，巴赫金是将人或者说个体搭建其中。

但是，需要特别指出的是，明显的"时空"项是没有问题，进一步分离出其中"人"的因素也不难做到，但是，另一个比较隐含的"关系"因素，我们常常因为其潜在和不起眼，而常常无视了，但其实际上是存在的，而且从叙事层面上看，涉及的还是其中最重要的动作关系。

特别说明的，巴赫金这里涉及的是一系列的动词，如在传奇小说中"互相寻找""重逢""失散之后再相聚"等一系列的动作。传奇世俗小说则以"蜕变（变形）""流浪"等动作。恰是在这个基础上，巴赫金论述其情节及时间形式才不会让我们觉得突兀。③

这是有原因的，因为巴赫金是从时间和空间以及人出发，限定了时空体，所形成的还是一个基本的情境架构和类型框架，还是不完整的，所以从中得出的是部分限定，而进一步对意义进行限定，需要对动作和事件进行描述，这一点我们将会在本章第三节进行逻辑及哲学上的证明，但是，我们这里只对巴赫金具体操作的层面及巴赫金论证层面上一个揭示，揭示出其中的隐含项。因此，笔者试图将时空体拆解为三个组成部分：时空、人和关系，这里构成一个词汇语法位，这是我们从诗学角度上揭示的。从叙事学的角度上，则是时空、人和动作。这个隐藏的词汇语法位，实际上

---

① ［俄］巴赫金：《小说理论》，白春仁、晓河译，河北教育出版社1998年版，第274页。
② 同上书，第275页。
③ 只有反复阅读这个理论文本的专业读者，在转换过程中，尤其是将一个比较含混的诗学体系转换到叙事学体系的理论中，才有可能发现其中的问题所在。

是巴赫金的潜在的论述层面，在巴赫金时空体理论中，就是没有出现论证，但在实际论证中出现的控制因素。我们先来看"时空"这一项是如何运行的。

先看传奇小说，巴赫金对时空的描述时认为："这个情节展开在非常广阔多样的地理背景上"①，实际上，我们可以进一步在批判性发展的基础上对巴赫金的传奇小说进行发展，巴赫金所说的传奇小说的时空场点是：可以任意选择的时空场点，在这里时间序列中的对象可以无限增加，只要符合恋人最终大圆满情节的需要。

传奇世俗小说，其实是"人的生活道路（指其基本的转折关头）同他的实际的空间旅程即他的流浪，融合到了一起"②。它所指示的空间，一是涉及人的世俗生活，尤其是个人生活；二是另一种最初的流浪形式的传奇式的空间。

而古希腊罗马的传记和自传，巴赫金是从分类的角度来说这个问题，第一个类型是"柏拉图型"，这个类型的基础是"寻找真知者的生活道路"③。第二种类型的概括显示出巴赫金理论的一定的随意性，他将之称为是一个"外部的现实的时空体"④，实际上是涉及一个语境的问题，应该放在第四章来谈论，但是，我们可以在熟习时空体理论的基础上对之进行补正，就是被"充分广场化了的个人生活道路"，特别要指出的是，这是我们对之的补正。

我们先暂时列举这么多，熟习时空体理论的专业读者，应该对其他的时空体的所描述的时空问题都可以很清楚地列举出来，尤其是在所叙的意义上的时空体。

我们在上面还可以看出，这里巴赫金所用的方法，实际上是使用类的

---

① ［俄］巴赫金：《小说理论》，白春仁、晓河译，河北教育出版社1998年版，第278页。
② 同上书，第313页。
③ 同上书，第324页。
④ 同上书，第325页。

方法上对之进行汇集及中间化的。①

　　我们再来看，时空体里面的"人"部分，如果对应情境理论，这部分实际上涉及的是其中对象的问题，② 因为我们做的是叙事学转换的部分，我们很自然地将之缩小到更小的范围，也就是从更宽泛的"对象"到"人"③，正如赵毅衡所说："因为叙事的情节一旦卷入人物（人与拟人），情节就具有主观性，叙事文本就成为'弱编码文本'，具有人的意识带来的不确定性，也获得了人文品质，给叙述文本带来认知、感情、价值这些因素，从而让二次叙述者能对人物的主观意义行为有所理解。有所

---

　　① 我们是在这个意义上引用情境理论作为我们的注脚的，如果我们用 e，e′…来表示时空场点变量的话，并且"e等同于序对 〈p，t〉的一个集合；其中，p 是一个空间点，t 是一个时间点"。［美］乔恩·巴威斯、约翰·佩里：《情境与态度》，贾国恒译，南京大学出版社 2015 年版，第 50 页。（英文版是用 l 来指代时空场点见 Jon Barwise & John Perry，Situations and attitudes. MIT Press，，1983，p. 51）。叙事情境中的时空一体因素，这一部分是时空体理论和情境语义学最好的结合部分，按照乔恩·巴威斯和约翰·佩里的说法，"比较简单的语言部分不是明显地指称时点和地点，而是通过时态来间接地指称四维一体的时空区域。"（［美］乔恩·巴威斯、约翰·佩里：《情境与态度》，贾国恒译，南京大学出版社 2015 年版，第 49 页）这就是时空场点（Space-time Locations）部分，与巴赫金试图在时间和空间一体的基础上，来确定某种意义类型结构是一致的，从叙事角度上看，情境语义学通过用 e，e′…来表示的方法，在集合意义上，对很多情境做了描述。这两者之间的理论基础都是比较灵活地引用了相对论，巴赫金时空体理论引用了相对论是确切的，同样地，在论述时空场点的时候，乔恩·巴威斯和约翰·佩里也援引了相对论。这样的话，时空体中时间和空间子项都得到了表述，需要指出的是，情境叙事学"假设存在着一个最大的时空场点，即普遍场点（universal location）e_u，它在时空上包括每个场点。这主要是为了方便，不是必需的"（［美］乔恩·巴威斯、约翰·佩里：《情境与态度》，贾国恒译，南京大学出版社 2015 年版，第 50 页）。这是一个非常好的设置，实际上，这对于文学时空体的研究十分重要，因为，文学语义是一种复杂的语义，其情境十分复杂，所以，我们在这里，比较灵活地处理这个问题，把这里的普遍场点视为整部小说或者说整部文学作品中的时间和空间普遍意义，实际上，就是整个情节所在的时间和空间集合，文学作品的整部作品意义与之息息相关。这是我们的一种技术性的处理，实际上，如果按照更为准确的情境语义学的运用，我们应该认为，所有某一类型的时空体，也就是说，总体文学意义上的某种小说时间和空间类型集合，才有可能称之为一个普遍的场点，由于我们提倡的是某种中间形态的理论，我们比较倾向于认为这种类型意义上的时空一体为最终的场点。

　　② 这部分与情境语义学中相对的部分是个体（Individuals），在 Jon Barwise 和 John Perry 的 Situations and Attitudes 中，他们"把 a，b，…用作个体汇集 A 上的变量"（［美］乔恩·巴威斯、约翰·佩里：《情境与态度》，贾国恒译，南京大学出版社 2015 年版，第 48 页）。实际上，这是某些最小单位的基本义项，当然，我们可以认为，Jon Barwise 和 John Perry 的对象，可以作为一个更复杂更综合的单位，更符合诗学的范围，而我们在这里局限为人及拟人化的人，是因为我们叙事学转化的需要。

　　③ 这里应该是人或者是拟人的对象。

呼应"①。所以，他认为："不卷入人物，就不称其为情节。"② 在这一点上，他实际上是将人物作为叙事的基本的要素了。应该说，这个看法是非常准确，不涉及人物，更进一步说不涉及人物及拟人化的人物，叙事话语的建构显得十分困难。

叙事学对于人物的处理有几个方案

比较早期的，关于"人物"的处理，有普洛普的行为者等方法。近来比较深入的、在叙事语法与叙事语义基础上进行的研究，我们在上面已经看到了：戴维·赫尔曼试图从语义学的视角构建 10 种不同的参与者（participants），这是他从韩礼德的系统功能语法方法出发，③ 但是，我们发现，由于其实际上是从理论出发而不是从历史出发，所以，很多问题的处理使我们觉得，他与我们的文学，尤其是历史中的文学有着很大的差异。而且最重要的是，韩礼德虽然注重语境也很注重社会性，但他还是不自觉地建构了共时的理论框架，这是其理论最后的普通语言学残留，而在这一点上，赫尔曼实际上是受到共时模式的不利影响。

相对而言，巴赫金并没有固定多少种人物的类型，在这里，巴赫金确实是对人物的类型给出了自己的分类，但是，他的理论是开放的，而不是实际上的共时。

我们来看巴赫金的论述，他对人的论述：

> 在传奇小说中，里面的人或者说人物是"被命运拨弄的失散者"，这里的失散将会与后面的承受联系起来，正如巴赫金所说，"希腊小说就充斥着这些东西。命运一开始'戏弄'克里托封，后者便得到一个梦兆"。④ 所有的一切都完全是一种命运的操弄。"在这里的时间里人只能是绝对消极的，绝对不变的。"⑤ 人物是完全被动的，

---

① 赵毅衡：《广义叙述学》，四川大学出版社 2013 年版，第 11 页。

② 同上。

③ Herman David, *Story Logic：problems and possibilities of narrative.* Lincoln and London：University of Nebrasha Press，2002，p.134.

④ ［俄］巴赫金：《小说理论》，白春仁、晓河译，河北教育出版社 1998 年版，第 286 页。

⑤ 同上书，第 296 页。

"在这里只能是一切事情发生在人身上,人本身却没有任何的主动性。"① 我们再来看传奇世俗小说。

在传奇世俗小说中,人是"孤独的超生活的流浪者",这里的孤独是与后面我们提到的广场化的日常生活参与者对应的,就是雄辩型的传记所展现的人的形象,因为,"这里的人如在希腊小说中一样,是独自的孤立的个人。无论过错、报复、净化、幸福,因此无不带有独自的个人的性质;这是个别人的私事。"② 而这里的超生活是因为"主人公自己经历的,是超日常生活的非常的事变"③,在很多时候是日常生活形式出现的超生活。

而古希腊罗马的传记和自传,也是分两种类型,一种是柏拉图型的,里面的人物类型是"知识与认知的匮乏者",这里人通过"自省的怀疑和认识自己,引向真正的认知(数学和音乐)"④,需要指出这是巴赫金直接如此表述这个人物,传奇小说与传奇世俗小说中则是我们对之的概括,相关的概括的原因我们已经在随之的说明解释中提出来了。另一种则是"整个外在化的自传式(传记式)的被言说(自我言说自身)者",这个外在化的是指对象完全"广场化",是指这个人身上,"没有也不可能有任何私下的隐情,任何个人的秘密,任何自我内向的东西,任何纯属个人的东西。"⑤ 这里的被言说也好,自我言说自身也好,都是在一个广场化的基础上的。

在很大程度上,巴赫金中的动词是与人密切地结合在一起的,这是我们比较难以将其中分离的原因之一。

我们再看动作,应该说,巴赫金也是在类与汇集的角度上对动作进行

---

① 〔俄〕巴赫金:《小说理论》,白春仁、晓河译,河北教育出版社 1998 年版,第 296 页。
② 同上书,第 312 页。
③ 同上书,第 314 页。
④ 同上书,第 324 页。
⑤ 同上书,第 326 页。

限定的。① 他所涉及的是一个类的问题。

我们先看传奇小说，在这里，巴赫金涉及一系列的动词，但是，仔细分析，这部分主动词可以视为一个"承受"的动词，在这里，尽管这里的"人"的观念看起来十分简单、机械与形而上学，但巴赫金也指出了这种失散者的一个非常值得称道的重要部分，就是"经过命运的捉弄，经过命运和机遇的波折险恶，竟能绝对完好如初，毫无改变"②。在这一点上，他承受住了，关于这一点，其背后是否有某种认知的语境在呢？是有的，维谢洛夫斯基就曾经提到过，我们在第五章的时候会涉及，在这里暂时做一个"预叙"。他认为是某种社会意识的体现。

我们再看传奇世俗小说，传奇世俗小说的动作主要是与"蜕变"结合在一起，因为，正是因为蜕变，主人公才成为一个流浪的人物，在这里蜕变指的是，这里的人是经历"跳跃的发展"③"转折性的危机"④ 的人。

传奇世俗小说中的动词是寻找真知，知识与认知的匮乏者通过"自省的怀疑和认识自己，引向真正的认知（数学和音乐）"⑤，这是第一种类型的古希腊罗马的传记和自传，而在第二种自传和自传中，其中涉及的则是检验，正是在广场化的基础上，"揭示了考察了公民的整个一生，民众对其进行了公开的检验"⑥。

应该说，在传奇小说和传奇世俗小说等类型中，我们还看到了巴赫金提出了其他的动词，这部分的动词分析，很多，都是子项，关于这部分的一连串的分析，我们将会在第四、第五章涉及脚本的时候来讨论，比如说去餐厅中这个脚本中涉及许多动词子项，这里的子项与我们社会规约和文化规约有关，换言之，与语境有关，但是，那是子项的问题，换言之，我

---

① 在情境语义学中，这部分是关系（Relations），"用 Rn 表示 n 元关系的汇集，用 R 表示所有关系的汇集，即 UnRn. 我们用 r，r'…表示汇集 R 中的变量。"（［美］乔恩·巴威斯、约翰·佩里：《情境与态度》，贾国恒译，南京大学出版社 2015 年版，第 49 页）这是巴赫金时空体概念内含着但却没有明确表现出来的部分。

② ［俄］巴赫金：《小说理论》，白春仁、晓河译，河北教育出版社 1998 年版，第 297 页。

③ 同上书，第 305 页。

④ 同上书，第 308 页。

⑤ 同上书，第 324 页。

⑥ 同上书，第 326 页。

们在这里主要还是涉及 1—2 个主要动词。我们在前面已经说了我们是从一个动词的角度来看待这里的规则层面，但为什么要进一步延伸至 1—2 动词呢？这里的主要原因就是：一个动词的分析是我们对句子的基本概况，但是，所有的句子，不管是语言学的还是逻辑学的哲学分析的句子，常是抽象的，但是，在巴赫金的分析的反复拆解中，我们实际已经看到，从一个动词到两个动词十分必然，也符合叙事理论中认为的相邻的两个事件组成一个叙事的判断，这是巴赫金所述的概括的对象是一种大量文学作品的概括，是根植于语境，而与语言学、传统叙事学、逻辑学、哲学的抽象化句子和脱离语境化的句子是不一样的，在巴赫金的动词中，可以看到从一个动词到另一个动词十分必然，在这里，两个动词是同一个层面的变化，其中一个动词造成了另一个动词，其中一个动词储蓄了叙事能量，比如说蜕变、失散、匮乏、言说（自身），另一个动词是上一个动词的相关后果，如流浪、承受、寻找、检验，特别需要注意的是，其中的两个动词看起来并不一定有逻辑上的关系，有时是一种惯例上的关系，即使是看起来完全不相干的动词组合在一起，人的认知层面会有在一个层面上将之结合起来的、连贯起来的认知效应。所以，巴赫金论述的是叙事文学的实际情况与概括，这是其精彩之处。

我们在上面看到，客观地说，巴赫金的理论是关系性的，而且多少显得有些质朴，其中的进一步分析是我们在其基础上进一步归纳出来的，原始形态不如赫尔曼的分法精巧细致，但是巴赫金的理论与文学联系得更为紧密一些，[①] 他的相关论述都是落脚于对文学的历史文本细读之上的，具有很强的阐释性，也就是说贴切或者恰当，这是他注重在理论与文学之间建构一种中间层面的思考的结果。相反，赫尔曼则在很大程度上囿于系统功能语法的限制，陷于理论，无法从抽象世界中回到具体的文本中来。

当然，更为重要的是，巴赫金在这里是一种开放性的理论，因为在他的理论是建立在历史文本的细读与归纳之上，其产生的结构，是一个开放性的，可以随着历史的发展进一步展开，我们可以进一步扩展、归纳，根

---

① 我们不能说巴赫金就不是从理论出发，但是，他的理论都是落实到具体的层面的。

据新的历史情况。但是，赫尔曼的理论是已经完成了的。

　　我们需要特别补充的是，传奇小说是一种最古老最神奇的小说，在最初，从巴赫金的分析，里面的结构原则中时空场点项主要集中在"一般是在大海相隔的三五个国家里（希腊、波斯、腓尼基、埃及、巴比伦、埃塞俄比亚等等）"①。这是从历史文本中概括而来的，但是，这类最古老的组织原则在很多地方发生了变异。

　　在传奇小说的时空体中，时空项是某种早期人类认识的，类似大团圆时间意识②主导下的时空场点，这种时间义项由一种一直到终点都是圆满的时间观构成，而其中的波折，所附加的时间义项，仅仅是一个暂时性的，对结局毫无影响的时间关系，为了增加障碍和延长阅读快感之外，目前看，暂时没有更进一步的意义。所以，整个传奇时间由圆满和圆满之前的障碍组成，尽管其并不复杂，但是，由于人的短暂和不圆满，这种时间意识的获得，十分不容易，是人类试图对自己不圆满状况的一种想象性克服。比如说所设置的几个地点，都是与当时的海边的几个国家有关系，这反映了当时的某些现实主义因素，当然，需要指出的是，这些现实主义的因素在小说中，被转换了传奇时间因素，成为一种附加而不是主要的空间义项，在这里，关键的问题是一个"新奇的"的他人世界（an alien world），在这个世界中，人是非常圆满的，几乎具有神般的恢复力，这一点，人的义项和各种关系的义项是非常圆满地结合在一起的。

　　所以，只要是在小说中出现可以任意选择的时间与地点的随意转换，我们就可以视其为是传奇小说的组织原则在起作用。不管其中是否存在着"城堡时空体"或者其他类型的时空体子项，只要其组织原则变成可以任意选择的时间与地点的随意转换，我们都可以视其为一个传奇小说。它的最重要的组织原则变成了一种文化与文学上的惯例，原本我们是需要在第五章论述这个问题的，我们这里为了避免读者有所疑问，我们还是这里暂时提一提。

---

①　［俄］巴赫金：《小说理论》，白春仁、晓河译，河北教育出版社1998年版，第278页。

②　语境层面时间问题，我们将在第四章进一步论述。

　　特别需要再次强调是，巴赫金的时空体中的时空，实际上是分三部分的，第一部分是时间因素和空间因素，这一点，往往是在题材层面的；第二部分是指时间和空间组织形式，这是在形式层面的；而时间和空间的组织形式层面上，它实际上还指向作为主体的时空认知范畴，这就是我们所说的第三层面。

　　但是，在具体的命名中，我们发现，巴赫金最大的命名方法是用文学类型的借用来对时空体进行命名，这是其"体裁的创造性记忆"的认知方法的运用，比如"传记""田园诗"来命名的时空体，但是，我们在其中，还是看到其中的一些另外的一些命名，比如说以时空场点命名，"城堡时空体""沙龙时空体"、还有一些涉及"骗子、小丑、傻瓜"等人物的，巴赫金在有一章专门谈论了"骗子、小丑、傻瓜在小说中功用"①。还有就是一些动作的，如"相逢时空体"等，这一方面，进一步证明了时空体由时空场点、人及动作组成的论证，说明看起来颇有些几分随意做法、实际上是隐含着某些固定的原则。但另一方面则给我们提出了另一个问题，就是这些词汇语法位是如何投射到形式的进一步的论述形式及内在原理。

第二节　时空体叙事学的叙事语法与叙事语义交互 的初步阐释：从词汇语法位到整体形式

　　笔者已经在前面强调了，我们在这一章，主要是以语言学引领的办法来对时空体理论进行较为深入的研究，笔者是在受历史语言学影响的系统功能语法以及认知语言学的交叉领域上进行的，需要指出的是，我们有时常会回到系统功能语法、历史语言学及认知语言学的一些交叉点上进行，笔者在这里主要是指语法化（语法隐喻），我们知道，"'语法化'这一术语由 Meillet 在 1912 年提出并使用，自此他揭开了现代语法化研究的序幕。然而，随后半个多世纪，注重共时研究的结构主义语言学盛行于世，历时角度的'语法化'研究被打入冷宫，直到 20 世纪 70 年代才又蓬勃

---

① 　［俄］巴赫金：《小说理论》，白春仁、晓河译，河北教育出版社 1998 年版，第 354—362 页。

兴起"。① 当然，这里的蓬勃兴起很多依旧是在结构主义语言学的视角中。应该说，语法化成为目前语言学家关注的问题是有原因的，"结构主义语言学从索绪尔开始严格区分共时研究和历时研究，但实际上有许多共时现象离开了历时因素就解释不清"。② 显然，语法化注意到了语义语法以及历史维度的纠葛，并试图对之做出进一步的解释。当然，语法化是认知语言学最重要的研究对象之一。

从目前所读的文献来看，学界上比较主流的意见是，"从'实'来看，也就是从所研究的语言事实而言，语法化理论概括了语法隐喻理论所研究的内容"③。我们也是在这个意义上来运用韩礼德的语法隐喻理论的。

在上面我们提出了词汇语法系统，这个词汇语法系统是因为语言中语义语法交叉的实际需要，而语法化者说语法隐喻的过程，就是继续进行"发展词汇语法系统的过程"④。

我们在上面用三个词汇语法系统项来描述了巴赫金实际上的运作，应该说，巴赫金是通过一种类与汇集的方式进行三个词汇语法项的工作的，通过对着三个词汇语法项的各个历史子类的变化生成，巴赫金揭示了其中的文学作品个案是如何受整个类型影响，也就是对这个系统进行维护或保持的，但是，他也提出了一些变化或者变异的因素，进而使我们看到整个词汇语法系统项的动态性与变化，正是在这个过程中，语法化的过程会进一步加深加固。

我们已经在上面指出了，在时空体中，时间和空间在其中不仅表示对象，同时也是表示一种运动关系和组织关系，"文学把握现实的历史时间与空间"⑤，这里指的是题材层面的，但是，"空间则趋向紧张，被卷入时间、情节、历史的运动之中"⑥，则已经开始语法化，时间一旦运动起来，

---

① 辛燕：《从系统功能角度诠释语法化》，苏州大学，博士学位论文，2009 年，第 ii 页。
② 沈家煊：《"语法化"研究综观》，载《外语教学与研究》1994 年第 4 期，第 18 页。
③ 王馥芳：《"语法化"理论和韩礼德的语法隐喻模式》，载《山东外语教学》2001 年第 2 期，第 38 页。
④ 辛燕：《从系统功能角度诠释语法化》，苏州大学，博士学位论文，2009 年，第 iii 页。
⑤ ［俄］巴赫金：《小说理论》，白春仁、晓河译，河北教育出版社 1998 年版，第 274 页。
⑥ 同上书，第 275 页。

就有可能从原本的研究对象变成句法层面（整体篇章的规则、句法层面）的运动，所以，两者是纠结在一起的，"时间的标志要展现在空间里，而空间则要通过时间来理解和衡量"，也是在这个层面，巴赫金试图将时空体界定为一个认知问题，"把空间和时间界定为任何认识（从起码的知觉和表象开始）所必不可少的形式"。① 我们知道，语法化是认知语言学重要的成果，在其中是将我们比较熟悉的领域投射到比较陌生的领域，"莱考夫的隐喻解释方案中有一个重要的概念'映射（mapping）'是不能不讨论的。他运用起点域（source domain）与目标域（target domain）之间的映射以及意象图式（image schemas）来解释隐喻"②。通过这种投射，我们可以很好地理解其中的现象，实际上，巴赫金就是揭示了整个思维运作功能。

　　需要指出的是，我们是按照巴赫金的具体思路进行论述的，其中的推演部分是根据文学的情况来的，笔者觉得，在这个过程中从词汇语法位到整体形式，很大程度上是一个起点域到目标域的映射。

　　词汇语法系统在最初的一轮结构映射中，很大程度上组成了最基础的"事件"，而人、时空场点和动作与事件再次进行语法化过程，则会在这个过程中形成了最小单位的核心叙事。我们的分析在这一节中主要集中在这一点上。

　　因此，在这个层面上，我们看到其中初步构建成了其中的形式层面，就是情节，我们先看巴赫金是怎样将情节这个问题加入讨论的，在讨论希腊传奇时间的时候，巴赫金直截了当地将情节提在首位了："所有这些小说（正如它们最近期最直接的继承者）的**情节**，都有极多的相似之处，实质上是由相同的一些成分（故事）组成。"③ 而在之后，巴赫金认为："可以很容易地编出一个综合的典型的**情节**公式，并且能指出一些较为重要的破例和变体。"④ 其后还有，"这个**情节**展开在非常广阔多样的地理背

　　① ［俄］巴赫金：《小说理论》，白春仁、晓河译，河北教育出版社 1998 年版，275 页。

　　② 李勇忠、李春华：《认知语境与概念隐喻》，载《外语与外语教学》2001 年第 6 期，第 27 页。

　　③ ［俄］巴赫金：《小说理论》，白春仁、晓河译，河北教育出版社 1998 年版，第 277 页。

　　④ 同上。

景上"①，之后还有："我们所列举的小说各种成分（指其抽象的形式），不管是**情节**方面还是描绘和雄辩方面，无一例外全都不是什么新东西，因为它们在古希腊罗马文学的其他文体中都可以见到，而且得到了很好的运用，例如爱情的**情节**（初识、突然钟情、相思）在希腊化时代的爱情诗中就得到了运用。其他**情节**（海浪、轮船遇险、战争、抢人）在古希腊的史诗中广为应用。个别**情节**（如认出故人）在悲剧中起过重要作用。"②需要说明的是，以上引文中的情节加粗都是原文本无，都是笔者做了加粗处理。应该说，巴赫金已经在这部分涉及了题材—形式层的相关层面，而在其之后，实际上是通过结构映射等方面的分析，巴赫金就其中的时间形式与时空体形式做了论述，也即是第二层面的形式层面的，这是巴赫金的再次语法化进程。

在这之后有几句看似难以理解的话，尽管我们从文学实践上是已经理解和认同的，但是，在理论上却是看似难以理解——这都是代表了我们对世界的认识实际上依旧没有认识清楚，并没有追根究底——那就是关于大小时空体之间的关系问题，实际上我们可以从语法化的映射与整合问题得到答案。巴赫金谈道："我们分析的这些时空体，具有什么意义呢？首先，它们的情节意义是显而易见的。它们是组织小说基本情节事件的中心。情节纠葛形成于时空体中，也解决于时空体中。不妨干脆说，时空体承担着基本的组织情节的作用。"③ 这段话十分重要，我们在论述体裁和认知的时候还会不断提起，这是因为其是整个巴赫金时空体理论的最中心的部分，实际上承担着多层理论任务，但是，我们在这里主要将之从句法方面来理解的，应该说，一篇小说是有一个句法的，整个句法是整体的，实际上，只有整部小说的"句法"，也就是整部小说的篇章层面的规则面，才能承担起"组织基本情节事件的中心"的任务，承担起"基本的组织情节作用"的功能。所以，一部小说，原则上只对应一个时空体。但是，在另一个部分，巴赫金谈论了另一些时空体，这些时空体，是小型

① ［俄］巴赫金：《小说理论》，白春仁、晓河译，河北教育出版社 1998 年版，第 278 页。

② 同上书，第 277 页。

③ 同上书，第 451 页。

的，这就使人觉得颇有些复杂，巴赫金认为："我们在这里仅仅讨论了包容较广、至为重要的一些大时空体。但每一种这样的时空体，本身又会包含不计其数的小时空体。因为如我们前面说过的那样，每一主题都能有自己特殊的时空体。"① 在这里，巴赫金实际上谈到的是词汇语法系统不断地进行语法整合与语法映射的过程。

在这里，有最为重要的时空体，占据主导的时空体，"在一部作品范围内，在一位作者的创作范围内，我们能看到许多的时空体，以及时空体之间复杂的、为这一作品和这一作者特有的相互关系；而且一般说其中有一个时空体是涵盖一切的，或者说是居主导地位的（我们在这里主要就是分析了这样的时空体）"②。这里主导的时空体，可以视为一个核心叙事，是整个词汇语法系统不断语法整合与语法映射的最终过程。通过小时空体（minor chronotope）的不断地交互，语法整合，我们最终形成了一个作品甚至类型的大时空体（major chronotope）。

但是，这些重要的时空体，与其他小的时空体在一起，组成了一种复杂的聚合因素的组合关系，正如巴赫金所说："各种时空体相互渗透。可以共处，可以交错，可以接续，可以互相比照，相互对立，或者处于更为复杂的相互关系之中。"③ 也即是说，在其中有一些小的时空体，在某种保持自己独立的功能前提下，构成了更为大型的时空体。按照语法化的理论，这些小的时空体在曾经，是原本的"篇章"部分，现在则在"新的篇章"中承担着句法的层次，所以这是其中的比较小的层次，是句法甚至词法的层面，这是语法化的另一面——词汇化。所以这里巴赫金观察到的现象，以及他所做出的初步的解释，实际上是进一步说明了语法映射中的复杂关系。

我们在上面论述了相关的语法化问题之后，我们再来看，相关的"城堡时空体"等以空间命名的时空体、或者说"骗子"等人物组成的时空体或者以"相逢"等动作组成的"相逢时空体"，应该说，这实际上就

---

① ［俄］巴赫金：《小说理论》，白春仁、晓河译，河北教育出版社 1998 年版，第 453 页。
② 同上书，第 453—454 页。
③ 同上书，第 454 页。

是一种比较特殊的语法转喻。

巴赫金是在比较了相会时空体和道路时空体之间的关系上来论述的，我们知道，关于相会问题，实际上从维谢洛夫斯基开始就已经注意到这个问题了，我们会在后面认知语境部分对之引用，这些具体的论述及相互关系，在这里是进一步证明了巴赫金与维谢洛夫斯基诗学之间的关系，这种独特的视角与结构，在巴赫金诗学中得到了体现——甚至，从时空体理论建构中看，某种对题材方面的执念也在其中得到了体现，这就是巴赫金总是试图带上"兼内容"的原因。当然，巴赫金在此基础上当然是有所发展的。巴赫金谈道："在第一节中我们谈到相会时空体。这一时空体时间意味占主导位置；特点是感情和价值色彩强烈，达到很高的程度；与之相联的道路时空体，范围虽广大，感情和价值色彩却较弱。"① 显然，巴赫金试图在维谢洛夫斯基诗学的基础上，进一步地深入其理论研究，巴赫金谈到了"'道路'主要是偶然邂逅的场所"②，但是，"在这里，通常被社会等级和遥远空间分隔的人，可能偶然相遇到一起；在这里，任何人物都能形成相反的对照，不同的命运会相遇一处相互交织。在这里，人民命运和生活的空间系列和时间系列，带着复杂而具体的社会性隔阂，不同一般地结合起来；社会性隔阂在这里得到了克服"。③ 这里涉及一种语境化的或者语用的层面，我们将在下一章进行论述，笔者之所以不断的提及相关章节，这确实是说明巴赫金所建构的时空体是一个语义、句法和语用一体的整体结构，但是，我们在这里比较偏重目前的规则层面，也就是说在这里，实际上"道路"作为一个语义成分，实际上是被形式化了、语法化，转喻为一个组成篇章结构的主要规则了，所以，巴赫金论述道："这里时间仿佛注入了空间，并在空间上流动（形成道路），由此道路也才出现如此丰富的比喻意义：'生活道路'，'走上新路'，'历史道路'等。道路的隐喻用法多样，运用的方面很广，但其基本的核心是时间的流动。"④

---

① ［俄］巴赫金：《小说理论》，白春仁、晓河译，河北教育出版社 1998 年版，第 444 页。

② 同上。

③ 同上书，第 445 页。

④ 同上。

特别需要指出的是，我们在这里看到的时间，实际上是一种语法层面的时间，所以，在这个意义上，我们明白巴赫金对之做的描述，同样相会时空体也是其中的动作作为其中最重要的组织成分来组织形式。

也是在此基础上，巴赫金从历史层面上对之情节意义做了展开，"要描绘为偶然性所支配的时间（也不只是为了这一目的），利用道路是特别方便的。由此可以理解为什么道路在小说史上起着重要的情节作用。"① 巴赫金描绘了从古希腊罗马到17、18世纪以及19世纪初期的作品中道路的情节组织作用，里面涉及了日常漫游小说、流浪汉小说、部分浪漫主义小说以及司各特和俄罗斯的历史小说，甚至19世纪上半叶的政论性游记等，甚至，这部分涉及的一些类型小说，正是"因为有了'道路'的这一特点，才有别于另一种游历小说；代表另一种游历小说的小说类型，有古希腊罗马的游记小说、希腊诡辩小说（我们在本章第一节中作了分析）、17世纪巴罗克小说"②。应该说，巴赫金是最早注意到了这种内容因素，或者说"词汇"因素形式化或者说"语法化"，尽管他没有对之进行理论上的论证，他仅仅是展示出来了，并且在具体的实践中很明确地从类的面上表现出来，但是，这种对内容形式化或者说语法化的现象，其理论意义将十分重要。

除了关于道路之外，巴赫金还谈到了"城堡"，他没有用城堡时空体这样的表述，这是因为，比起道路来，城堡的时间维度似乎更弱一些，更强调的是空间的维度，所以，在这个意义上，我们还是认为，巴赫金是有所疑惑和保留了，但是，我们从语法化或者说内容形式化这样的角度上看，我们觉得还是我们可以更笃定地将之推向前去，巴赫金认为："在18世纪末英国所谓'哥特式'小说或黑暗小说里，形成和巩固了小说事件发生的一个新地点——'城堡'（此词用于这一意义，最早是在贺拉斯·瓦尔浦的《奥特兰托城堡》中，其后则是拉特克里夫、刘易斯等人作品。）"③ 这是巴赫金对之范围的一个界定，我们在这之后

① ［俄］巴赫金:《小说理论》，白春仁、晓河译，河北教育出版社1998年版，第445页。
② 同上书，第447页。
③ 同上。

会进行深入的分析，在巴赫金看来，这个城堡是如何时间化或者说实际上是"形式化"，或者说"情节化"，或者说"语法化"的呢？巴赫金认为："城堡里充塞了时间，而且是狭义的历史时间，即过去历史的时间。城堡为封建时代通知者生活之处（因此也是过去历史人物的居住场所）。"① 如何看待这种情况，我们知道，其实任何设定，从其最初的时候，实际上马上卷入了整个社会对其中的认知，在贺拉斯·瓦尔浦的设定及因设定而被限定的情节走向中，无论其中有多少新的东西，但其中无法逃脱人类对之的一种认知维度，实际上规定了某些空间，接下的许多动作和人都会有所限定，这大概就是对之能给出的比较合理的操作层面的解释。所以，巴赫金在此基础上，认为"这些使哥特小说展开了一种特殊的城堡情节"②。我们知道，这里的城堡，无疑是语义尤其是情境语义学中重要义项，但是，说其是城堡情节，这无疑是将之形式化了，是一种语法性的组织，我们确实可以称之为一种语法转喻或者说特殊的形式化过程。

　　同样地，在涉及"沙龙客厅"的时候，巴赫金同样如此，需要指出的是，巴赫金谈论的沙龙客厅是将之视为两个层面的，巴赫金认为："当然，沙龙客厅在他们作品中出现，不是首次创举，不过只有在他们的作用中才作为小说中时空系列的汇合点而具有充分的意义。"③ 巴赫金是在两个层面或者说阶段进行的论述换成语法化或者说形式化的过程，我们可以说第一阶段仅仅是在篇章的某种层面出现，第二阶段则是通过结构映现，整个地语法化了，说其不是"创举"，是指这种新的内容进入文学作品中，而说其作为"小说时空系列的汇合点而具有充分的意义"，则指的是这种新的内容成为形式组织的原则，具有"情节布局意义"④。

　　这是巴赫金对"时空场点"语法化的过程，如果我们转换成叙事学的话语，就是其中的叙事空间的情节化或者说形式化，由于我们对叙事学

---

① ［俄］巴赫金：《小说理论》，白春仁、晓河译，河北教育出版社 1998 年版，第 447 页。

② 同上。

③ 同上书，第 447—448 页。

④ 同上书，第 448 页。

是一种割裂的立场并且内化到我们的认知中,所以提到其中的叙事空间,无疑都是将之作为其中的重要的对象,但是,在这个过程中,我们其实应该会发现其中叙事空间对形式的走向具有很强的约束甚至决定作用,巴赫金的一句话,一般是被视为无关紧要,但是,在叙事空间情节化,甚至叙事空间对情节的走向起重要作用或者说语法化、形式化的角度上,其意义就显得意味深长,正如巴赫金所说:"这一情节布局的意义,是完全可以理解的。这里,在复辟和七月王朝的客厅沙龙中缝,有着政治生活和实业生活的晴雨表;这里看得到政治、实业、社会、文学等声望的形成和衰亡;人们从这里开始飞黄腾达,也从这里身败名裂;这里决定着高层政治和金融的命运,决定着法律草案的城堡、书和戏的成败、部长和交际花歌手的成败;这里相当充分地反映出新的社会等级的各层次(同时聚于一处);最后,这里以举目可见的具体形式揭示出生活中的新主人——金钱无所不在的权力。"[1] 也就是说,我们举个例子,这里的沙龙客厅会有特殊的变体,比如说钱钟书笔下的那种围绕着沙龙客厅组织起来的情节,但是这个情节绝对不会转到那些围绕着工厂组织起来的底层,这说明在类上,其中的许多事件层面被规定了。

　　但是,我们知道除了时空场点之外,巴赫金还对另一个初始对象,也就是人物(character)进行了语法化的相关论述,这部分,主要集中在《小说的时间形式和时空体形式——历史诗学概述》中的第六节,在这一节中,巴赫金论述了"骗子、小丑、傻瓜在小说中的功用",巴赫金认为,"骗子、小丑、傻瓜在自己的周围形成了特殊的世界、特殊的时空体"[2]。之所以形成这种特殊的时空体,在某种程度上,实际是因为他们作为对象的实体因素被"虚化"而成为一种形式因素,正如巴赫金所述:"他们有着独具的特点和权利,就是在这个世界上作为外人,不同这个世界上任何一种相应的人生处境发生联系,任何人生处境都不能令他们满意,他们看出了每一处境的反面和虚伪。因为他们利用任何人生处境只是

<hr />

[1]　[俄]巴赫金:《小说理论》,白春仁、晓河译,河北教育出版社1998年版,第448页。
[2]　同上书,第354页。

作为一种面具。"① 巴赫金实际上是在一个新的视角上谈到这个问题，但是这个问题对于许多文学专业读者来说还是十分陌生的，尽管他们在理论及实践上认同他，但有时觉得会有所怀疑，几乎觉得巴赫金有时候讲的是另一种语言，甚至不少人还会误解，将之称为某种形式的理论呓语，这是因为，他们完全不理解巴赫金所谈到的这个问题背后的新的逻辑或者对旧事物的新看法，这个看法就是，巴赫金谈论这些"骗子、小丑、傻瓜"所形成的时空体时，是在一个语法化层面上来谈的，也就是说是在对象及语义的形式化层面上来谈这个问题的。

巴赫金认为，"我们所分析的形象，从两个方面产生了促进变化的影响。首先它们影响到在小说中该如何处理作者本人（还有作者的形象，如果这形象在小说中得到揭示的话），影响到作者的视角"。② 这实际上是在主体与对象的交互层面上提出的形式变化，我们将会在第四章进一步论述，在这个意义上，所以，"小说家需要某种重要的形式上体裁上的面具，它要能决定小说家观察生活的立场，也要能决定小说家把这生活公之于众的立场"③。第二种则是将骗子、小丑等"当作重要的人物写进小说内容（原样直接写入或者加以改变）"④。通过这种骗子、小丑、傻瓜在其周围形成的时空体与其他叙事情境产生对话。

应该说这两者在论述的过程中，巴赫金出现了重合，但是，也确实可以将之视为一种重要的一体二面的现象。我们知道，一般而言，在近一些的小说中，人物视角是比较常见的，换言之，这个借助人物视角，如傻瓜、骗子、小丑，能使整个艺术形式得以刷新，这确实是一个非常重要的现象。这是因为骗子、小丑、傻瓜的视角能揭示一些新的内容："值得注意的是，就连内在的人，即纯粹'自然'的主观精神，也唯有借助小丑和傻瓜的形象才可能揭示出来，因为人们没能为内在的人找到恰当的直接

---

① ［俄］巴赫金：《小说理论》，白春仁、晓河译，河北教育出版社 1998 年版，第 355 页。
② 同上书，第 356 页。
③ 同上书，第 357 页。
④ 同上书，第 359 页。

的（从实际生活的观点看是不含寓意的）生活形式。"① 在此之后，他也举出了许多例子，如"孟德斯鸠的《波斯人信札》，它创造出了类似的风情书信的整个体裁，以无法理解的异邦人眼光描绘发过的制度。这一形式被斯威夫特十分多样地运用在自己的《格列佛游记》中"②。应该说，这些部分的人物视角都非常值得肯定，但是，我们需要指出的是，从来没有人从语法化的角度来看到这个人物及相关动作问题，这是因为，我们在很大程度上，还是将其作为一个形式因素而不是一个内容形式化或者说语法化的角度来看待这个问题了。需要指出的是，在这个过程中，我们会发现有些语法映射的过程是直接从人、时空场点、动作到整体的形式的，这就显得有一些不是特别有说明力，但是，有一些加上了事件的相关论述，实际上是从人、时空场点、动作再到事件类型再到具体的形式的，我们就觉得其论述就显得比较深入，比如说涉及沙龙时空体的时候，有更多的事件方面的界定，我们就显得比较容易认可，相对而言，这是因为某些汇集的情况下，越多对象的介入就会越容易得到更多层面的信息。换言之，在语法化过程中，在其中我们需要特别注意其中的事件相关问题的描绘。这一点是我们在阅读的时候产生的问题，我们将在下一章进行继续深入的论述。

　　我们在这一节论述语法与语义层面的问题，这个层面是从句法—语义接口问题入手的，需要指出的是，我们在理论中所援引的理论，不管是否有多少形式因素，我们都会选择那些具有历史社会层面的理论，有语境接口的理论。

　　但是，在研究过程中，我们发现，还是需要在哲学层面上对我们所做的一个重要环节（词汇语法系统的发展过程中出现的事件问题）进行进一步的论述。

---

① ［俄］巴赫金：《小说理论》，白春仁、晓河译，河北教育出版社 1998 年版，第 359 页。
② 同上书，第 360 页。

第三节　时空体叙事学的叙事语法与叙事语义交互的
进一步阐释:逻辑及哲学层面的论证

需要特别指出的是,本节试图对前面的现象与方法提供一个更深层面的阐释,由于涉及分析哲学,所以并不是很好理解,而且,我们所做的是一个深层的阐释,试图在已经论述得比较清晰的面上,尝试再往下探索得更远一些,这个"地下探索"如果有所偏离,并不影响我们已经描述过的"地上建筑",所以,读者如果对哲学分析有所厌恶,尤其是对分析哲学风格的论述不以为然,可以直接略过这一节,直接从语言学的基础上来看待我们所做的研究,而对这种更深层面的哲学研究不必深究。

我们的这种分析,都是在一个句子的层面上的分析,这就使得,我们对之理解存在着一定问题,但是,如果集齐了动词、地点、人物,我们就能够得到一个完整的意义了吗?

笔者在前面是以热奈特的一个动词的分析的基础扩展开了我们的研究,实际上说明了除了一个动词的分析之外,其中还是有不少东西需要继续补充,比如说时空场点和具体的人,这个人物,不像结构主义叙事学这样,仅仅是一个行动元,我们还看到其中蕴含着很多的需要分析的部分。

那么,我们从动词、地点、人物三者出发,就可以对一个行为句给出其准确的意义了吗?

我们先来看情境语义学的解答,我们知道,情境语义学试图从三个对象出发,但是,在其中研究过程中,它牵扯到"事件类型",我们先来看创始者对之的表述。

我们在上面用情境语义学的抽象情境来描述巴赫金时空体理论,并在此基础做了叙事学化。但在具体分析的时候,我们发现,除了词汇语法项或者说词汇语法系统之外,巴赫金还加入了事件(events)维度,在谈到相逢时空体的时候,巴赫金还是很明确地说道:"要知道,相逢的情节是不能孤立存在的,它总是作为全书情节的一个组成要素,进入整个作品的具体的同一体，因此也就进入了能够涵盖它的具体的时空体。"① 而在另一处，巴赫金则提道："相逢——这是史诗里最古老的组织情节的一个事件（尤其是在长篇小说里）。"②

所以，在这里，巴赫金还是有一个悄悄的补充，他最终还是将时空体视为一个综合体，将事件问题考虑进来了。这种考虑，与其对时空体这个"内容兼形式"的设定有关，换言之，是与其潜在语法化的思路有关。关于事件的位置与定位，叙事学的相关论述是比较含混的，我们需要进一步地分析，尤其是考虑其中在语法化中的位置。但巴赫金是在理论实践层面上进行的，他没有对这个问题进行论证。

我们再次强调，巴赫金将事件，作为一个成分进入时空体设计中——尽管其中的有些表述显得有些游离、犹豫：最主要的表现是没有一开始就将许多问题设定清楚，而是在之后加以补充——实现了其叙事语法与叙事语义的交界面的融合。因为巴赫金实际上遇到乔恩·巴威斯和约翰·佩里同样的问题，如何将初始对象组织起来的一个问题。

乔恩·巴威斯和约翰·佩里认为："首先，我们有各种各样的初始对象，即个体、场点和关系。"③ 这里所说的初始对象意味着，它们还仅仅是一些对象，需要通过一些东西使之"链接"起来，同样地，要实现相同情境之间的对比，这个结构需要的是一个类型性的描述，我们知道，这些对象是陈列在那里的，但是，需要指出的是，如果要对比，就需要一些组织，但是，一个有结构的对象将会有两种方式进行比较，第一种是对象之间的比较，相同的对象之间聚合或者说简单陈列，似乎是具有一定的可比性，至少，在其中，有不少因素是一样的，但是，第二个层面就是其中的结构，不同结构安排给相同的对象、相同的结构或者相似地结构安排给不同的对象、相似的结构安排给相同的对象之间的复杂关系，将会使整个问题变得非常得杂。所以，这实际上是涉及对象与结构之间的复杂关系，

① ［俄］巴赫金：《小说理论》，白春仁、晓河译，河北教育出版社1998年版，第288页。
② 同上。
③ ［美］乔恩·巴威斯、约翰·佩里：《情境与态度》，贾国恒译，南京大学出版社2015年版，第69页。

已经是第二层面的事情了，在这里，乔恩·巴威斯和约翰·佩里不得不引入第二个层面的一个概念来说明这个问题。也就是事件型类的概念。正如乔恩·巴威斯和约翰·佩里说："我们将从事件过程中抽象出我们称之为事件型类（event-type）的实体"①，这里的"事件型类"是一个"附属通量"，对于意义、表达式等问题的划分，都很关键。

什么是事件过程呢？乔恩·巴威斯等是这么来描述的："事件过程简称 coe 是三元组 $<e, y, i>$ 的集合，其中 e 是时空场点，y 是如上的要素序列 $<r, x_1, \cdots, x_n>$，i 是 0 或 1。事件过程中 e 中的 $<e, <biting, Jackie, molly>, 1>$ 表示的事件是：杰基在时空场点 e 上正在咬莫利。"②

对语言哲学比较熟悉的人，一眼就可以看出这里实际上是加入了一个事件要素，或者说，在这里，毫无疑问是与"戴维森理论"有关。关于戴维森理论与情境语义学之间的关系，我们在上面衔接部分已经说明清楚了，我们接下来直接转入戴维森相关理论的分析与补正。③

正如戴维森在《行动语句的逻辑形式》中说的："本文旨在试图直接获得关系行动的简单句的逻辑形式。我打算对这类语句中的组成部分或语词的逻辑作用或语法作用提出一种解释，这种解释既与这类语句之间的衍推关系相同，又与人们关于其他的（非行动的）语句中的同样组成部分或语词的作用的知识相容。在我看来，这项工作无异于表明行动语句的意义是如何依赖于这类语句的结构的。"④ 显然，这也是其中试图处理意义与结构之间问题的一种思考，在下面我们看看戴维森是如何解决这个问题的。

戴维森用了一个相对比较复杂的单句来说明这个问题，这个单句就是：

---

① ［美］乔恩·巴威斯、约翰·佩里：《情境与态度》，贾国恒译，南京大学出版社 2015 年版，第 70 页。

② 同上书，第 55 页。

③ 特别说明的是，在戴维·赫尔曼的相关研究中，他将戴维森理论浅层化了，试图在一个语法维度而不是逻辑维度来理解其理论的意义，这显然没有抓住要害。

④ ［美］戴维森：《真理、意义与方法》，牟博译，商务印书馆 2008 年版，第 410 页。

琼斯于深更半夜在浴室里拿着一把刀往面包上抹油。①
Jones buttered the toast in the bathroom with a knife at midnight.

我们知道，戴维森的论述也是基于一种哲学史问题上的论述，我们还是需要在比较中看出其中的问题，一般而言，哲学史的通常处理方法是这样的：

涂抹（琼斯，面包，浴室，深更半夜）
butter（Jones，the toast，bathroom，midnight）

但是，在复杂的单句和简单的单句中，这个句子处理方式 butter 中所带的论元是不一样的，这就造成了其在形式和结构上未能反映一种内在关系。

所以，按照戴维森的方法，他是做了如下的改进：

（∃x）［Buttering（Jones，the toast，x）&in（x，the bathroom）&at（x，midnight）］

（∃x）［涂抹（琼斯，面包，x）& 在（x，浴室）& 于（x，深更半夜）］

也就是说，除了动词涂抹（Buttering），人及对象（Jones，the toast），时间和地点，即在（x，浴室）& 于（x，深更半夜）也就是 in（x，the bathroom）&at（x，midnight），戴维森认为，我们还必须加入一个论元事件 x 来描述它，不然的话，意义将很难规定与描述。如戴维森所说："现在我想要提出一种关于行动句的分析，在我看来，这种分析综合那些已讨论的可供选择的方案的大多数优点，同时又避免了它们所遇到的困难。其基本思想是，行动动词（即说出的'某人所做的事情'）应当被解释为包

① ［美］戴维森：《真理、意义与方法》，牟博译，商务印书馆 2008 年版，第 412 页。

含（对于单称词项和变元来说）一个它们好像并不包含的位（place）。"①
也就是说，行动动词是包含其中的一个位。

从继承的角度上来，情境语义学的事件型类的说法是与戴维森理论完全一致的，换言之，完全是戴维森独特的理论在情境语义学中复制，而且是在情境语义学理论已经指出来了。

我们在这里可以先暂时补充一个理论的说明，如果说我们在前面论述的是时空和人，此处论述的就是关系，但是，我们可以看到，这里实际上最重要的就是动作关系，实际上就是一个动作元，其中，当我们把这种关系聚焦于动作元的时候，我们实际上就是将之叙事学化了。

我们接下来要做的是最重要的部分，第一点，我们要给予这个情境语义学以一种历史语言学的解释。我们在前面所说的人物时空体，实际上也是可以用这个公式来解释，这就是小丑的时候体：

$$
（\exists x）\quad [笑 （小丑，任何事，x）\ \&\ 在 （x，某些地方）\ \&\ 于 （x，某些时候）]
$$

在这里，一定存在着一个事件型类来规定其中的整个事件，如果地方与事件变化，其中笑的意义是有所不同的，但从整体的类上，从情境语义学的角度上看，还是可以认为其中事件指向某种型类，这个型类一般而言，是与动作有关。

也就是说，在这里之所以成为一种语法结构，与其特殊的功用有着密切的关系，需要特别指出的是，巴赫金所说的小丑所发出的动作是一个复杂的双声，他的笑既有嘲弄的意思，也有肯定的意味，我们暂时在这里用一个比较简单、同时也是有一定复杂性的笑来表述。

但是，相对而言，情境语义学对事件型类的推论与特殊表述在某种程度上发展了戴维森的理论，具体说来，情境语义学主要还是在一个类上的程度上发展了，这里的组织原则，有可能不是动作元，而且有可能是其中

---

① ［美］戴维森：《真理、意义与方法》，牟博等译，商务印书馆 2008 年版，第 427 页。

的人或时空场点，事实上，这一点和巴赫金所提出的城堡时空体或者说骗子相关的时空体是一致的，也是我们常说的空间叙事的学理依据。

从情境语义学的表述上看，下面的我们用加粗字体标注的部分实际是可以视为一个关键的形式结构，也就是说，在不同的结构中我们可以视 [<**Buttering，Jones，the toast**>，1]，**也就是** [<**涂抹，琼，面包**>，**是**] 为最核心的结构，而将 in（e，the bathroom）&at（e，midnight）视为偏结构。

笔者这里的表达式是一个特殊的推论，这个推论是某种类型性质的，我们用情境语义学的表述就是：

$$\cdots\cdots$$

$$\text{Scrubbing}$$

$$< \{in（the\ bathroom）\&at（midnight），[<Buttering，someone，something>，1]\} >$$

$$\text{Watching}$$

$$\cdots\cdots$$

汉语就是：

$$\cdots\cdots$$

$$擦洗$$

$$< \{在（浴室）\&于（午夜），[<涂抹，某些人，某些事>，1]\} >$$

$$观看$$

$$\cdots\cdots$$

也就是说，午夜的浴室中，我们所能选择的动词构成了某种集合，也恰恰是这些集合体现了某种结构，在午夜的浴室中（现实），你可以擦洗，四处观看，甚至涂抹黄油！多么惊悚还是多么搞笑：只有某种符合现实的反常才能有这个选择！其实，琼在浴室中涂抹黄油有着非常重要的文学效果，因为，文学是既不合常规又在情理之中。但是，我们知道，这里的时空还是给动作造成了一个约束，进而完整地说明了事件型类与地点的某些关系，两者之间，是互相约束的。因为，你不可能在现实中的浴室驾驶飞机，除非是在科幻小说中，或者如某些电影让某个微型飞船从浴室的某个入口飞入——这样的话，这里浴室已经是改为某种新的地点：科幻中的浴室和午夜而不是我们这里实际上谈的是现实的浴室和午夜，它是一个完完全全的未来时空或者未来时空化的时空点。

实际上，空间叙事为什么能成立，我们也可以在这个公式中解释——我们在另一个层面上再次确证了这个情境对语法是有很重要意义的，其意义在于其对动作或者说情境的一种约束。

同样地，如果我们试图将这个问题叙事学化的话，我们将这个表达式表现为：

< ｛在（故事空间）& 于（故事时间），［< 动作元，人物，人物或对象… > ，1 或 0］｝ >

实际上，我们得到了一个相对比较抽象的结构。

我们先看其中空间为主导的时空体，我们试着分析一下，首先，我们以荒岛时空体为例子，我们先看《鲁滨孙漂流记》中的荒岛时空体，其基本的情况是：

< ｛在（故事空间）& 于（故事时间），［< 动作元，鲁滨孙，人物或对象… > ，1 或 0］｝ >

所有的情况是：

< ｛在（荒岛）& 于（18 世纪），［< 求生，鲁滨孙 > ，1］｝ >

相对而言，我们看到同样是荒岛时空体，《蝇王》和通俗的电视剧《迷失》中的荒岛时空体就同样有其求生的另一些表现形式。虽然都是求生，但是时间不同，其中的相关动作也产生了变化，其中有些生存不再成为最重要的问题，而是人与人在隔离空间的互相争夺成为更重要的主题，这当然与我们过去的 20 世纪有着密切的关系。又如相逢时空体，这种相逢的具体地点，也会为我们所重新考虑，如果是在古代、这个失散的时候，其意义十分重大，但是，在现代社会尤其是当代社会，考虑人的渺小

和时空的巨大,相逢依旧有其困难的成分,但是越是程度高的社会和高的科技,其中的相逢就越是容易,相对而言这种相逢就只能是显得十分意外,让人惊喜,逐渐趋向正常的日常生活的相遇。我们再来看,我们前面所说的骗子时空体,在这里骗子所在空间和骗子的行为,都在某种程度上能影响其中的意义形式。

总之,戴维森实际上认为,在地点、人物、动词之外,还需要加上一个事件来定位整个行动句的意义。他认为,在复杂的单句中和简单的单句,这个句子处理方式 butter 中所带的论元是不一样的,这就造成了其在形式和结构上未能反映一种内在关系。

换言之,我们可以认为,尽管"时空场点""人物""动作"构成了一个基本的要素,但是,戴维森认为,我们依旧需要在这个集合之外,加上事件元来定位这个对象。换言之,三个点固然可以构成一个平面,但是,在更大程度上,要成为意义整体,似乎需要第四个外在于这个点的参照来定位这个立体型的含义。

但是,戴维森的理论需要补正,实际上,在第三节我们基于对巴赫金的分析,我们可以得出以下推论,那就是,一个动词有时并不能完整地表达意义,我们总是从一整个社会规约限定的动作整体来理解整个对象,一个动词的提出有时积蓄了心理上的动作能量,使我们好奇之后的动作是什么,进而通过1—2个以及更多的动作推测其中的社会规约方面的含义,换言之,在很大程度上,戴维森提出了一个动作背后存在的事件,但是这个事件实际上是隐含无限变化的起因,为什么琼斯这么晚了要在浴室里抹黄油?接下的任何动作都会使我们在社会规约包括文化(文学)规约的角度上来进一步界定它。戴维森之所以没有论述这个问题,是因为他所选取的例子的视角,与哲学史上选取的其他例子一样,都是从孤立的角度上来看,尽管,他所选取的例子具有特异性,这个动词涂抹与浴室产生了张力。但巴赫金则是在大量的文学作品归纳的基础上进行的。

有些句子,可能会比较有固定语境化的处理,这是因为在千百次的使用过程中,损耗其语境化的潜力,但是,这里的所孤立的事件依旧需要在语境中得到理解,巴赫金曾经在《生活话语与艺术话语》中提到这样一个例子:"两个人坐在房间里,沉默不语。一个人说:'是这样!'另一个人什么也没有说。"① 我们必须从一个说话语境的情况中来理解对话,比如说,"对话的时候,两个对话者看了一眼窗户,看出下雪了。"②

所以,在这个意义上,我们看到行动句的理解需要在一个认知角度上来理解,需要从(认知)语境来锚定它。戴维森所说的事件在很大程度上,依旧似乎只是一种潜能,是一个模糊的事件类型,是某种类型性的可能,只有在具体语境中才能得到落实,巴赫金在上面提出的一系列的动作和事件来定位意义与形式整体,并试图从整体上来理解这个问题,这是他理论最为重要的地方之一。

需要特别补充的是,从情境语义学和巴赫金的理论的一个推演,戴维森的所谓事件论元,在很大程度上依旧也只是一种意义的可能,因为这个事件元必须在具体的语境中得到锚定,如果没有语境的锚定,戴维森的事件元仅仅是一个抽象的东西,一个没有肉身的幽灵。

实际上,从这个层面,我们的研究不得不转入语境尤其是认知语境,我们将在接下来的第四章来论述这个问题,我们将会从叙事脚本来看待这个问题,这里涉及很多系列的动词,而在第三章,我们主要还是在语义和形式交界面上来论述这个问题,主要涉及还是1—2个相关的动词的角度上来看这个问题,换言之,就是在核心叙事的角度上,笔者初步扩展了热奈特的方法,增加了人物和时空场点的分析,换言之,除了谓语,我们还增加了状语和主语的问题③,由于篇幅所限,我们的研究暂时就涉及这么多,这也是目前我们能看到的、能挖掘的比较主要的时空体理论的叙事语

---

① [俄]巴赫金:《周边集》,李辉凡、张捷、张杰等译,河北教育出版社1998年版,第84页。

② 同上书,第85页。

③ 我们对事件的看法,很大程度上是在一个简单句A, do, B这样的角度的来的。我们觉得很正常,非常准确。但是,有一个非常重要的提问,这就是我们对于其中的状语部分,一些叙事"附加"的部分,一些事件附加的部分,是如何处理,我们已经在上面提到了,从语法层面上看,这部分实际上是事件的重要组成部分:主要充当状语等部分,同时对动作本身是有牵制影响的作用,我们已经在上面证明了。但是,从热奈特等人的研究,我们可以看出,他是从动词出发,以动词为中心甚至只以动词为中心构建其语法系统的。所以,我们特别强调:所有的经典叙事学是否考虑到状语问题呢?这部分的研究是否曾被考虑进去呢?他们确实看似构建了一个完整的叙事体系,但是,这个体系却排斥状语,在某种情况,对情节的解释也是不完整的,我们已经在上一章花了三节来论述这个问题了。

法与叙事语义交界面的问题。

　　需要指出的是，我们在这部分，其实主要还是论述了其中的叙事语法问题的第一个层面，我们更完整的第二个层面，我们将在第四章来论述，这是因为，这个问题涉及得更广，如果没有论述到具体的语境的相关理论，尤其是语境是如何锚定所述情境的意义的，我们确实是无从着手。

第 四 章

时空体叙事学的第二个层面：语境—社会历史的认知层面及其批评案例

我们在前面，已经初步涉及了锚定（anchor）的问题，在很多时候，我们所述的情境在很多情况下是抽象的，没有肉身的，它需要补充完整，我们在上面描述的，还是关于所述情境的规则面，正如有研究者在研究中谈到的那样，从一开始，说话语境（discourse situation）和所述情境（situation described）之间的关系"加在一起"才是完整的，这里"说话情境 d 与所述情境 e 之间的关系，记作 d［α］e"[①]。

简单地说，我们在上面的论述，大部分是论述了其中的 e 部分，也就是所述情境（situation described）的问题，而，我们在这部分论述的是属于 d 部分，也就是说话情境问题（discourse situation）。

我们想，接下来我们确实需要在一个新的角度上来看待我们的相关研究，这个问题，我想还是集中在一个语境、语义和语法结合的层面上。[②]

笔者在上面已经谈到了语义和语法层面的问题，在上面我们是分两层面来论述这个问题的，第一个层面就是，语义层面的语义与语法接口，我

---

① 贾国恒：《专名及其逆向信息》，载《自然辩证法研究》2008 年第 2 期，第 12 页。

② 我们需要指出的是，文学中的所述情境，在某种程度上，是通过话语（述本）反推出来的，虽然这个所述情境本身可能是在现实世界中曾经有的，但是，我们了解它的时候，是通过话语反推出来的，是话语（或者说述本）的一个归纳。在这个层面上，不管这个所述情境看起来是多么地客观，它终究是认知性的。换成叙事学的话语，就是被叙当被我们感知到的时候，它实际上是一个有组织的形式。在很大程度上，这种被叙本身，实际上也是卷到形式中去的。

们已经在一个系统功能语法与历史语言学的交叉领域中，将共时与变异部分都初步说明了，这部分也主要涉及的是所述情境，我们也多次说明了，所述情境在很大程度上依旧是一种类型，需要在具体的语境中锚定。实际上，我们也在上面涉及的语义到语法的问题的时候，初步描述了其结果，就是词汇语法系统在持续地投射与整合过程中提升的过程就是某种语法化的过程。我们实际上描述了其结果，其中具体的原因和过程，我们都没有在第三章描述，这不是我们偷懒，而是如果不涉及语境尤其是认知语境的过程，我们在很大程度上不能描述，所以，我们在第四章，看起来是侧重语境与前面的规则面，也就是语法与语义的交接部分，实际上，是涉及整个叙事语法、叙事语义和叙事语境的。

我们在下面，还是先论述这个语境是与我们在上面的语义和语法层面实际上是内在的，而不是外在的。

笔者希望给出的一个语境与形式、语义之间的理论论证。我们现在第一个要解决的问题，就是语境和词汇语法系统的交界面究竟在何处的问题。

第一节 认知语境与词汇语法问题的接口："叙"与"事"的交互认知论理论根源及初步论证

笔者在这部分主要论述认识语境与词汇语法的交界面或者说是接口，如果我们试图将叙事分成两部分，这就是"叙"与"事"，如果我们简单地将"叙"视为说话语境，其中比较多的涉及作者的赋予，而"事"则是我们所看到的"所述情境"，看起来似乎有其道理，可以粗略上这么说，但是，实际上更为精细的说法，在"所述情境"中蕴含着社会文化语境因素，而在叙的主体中则蕴含作者对社会文化语境的一种认知，恰是在两者的交互中，我们看到了语境与词汇语法的交界面的形成。如果我们更进一步追究其哲学根源的话，我们会发现其是在主体与环境交互论的基础上形成的。

我们先看巴赫金是怎么处理语境的，我们知道，在比较广义的部分，在文学领域中，我们的第一反应就是其社会历史语境及作者的态度立场或者说作者的认知，巴赫金是在康德及新康德主义的立场上来看到这个问题的，后来又在作者时空体方面做了补充。我们先看康德及新康德主义，巴赫金写道："康德在其先验美学（《纯粹理性批判》的一个基本部分）里，把时间和空间界定为任何认识（从起码的知觉和表象开始）所必不可少的形式。我们采纳康德对这些形式在认识过程中的意义的评价；但同康德不同的是，我们不把这些形式看成是'先验的'，而看作是真正现实本身的形式。我们将试图揭示这些形式在小说体条件下的具体的艺术认知（艺术观察）过程中所起的作用。"① 笔者已经在自己的硕士学位论文及随后的专著中论述了新康德主义对康德主义的一个改造，事实上，从新康德主义的视角看，我们知道，他们是将时空视为一个世界与认知的一个桥梁，而不是先验的，这里已经是进一步的历史化了。②

新康德主义对康德的历史化，有其哲学上进一步的根据，关于这一点，我想引用赵宪章对康德形式主义问题的看法，赵宪章认为："这一意义上的'先验形式'，不仅是对 17 世纪和 18 世纪的唯理论和经验论的折中与综合，也是对柏拉图和亚里士多德的折中与综合：就形式的'先验性'或'先天性'而言，康德的'先验形式'来自柏拉图，柏拉图的'理式'作为'范型'或模式，就是先验的、先天的，即先于现实世界而存在的；另一方面，就形式的'创造性'和'目的性'而言，它又来自亚里士多德，亚里士多德的'形式'作为事物的'本质规定'和'现实存在'，就包含着'创造因'和'目的因'，事物的生成不过是创造主体将'形式'赋予'质料'，就是质料的形式化。"③ 应该说，康德实际上

---

① ［俄］巴赫金：《小说理论》，白春仁、晓河译，河北教育出版社 1998 年版，第 275 页。

② 巴赫金在时空体中确实又采用了社会历史方法，其中确实有马列文论的影响。

③ 赵宪章：《形式美学：中国与西方》，载《文史哲》1997 年第 4 期，第 38 页。

在亚里士多德的基础上进一步揭示了世界是一个认知主体与环境交互的过程，因为，先验形式的设定必须承认环境与对象的存在，认为事物的形成有主体与对象交互的维度。

在理论上，巴赫金从两个方面改造并推进了康德的看法，首先，在形式与内容一维上，巴赫金是将时空体视为一个形式与内容一体的概念，这实际推到一个更远的视角中去了，事实上回到了理论史上的亚里士多德那里去。其次，巴赫金在认知维度，通过新康德主义及社会历史批评的影响，将之与社会语境维度联系得更为紧密，如果说人赋予对象以形式的话，这个主体，在很大程度上是社会历史化的，所以巴赫金反对"形式本身具有自己独特的、非社会学的，而是艺术特有的本质和规律性"[①] 的观点。

亚里士多德确实是在柏拉图之后进行形式与内容的探索，他将事物并不是视为理式之果，而是视为形式与内容的结合，也就是说，巴赫金的方法，实际上是重新在新的时代回溯到亚里士多德，这就是在很大意义上，是一个更为综合的方案。

我们在上述论述引用了这么多的理论论述，可能会让人觉得有些摸不着头脑，笔者想还是回到叙事问题上来吧。我们想通过两个例子，说明我们在形式的研究中不能忽略对象，实际上就是说明叙事学中众说纷纭的一个问题，"叙述"是很重要的，但是，"所述情境"或者说"对象"中的社会文化内容或者说社会规约，会给我们带来很大的障碍，笔者十分肯定的是，所述情境虽然是抽象的，但是实际上规定了很多事件方面的方向，一旦涉及语境因素或者说社会规约层面（内容部分，主要是类方面的规定），则使事件不可避免地展现出某种"必然"（在类的意义）的趋势。

第一个例子就是复调诗学，复调诗学的本质，从叙事学的角度上，在我们"叙与事"交叉的视角上来看，是作为作者的陀思妥耶夫斯基正确模拟了创造过程中叙事对象的一种抵抗，正如我们的许多元叙述（狭义

---

① 〔俄〕巴赫金:《周边集》，李辉凡、张捷、张杰等译，河北教育出版社1998年版，第77页。

上的跨界叙述）实际上是作者模拟了读者的反应一样。当然，在这个意义上，作者的创作意识也实际上是整个改变了。我们在这里所说的"抵抗"，其本质上是一种"纠葛""交互"，恰是在对对象的独特了解与赋形中，作者成就了自己和自己的作品。

正如巴赫金所说："有着众多的各自独立而不相融合的声音和意识，由具有充分价值的不同声音组成真正的复调——这确实是陀思妥耶夫斯基长篇小说的基本特点。在他的作品里，不是众多性格和命运构成一个统一的客观世界，在作者统一的意识支配下层层展开；这里恰是众多的地位平等的意识连同它们各自的世界，结合在某个统一的事件之中，而互相间不发生融合。陀思妥耶夫斯基笔下的主要人物，在艺术家的创作构思之中，便的确不仅仅是作者议论所表现的客体，而且也是直抒己见的主体。"① 这是一个非常精彩的发现，但在巴赫金的论述中，是非常理所当然的，并没有提供这种转换的基础，我们已经在上一章，也很详细地论述了这种从叙事对象到叙事形式的映射与整合的整体过程。实际上，从对象的独特特点，也就是说，这些思想意识进入陀思妥耶夫斯基的过程中，从这些思想意识成为一个具有独特性质的主体，当然，我们看到，整个叙事的生成和对象的社会性是有一定关系的，正如我们在上面谈到的，所有的社会性关系一旦进入这个叙事过程中，实际上在不断地为结尾的最终归化于最后的一锤定音，有着方向性的预示与影响。但是，在陀思妥耶夫斯基创造主体意识的作用中，这些人物所起的作用十分有力，或者说，这些代表着社会各个层面的声音具有非常强力的作用，当然，这种作用是在陀思妥耶夫斯基的"放纵"下形成的，换言之，是在陀思妥耶夫斯基的独特的心理图式中形成的。正如巴赫金所说："陀思妥耶夫斯基恰似歌德的普罗米修斯，他创造出来的不是无声的奴隶（如宙斯的创造），而是自由的人；这自由的人能够同自己的创造者并肩而立，能够不同意创造者的意见，甚至

---

① ［俄］巴赫金：《诗学与访谈》，白春仁、顾亚玲等译，河北教育出版社 1998 年版，第 4—5 页。

能反抗他的意见。"① 也就是说，在这个过程中，作者充分尊重了对象的特点，通过完整地展现对象的社会性因素，这个因素实际上是跨界而来的，是作者在创作过程中，选择对象的时候而来的，但是，在选择对象的时候，陀思妥耶夫斯基采取了一个比较特殊的心理图式，在这个心理图式中，对方的意识是以一种保留并且试图并置而不是被吞噬的方式存在的，关于这一点，我们想采用拉康的一些说法来研究这个问题，我们知道，在拉康看来，我们在认识世界的过程中，或者说在人的主体形成的过程中，是有很多来自他者的成分，在我们主体的形成中，有他者的声音，比如说，当我们说某一个愿望的时候，比如说"某某人应该怎么，某某人应该上大学，某某人应该娶一个漂亮的妻子"这些愿望的时候，有时，其背后是一种他者的语言，在这个意义上，拉康是有一些将人的主体精神分裂化了，但是，毫无疑问，他揭示了在这个过程中，人的主体在建构过程中，有很多他者的成分，这些成分，在一个健康的人格中，这些成分是很完整地展现出来的，但是，在精神疾病中，这里充满着相互之间的冲突，应该说，这里是有一些精神冲突在其中，实际上，自我意识在形成过程中，应该是第一性的，他者是第二性的，但是，当他者跨越层级，成为第一层次的时候，这种冲突就不可避免了。但是，通过这样的论述，实际上，在陀思妥耶夫斯基作品中，作者与对象（环境）之间的交互就显得非常明显。

巴赫金所描述的这样的情境，是基于他对人的一种认识，一种对话性的认识，在他看来，"一个人的身上总有某种东西，只有他本人在自由的自我意识和议论中才能揭示出来，却无法对之背靠背地下一个外在的结论"。② 也就是说，这里所有的人，都是对话情境中的人，从最为微观的视角中，能展现其本身就是对话情境中的一个部分。我们知道，如果说其对话的，在某种程度上，也是未完成的，这就使得其人物充满了内在的未

---

① ［俄］巴赫金:《诗学与访谈》，白春仁、顾亚玲等译，河北教育出版社1998年版，第4页。
② 同上书，第76—77页。

完成性，需要指出的是，在这里，巴赫金是以"他们"来指向这个对象的，在时间方位上，也是按照"总是"这样的描述，这些对象，是指向一个类的，指向那种力图为打破别人为他建立的框架，力图对话，力图有所发展的类型，这就使得这样的人物在进入叙事进程中，总是试图扭转以往对之的定位，总是会对叙事的方向，起着重要作用。正如巴赫金所说："讽刺模拟因素和争论因素引入叙述，叙述就变得更具多声性质，更不平稳，不能囿于自身及所叙述的内容了。"① 实际上，在所有的叙事进程中，这些因素都是有其影响的，但是，我们可以看到，在陀思妥耶夫斯基作品中，这里表现得更为明显，而这一点，则被巴赫金很敏锐地感觉到，并且表述出来，应该说，巴赫金是最先看到题材对叙事进程影响，并且是很明确地表现出来的研究者。

实际上，巴赫金在不断地揭示对象中的"抵抗力量"，或者说对象中的社会性因素，只不过，在这里，巴赫金换了另外一种说辞，在巴赫金看来："陀思妥耶夫斯基的独特之处，不在于他用独白方式宣告个性的价值（在他之前就有人这样做了），而在于他把个性看做是别人的个性、他人的个性，并能客观地艺术地发现它、表现它，不把它变成抒情性的，不把自己的作者声音同它融合到一起，同时又不把它降低为具体的心理事实。"② 也就是说，在主人公上发现他者，发现社会性因素，正视这种社会性因素，并在最大限度上表现出来，恰是陀思妥耶夫斯基的最大特点，不管是说"主人公惊人的内在独立性"③，或是"主人公具有相对的自由"④ 都是说明了这一点，当然，我们需要指出的是，在很大程度上，对于形式和内容的二分法，巴赫金实际上采用的但是却不断否认的形式表述，在其中依旧非常明显，正如我们所看到，巴赫金赞成许多评论家对陀思妥耶夫斯基主题问题的关注，但是，在从主题到形式

① ［俄］巴赫金：《诗学与访谈》，白春仁、顾亚玲等译，河北教育出版社 1998 年版，第 304 页。
② 同上书，第 13 页。
③ 同上书，第 14 页。
④ 同上。

的这条路上，它所采用的是一个跳跃式的方式，省略了很多步骤，实际上，我们的所有的题材，在某种程度上，会产生许多新的认知形式组织后的对象，换成我们的话语，就是不断地被词汇语法化了，正是在这个对象之上，我们的作家创造性地在自己的独特观察点和传统之间，构建了自己的认识世界的形式，从叙事学角度上看，是构建了自己既富有传统影响同时有自己特色的叙事形式，我们很难说，某些题材就决定了某些形式，这样的表述是有问题的，但是，题材对形式是有影响的，莫言式的题材，对于一个完全是书斋式的作家或者说是学院派的作家，是完全陌生的，一个完全书斋式的或者说没有早期农村生活经验的作家，他不太可能选择莫言的许多题材作为对象，如果选择这样的题材，可能在某种程度上，完全地限制住了其创造能力，在创造过程中，他也许会试图补上其相关的生活经验，但是，不可能是莫言式的词汇语法系统的表现形式。巴赫金对于这一点，他是多次强调的，他认为："陀思妥耶夫斯基不是在人的精神力，而是在社会的客观世界中，发现了并极善于理解这个多元性和矛盾性。在这个社会的世界中，多元的领域不是不同的阶段，而是不同的营垒；它们之间的矛盾关系，不表现为个人走过的道路（不管是升还是沉），而表现为社会的状态。社会现实的多元性和矛盾性，在这里是以一个时代的客观事实呈现出来的。"① 由于我们选取的社会题材，有时像一个熔炉的对象，最终变成的东西，与熔炉燃烧的方式有关，同时其对象也不得不对我们的最终形成的关系有关，更准确地说，是两者之间有效结合，当然，我们看到的，这种结合是有不同的成效的，在很大程度上，陀思妥耶夫斯基的艺术形式，在巴赫金的笔下，是利用效率比较高的。巴赫金对陀思妥耶夫斯基的这样的特点，很敏锐地观察到了，而且是在所述叙事情境与说话语境这个点上，换句话说是在"叙"与"事"之间的交叉点上，提出了这一点，在这个意义上看，巴赫金比其他理论家显然更进一步。当然，我们需要进一步看到，不是

① ［俄］巴赫金：《诗学与访谈》，白春仁、顾亚玲等译，河北教育出版社1998年版，第36页。

单纯的社会性题材，实际上是阅读过程中，为了理解作品，所有题材的社会性规定和社会性规约，使整个艺术形式有时只能在某些方面前进，任何题材只能在社会性环境和文化传统中来理解，即使是一个虚构的人物，这个人物所"设定"的一切，都会在某种一个程度上指向一个"图式"，没有这个类型图式，任何读者无法理解作品，这是由我们的认知特点所决定的，在很大程度上，我们的认知过程与选择、匹配这样的过程是密切联系的，这已经是认知科学层面的基本内容，但是，对于我们的文学研究来说，由于学科的隔阂，则是非常陌生。也就是在这个意义上说，我们从一开始，实际上是无法逃离我们对整个社会生活的认识。

因此，在一些评论家看来，陀思妥耶夫斯基的作品，有时候会像直接从日常生活中直接截取出来，但是，在巴赫金看来："不错，在陀思妥耶夫斯基的小说中，独白型的统一世界是被破坏了，但截取来的现实生活的片断，绝非直接结合在小说的统一体中。因为这些生活片断都足以代表这个或那个人物的完整视野，都反映着这个或那个意识的理解。"① 从整个叙事情境的进展来看，我们会发现这句话是很难理解的，但是，如果我们将之放在题材对整个故事的进展这个角度来看，这个过程无非是强调在叙事情境的进程中，社会性因素，尤其是主体在叙事进程的阻碍，在陀思妥耶夫斯基笔下，这个进程，在巴赫金的理解，是一个拼合式的，是一个空间式的分布过程，而不是时间型的，这无疑是某种趋向于某种空间形式的布局。关于这一点猜想，在巴赫金接下的论述中得到了证实："陀思妥耶夫斯基艺术观察中的一个基本范畴，不是形成过程，而是同时共存和相互作用。他观察和思考自己的世界，主要是在空间的存在里，而不是在时间的流程中。由此便产生了他对戏剧形式的深刻爱好。"② 实际上，这种空间型的布局，主要是他试图展现叙事对象的不能被容纳，由于叙事对象不

---

① ［俄］巴赫金：《诗学与访谈》，白春仁、顾亚玲等译，河北教育出版社 1998 年版，第 26 页。
② 同上书，第 37 页。

停地阻碍研究对象，所以最好的方式，就是采用一种拼接的方法而不是一种时间上的组织。首先，他指出了一些文本特征，这些特征是形成空间形式的来源。其次，他无数次强调了读者，其实是试图用一种较为原始的形态来强调认知（认知不等于读者，但强调读者，可以视为强调认知的）。巴赫金其实在更早的时候涉及了这个问题，事实上，从论述上看，陀思妥耶夫斯基叙事上的特点被巴赫金很准确地展现出来了，首先，"在陀思妥耶夫斯基的作品中，人物成对出现是常见的现象，原因就在于他的这一特点上"①。同样地，"这个特点还有一种外在表现，就是陀思妥耶夫斯基酷爱人物众多的场面，希望在一时一地汇集起最多的人物和主题，虽然常常违反实际上的真实情况；也就说要在一瞬间集中尽可能多样性质的事物"②。尽可能多地集中这么多的人物，就的确会真正造成某种空间化的效果，在这一点上，巴赫金讲得是十分准确的，除此之外，巴赫金还谈到了陀思妥耶夫斯基中的叙事时间控制上的某个特点，"流动感和快速在这里（其实在哪里都如此），不是时间的胜利，而是控制时间的结果，因为快速是在时间上控制时间的唯一办法"③。这些特点，都体现了他是在时间和空间上，有其独特的看法。当然，我们在这里看到的，都是其在具体题材，或者说叙事初始对象的选择上，有其独特的观察，或者说，他具有某种分析性的视角，能将某些非常精彩的对象剖开来，再加上自己细致的分析。

实际上，从"叙"与"事"的交互中，我们看到了题材对叙事是有影响的，从主体与交互的角度上看，我们可以最大限度看到整个叙事是主体与对象的交互，对象在很大程度上影响了"叙"的进程甚至前置结构。

---

① 　[俄] 巴赫金：《诗学与访谈》，白春仁、顾亚玲等译，河北教育出版社 1998 年版，第 38 页。
② 　同上。
③ 　同上。

在叙事学史上，结构主义叙事学在很大程度淡化了作者的作用，[①] 同时也淡化了所述事件的作用，他们试图将问题局限在话语中，将问题局限于话语的层面是对的，但是，完全将话语与作者与所述情境隔绝开来，还是成问题的。在这个过程中，新亚里士多德学派所做的努力值得肯定，其新一代研究者如詹姆斯·费伦认为："如许多读者已经认识到的，我的方法深受诸如肯尼思－伯克和韦恩·C. 布思等修辞理论家的影响，他们也强调叙事是作者向读者传达知识、情感、价值和信仰的一种独特而有力的工具。实际上，认为叙事的目的是传达知识、情感、价值和信仰，就是把叙事看做修辞。"[②] 实际上，在内容问题上，詹姆斯·费伦也在很大程度

---

① 在结构主义叙事学中，热奈特最初是试图将作者及历史排除在外的，他认为："如果我们想研究叙事本身，比方米什莱在《法国史》中讲述的事件，那么我们可以求助于这部著作之外的各种有关法国历史的资料，如果我们想研究该著作的撰写本身，我们可以利用米什莱这部著作之外，与他写作年代的生活和工作有关的其他资料。然而，那些既对《追忆似水年华》构成的叙事所讲述的事件感兴趣，又对产生该叙事的叙述行为感兴趣的人却不能指望这样做《追忆》之外的任何资料，特别是马塞尔·普鲁斯特的任何一部好传记（假如有的话），都不能向他提供这些事件和这个行为的情况，因为二者均为杜撰，粉墨登场的不是马塞尔·普鲁斯特，而是他的小说中假设的主人公叙述者。"（［法］热拉尔·热奈特：《叙事话语·新叙事话语》，王文融译，中国社会科学出版社 1990 年版，第 8 页）热奈特试图通过对题材与个人传记之间的历史联系，来否定所述对象的历史性，我们认为，热奈特在这里的论述，从孤立隔绝的论断上看，初步看起来是精彩的，是有道理的，但是，假如将这个问题放在一个更为广阔的视野中，如果热奈特试图用这个论断来证明所述情境历史性是错误的话，那么，我们将说，他用一个正确的论断，论证了一个错误的思路。这是因为，底本具有历史性，这个历史性，尤其是它与其他底本之间的历史关系，是无法否认的，底本带有意义情境，这种由时间、空间、人物及其相互关系和性质的综合，正是在文学传统中才有意义。传记生活对文本主人公行为的意义有外部塑形的作用，传记生活的模糊而隐约的轮廓，它作为一个他者，以各种各样的形式，给文本主人公行为划定了一个幽暗不清但是实际存在的类型范围。在这个意义上，文本意义永远有一个传记生活的影子，它与它（文本意义和传记生活）完全不一样，但却无法摆脱它。但热奈特试图在结构主义的强光下，切除传记生活的影子，但是，他将会发现，只有在形式主义的手术台上，影子暂时消失藏匿了，一旦离开这个非正式的场合，影子将不可避免地更强力地回归。事实上，即使是热奈特，不知道他是否注意到没有，他在下面马上承认了这个问题，他说："对此下文还要论及，现在只需提请注意的是，1913 年 11 月发表的、在此日期之前普鲁斯特写了几年的长达 521 页的《斯万之家》（格拉塞版），被假设在当前的虚构状况下是叙述者在战后写的。"（［法］热拉尔·热奈特：《叙事话语·新叙事话语》，王文融译，中国社会科学出版社 1990 年版，第 7 页）热奈特无法避免提及传记生活，尽管，他是以述本为媒介，着重考察传记生活在话语中的痕迹、标志等，但是，他实际上无法否认传记生活作为他者的意义。不过，热奈特最重要的失误还是否认了叙事作为历史产物，尤其作为一种文学传统的历史生成性。

② ［美］詹姆斯·费伦：《作为修辞的叙事：技巧、读者、伦理、意识形态》，陈永国译，北京大学出版社 2002 年版，第 23 页。

上，进一步发展了亚里士多德的许多洞见。当然，正如我们所知，不管是布斯也好，詹姆斯·费伦也好，他们都对巴赫金非常感兴趣，而且费伦明确地表示了巴赫金的某种影响作用。①

詹姆斯·费伦是从叙事进程角度来分析作品中的社会性因素的，并且是在与洛奇的对话中展开自己的论述的，洛奇认为，一个人物的设定，不管这个人物叫什么名字，他具有任意性，是由作者的话语就可以得到完全阐释的，但是，詹姆斯·费伦则认为相反，他认为人物有可能制约语言，制约叙事进程，这实际上是在巴赫金的影响基础上进行的，因为，一个人物设定从一开始就带有影响叙事进程的因素。詹姆斯·费伦没有从脚本的角度上看这个问题，实际上这一点非常容易解释，当我们设定一个人物，比如说我们设定了某种中国的知识分子，在很大程度上，我们之后的叙事情节可能会限制于某种方向中。

所以，费伦虽然同意其中人物的因素中存在的任意因素，他称之为合成因素："尽管我们意识到，比如说，哈密雷特、哈克费恩、达洛维，作为一种虚构在程度上并不先于我们对布朗－格林－格瑞的认识。可以说这种意识是我们将他们作为人物理解的一部分。作为一个小说人物，换句话说，就是作为一种虚构（artificial）；了解一个人物就是了解他/她/它是一个建构（construct）。我之后将把这种人物的'人工'成分称之为合成因素（synthetic）。"② 詹姆斯·费伦认为人物设定有人工因素，但是，他所做的是一个让步性的论证，他所要肯定的是之后的因素就是其中的模仿性因素："为了找出隐含在'这个人'短语中的概念，我提议识别人物的第二种因素，之后我将称之为模仿因素的东西。"③ 也就是说，在詹姆斯·费伦看来，洛奇虽然认为自己可以随意地给人物起名叫布朗、格林或格

---

① 如他所说："重点的如此转移也有助于开阔修辞方法的视野，使其接触到许多其他方法——从女权主义到精神分析学，从巴赫金的语言学到文化研究——关于代理、反应和文本的洞见。这些洞见一旦融入一般方法之中，就会使阐释复杂化，即便其主要关注仍然是阅读的修辞作用。"见［美］詹姆斯·费伦《作为修辞的叙事：技巧、读者、伦理、意识形态》，陈永国译，北京大学出版社 2002 年版，序第 24 页。

② James Phelan, *Reading People*, *Reading Plots*: *Character*, *Progression*, *and the Interpretation of Narrative*. University of Chicago Press, 1989, p. 2.

③ Ibid. .

瑞，但这里的所有被承认的特点：人物的身材、性格、爱好甚至肤色等因素都限制、约束了之后的叙事进程。换言之，费伦认为，叙事进程在很大程度上与人物是有很大关系的，这是因为，一旦作者设定了一个人物，这个人物就卷入了社会化的进程，作者实际上，有时不得不沿着这个人物的某种设定的逻辑，必然地走向故事内在的逻辑最出人意料的结局。应该说，他的观点是精彩的。

费伦的巧妙之处是，他进一步在亚里士多德的基础上，揭示出了质料对叙事过程的影响，简单地说就是内容、题材对形式的影响，在巴赫金有可能参与的情形下（巴赫金是修辞叙事学的一个来源），进一步揭示了所述对象对形式、对叙事主体的影响。事实上，巴赫金就很清楚地说过，"但是创造并非意味杜撰。任何创作既受本身规律性的约束，也受它所利用的素材的制约"。①

如果说巴赫金揭示了作品中对象的积极抵抗，比较明显的抵抗，那么，费伦进一步揭示了其中更为隐蔽的抵抗，内容在成为形式的过程中，用自己的斑驳成分，为叙事制造了障碍，作家必须巧妙地利用里面所有的要素，创作出自己的作品。在这个意义上，费伦是清晰而且是有成就的。但是，费伦将所述对象简单归为模仿性因素，这是简单化了，而将人工合成因素置于某个比较不重要的位置，而没有将之放在更重要的层面上考虑，也是其简单化的后果，尽管，在很大程度上，前一代修辞叙事学布斯在努力设定作者的位置，而费伦的理论与批评中，也常常出现其利用具体作品历史化的效果来弥补这个问题。

但巴赫金在哲学层面上似乎更深一层，在文学作品这个层面上，题材都是被认知化了，是与主体交织在一起的，在这个意义上，没有纯粹的题材，只有被认知化语汇化的题材，用叙事学的话语来说，在文学作品中，存在着题材是没错的，但这些题材都是认知化了词汇化了的，所以都是时空体化的，存在的实际上都是所述对象，所述情境，也就是我们在第三章

① ［俄］巴赫金：《诗学与访谈》，白春仁、顾亚玲等译，河北教育出版社1998年版，第85—86页。

所谈的问题。而且，巴赫金实际上是在认知的维度来进行的。① 当然，我们知道，这几位的研究，包括情境语义学，都是在一个主体与环境（对象）交互的视角中来看待实在的，正如情境语义学认为："按照这种观点，实在的结构产生于进行感知和行为的生物与环境的有限部分的相互作用"。② 换言之，当我们仅仅在形式与内容方面来看待这个问题的话，我们会发现我们还仅仅是在古典形式的亚里士多德之中，但是，主体赋予对象形式的提出（关于这一点我们会在下一节具体提出），则使形式问题与主体联系在一起，当然，这个赋予形式与所述对象的主体也是历史的，而内容，一旦其进入形式中，按照巴赫金的理解，也是词汇语法化过了，形式化了的。在这个意义上，我们可以说，恰是在"叙"与"事"的界面上，语境问题与"词汇语法"才很好地结合在一起。

概括来说，我们知道从所述的对象来说，其内容是具有社会规约性的，当然，我们看到，从认知的视角中看，其所有的内容，出现在文学作品中的，都是被初步形式化的，是处在词汇语法位上的，而所有的主体，即可赋予对象形式，同时这种主体也是充分地历史化的，再如何个性化，恐怕都位于某种传统之中，只不过，这些传统常常是隐蔽的，有时不是因为主体，而是因为主体的某种传统与特殊的社会规约化形式。正是在这一点上，巴赫金实际上将自己的诗学推到社会语境问题。

但是，我们在文论史上看到了这个社会历史批评的难度，在很大程度上，巴赫金及俄国的相关的社会学诗学的研究者实际上将这个问题给出了一个非常好的解决方案：要避免庸俗的社会历史批评，我们不得不需要一种中介。

所以，巴赫金实际上是将问题推进到认知语境的节点了。我们知道，如何界定语境确实是一个难题，在实际分析中，由于文学的特殊性质，我

---

① 需要指出的是，我们确实是不仅应该在"叙"，也就是作者以及其化身叙事者与对象之间的意向性关系来看待这个问题，视其本身为一种跨层面的认知结构，同时，对于故事，我们也应该视其为一个永远结合了认知问题，离不开"叙"的一个"事"，只有这样，我们才能比较好地认识到"叙事"的认知框架，认识整个时空体叙事学如何最终在叙事认知框架所产生的意义。

② ［美］乔恩·巴威斯、约翰·佩里:《情境与态度》，贾国恒译，南京大学出版社2015年版，第125页。

们只能是从话语出发，所以，在很大程度上，我们研究实际上是从认知语境出发，也就是从脚本、认知图式和社会心理表征出发，实际上，这恰好是从认知框架意义上将情境和脚本问题联系起来了，换言之，从1—2个核心动词拓展一系列的动词系列的脚本问题。

而如我们所知："认知语境在操作上可以抽象或系统化为'知识草案'（knowledge script）、'心理图式'（psychological schema）和'社会心理表征'（socio-psychological representation）。"① 而草案又称为脚本，这样，我们的相关分析有可能可以集中在话语及话语的相关社会关联维度上，我们在下面一节来详细地论述这个问题。需要指出是，巴赫金在很大程度上是将脚本文化与历史化，他所论述的一些脚本或者说对象，实际上是在历史中出现，或者说是某种文化的结果，换言之，是某种中介化的而不是现实的，我们知道，脚本也好，心理图式也好，社会心理表征也好，都是社会的某种归纳层面，但是，这些都是在具体生活层面提出的，但是，巴赫金所关注的对象，有时是最大限度的作者化的认知语境，带有很多基于作者叙述的作品，尤其是历史作品中相关的心理图式、脚本与社会心理表征，带有很强的"知识考古学"色彩。需要指出的是，巴赫金还涉及了另一个更深层面的"脚本"问题，这部分就是文学的传统与脚本，这是从文学的历史类型角度论述，也就是从更进一步的一个层面来涉及了，我们将会在第五章进行进一步的论述，在这里也仅仅做一个"预叙"。我们在这里涉及的，和第三章一样，先暂时从个案的角度来切入对象，到第五章的时候我们会展现其整体的、比较的面貌。尽管，很多时候，我们一直都在某种从整体到个案、从个案到整体的解释学循环中，在第三章多少涉及了一点儿，在第四章笔者会更多地提到，当然，我们在这一章的重点，是语境问题，尤其是认知语境问题。

---

① 熊学亮：《语用学和认知语境》，载《外语学刊》（黑龙江大学学报）1996 年第 3 期，第 3 页。

第二节 认知语境的进一步展开:文化与历史化的脚本、认识图式、社会心理表征

在涉及认知语境之前,我们还是要谈谈巴赫金对创造主体也就是作者的一些观点,我们知道,自从复调诗学之后,巴赫金被归入提倡"作者之死"理论家的行列,尽管,他所强调的是作者要模拟叙事对象的抵抗,在这个维度上,他被视为提倡"作者之死"理论家的行列,是有其道理的,因为,他在对象这个问题上,限制了作者的权威,但是,作者是否因此就不是作品的创造者了呢?

不是的。笔者在 2007 年的硕士论文中,提出了巴赫金晚期对作者问题的强调,当时是在巴赫金基督教思想基础上,笔者认为学界以前认为巴赫金的作者—主人公的观点需要进一步深入。在 1973 年的《小说的时间形式与时空体形式·结束语》中,巴赫金提出了作者时空体,强调了作者积极性和创造性的一个重要问题,对于这个问题的探讨有利于我们对叙事学中的作者、叙事者以及作为叙事对象的人物的深入理解。

为了论述方面的衔接,笔者在这里再一次简述一下相关的观点:笔者以为,巴赫金肯定了作者是在时空体之外的相关论述,是因为他肯定了作者"是作品的创造者"[①],作者之所以处于时空体之外,是因为按照基督教传统的某种阐释,上帝也是处于时间与空间之外的,作者作为创造者,如同上帝一样,是他所创造的时间与空间之外的,这背后有其基督教哲学的阐释。关于这一点,可以参见笔者的《形式与历史视野中的诗学方案——比较视域中的时空体理论》。[②] 此外,"巴赫金对上帝虽是超时间,但可以知道一切的看法,是类同于奥古斯丁的,事实上,这一点在东正教

---

① [俄]巴赫金:《小说理论》,白春仁、晓河译,河北教育出版社 1998 年版,第 456 页。
② 孙鹏程:《形式与历史视野中的诗学方案——比较视阈下的时空体理论研究》,浙江大学出版社 2012 年版,第 106—115 页。

信仰中有所表达"。① 作者（注意不是叙事者）能随时介入作品的论述，与奥古斯丁关于时间和心灵的论述是有关联的。由于上帝能通过他所创造的意识来体验一切，这一点可以很好地将作者的位置解释得非常清楚。

在这个意义上，笔者认为晚年的巴赫金再次强调了作者的维度。但是，我们需要指出的是，这个创造者毕竟是有着某种限度的，如巴赫金所说，有着自己的传记生活的人，同时，我们也会发现，但是，其作为一种外在的语境因素，构成了一个外在的一个限定，或者我们换成另一种表述，这就是构成了外在的"叙"的条件。这大概是巴赫金在晚年基本上是最后一篇发表的论文上再次强调作者或者说重要的语境设定的原因。

所以，巴赫金的作者观，可以视为一个具有社会历史背景中的主体，这个主体在某些层面上是具有其独特的创造性的，但是，这个主体的创造性，从其诗学的整体结构上，可能归于某些特殊的传统或者具有特异性的社会规约性结构。

我们已经在上面提到了，叙事的历史性主要来自两方面，一方面，从语义上看，或者说事件上看，对象的选择不可避免地牵扯到社会性因素，更重要的是，这种社会性因素不仅从一开始进入到语义范畴，不仅在某种程度上构成了对语义的制约，成为语义的制约因素，而且，在实际上，与其在语义—语法交界面的形成是有关系的，构成了历史与形式交叉的某种雏形，从而使一定的意义会选择一定的形式，或者说一定的形式会容纳一定的内容，这都是一体两面的。另一方面，从语境上看，作者的创造者身份不可避免地与作品意义，尤其是情境意义的最终形成有密切关系，使其限定在一定的范畴之内，成为一个外在的意义上的设定。

所以，我们看到，从其最初的对社会历史方法的假设，到对作者设置，再到康德"先验形式"的新康德主义改造，我们可以将其的诗学视为一个认知诗学的最早先驱，而且是历史认知诗学先驱。实际上，我们这次援引的情境叙事学中，也自然认可其中的语言建构的情境问题，自然带

---

① 孙鹏程：《形式与历史视野中的诗学方案——比较视阈下的时空体理论研究》，浙江大学出版社2012年版，第111—112页。

有认知维度,在涉及说话情境时候的态度的时候,也采用了认知的视角,他们所采用的心理框架(frame of mind)、所涉及的"心灵意向性(intentionality of mind)"都涉及这个认知维度。当然,说实话,情境语义学这部分的研究比起认知语言学和认知诗学的相关研究,多少显得有些简陋,需要在关联理论中得到发展,但是它是在其中存在的。对于我们来说,还是回到巴赫金的时空体理论,通过叙事学化的视角,看其相关研究的。

需要强调的是,在"叙"与"事"交叉的视野中,我们的叙述认知语境的寻找,在文学的语境中,是要回到文本中或者说是在文本世界之中,但是,需要强调的是,我们与经典叙事学不同的是,我们试图在文本中找到其中比较固定的社会历史结构,而且这个结构是经过作者的认知语境化的,我们试图与经典叙事学中用具体的作品阐释来弥补历史问题的缺失或意义的缺失的做法区别开来。

而巴赫金援引康德的先验形式,并且在新康德主义的维度上改造它,必然会引出巴赫金诗学的重要的作者问题,也就是作者赋予所述情境的形式问题,而且其社会历史批评的设定也使得其研究,指向了一个历史认知语境的维度。

笔者在上一节其实是做了对第三章的衔接,第三章我们主要论证的是类似句法层面,也就是说,简单地说,我们论述的是1—2个动词之间的"句法"层面,这无疑是抽象化的,我们接下来会论证从1—2个动词概况扩展到更多更复杂的动词。也就是说,我们接下来论述的是3—4个甚至更多的动词主导的情景相关的问题。熟悉认知领域的专家应该会知道,我们实际上开始转入脚本等问题上了。当然,需要指出的是,我们的研究是基于巴赫金的相关研究,关于其中的具体的论述,我们暂时在这里不再赘述,我们想强调一下对这部分的"脚本"的理解,首先,这是一个认知语境的概念,是与我们前面的词汇语法面交界的一个部分。但是,我们可以看到前面论述的侧重点不同,上面的词汇语法面论述的是更为简单的部分,1—2个动词的,一个动词是静态的情境,两个动词是动态情境,但是,特别需要指出的是,不少叙事学者也好,哲学学者也好,都是喜欢用比较孤立的句子来进行论述,实际上,在具体的叙事学,尤其是回到具体文本的作品来看，一般的一个动词往往引起了另一个动词，如我们将之放在社会规约的层面来看待它的话。具体到脚本，它所涉及的是更多的动词与变化，涉及的是一个系列情境问题，如果我们从认知框架的意义上来理解它，这几者之间的关系就显得十分自然。

要之：脚本在其本质上也是一种框架（frame）或图式，但是，本质上，其是一种带有内容的图式，在更高层面的是艺术家所赋予的认知形式图式。

我们知道，脚本是一种认知框架，最早是 Roger C. Schank & Robert P. Abelson 在其 1977 年的著作中提出来的[①]，脚本中蕴含着日常的定型化的情境，是一种认知框架，他们所涉及的是一个相对而言比较日常化的概念，比如作者提出来，引用者也常用的去餐馆的脚本。[②] 也就是说，在涉及去餐馆的情境中，我们涉及的是一系列的相关程序与动作。具体到巴赫金，里面涉及的脚本，我们觉得其中有两层创新，我们这一章主要是第一层面的创新，也就是其中单个方案所涉及的认知语境问题。我们在这里，主要涉及的是巴赫金的两个个案，主要是陀思妥耶夫斯基和拉伯雷的脚本、认知图式和社会心理表征。另一个层面，我们将会在第五章来论述，因为它涉及比较与类型层面了。

需要特别指出的是，巴赫金所构建的语境，如陀思妥耶夫斯基、拉伯雷等人的语境，是一种文化与历史化的语境，为什么这么说呢？我们知道，Roger C. Schank & Robert P. Abelson 所提出的去餐馆脚本中，依旧带有整个社会生活的气息，我们先以国内学者归纳过的去餐馆脚本为例子：

　　脚本·餐馆（用餐）
　　　　人物：顾客服务员、出纳员

---

① Roger C. Schank & Robert P. Abelson, *Scripts*, *Plans*, *Goals*, *and Understanding*: *An Inquiry into Human Knowledge Structures*. Lawrence Erlbaum Associates, Distributed by the Halsted Press Division of John Wiley and Sons, 1977.

② Roger C. Schank & Robert P. Abelson, *Scripts*, *Plans*, *Goals*, *and Understanding*: *An Inquiry into Human Knowledge Structures*. Lawrence Erlbaum Associates, Distributed by the Halsted Press Division of John Wiley and Sons, 1977, pp. 43 –44.

道具：餐馆、餐桌、菜单、食物、饭钱……

事件：1. 顾客走进餐馆；2. 在餐桌前坐下；

　　　3. 服务员拿来菜单；4. 顾客点食物；

　　　5. 服务员端来食物；6. 顾客吃食物；

　　　7. 顾客付饭钱；8. 顾客离开餐馆。①

这里，实际上涉及的是大量的社会规约层面相关的动作，但是，巴赫金的分析会更加复杂，他将会建立一个餐馆时空体，在这个时空体，他不仅会归纳这些具体动作，正如他在传奇小说、世俗小说等归纳的，他还会进一步揭示其中的文化与历史意义，在很大程度上，去餐馆是中产阶级的一个横切面，巴赫金会细致地分析其中的各类文化意蕴和文学意蕴，他所依据的对象，不仅是社会的、历史的，更会关注这个社会脚本（某种蕴含着社会规约的图式）在文本中的使用，它是怎么被作者认知化了的，而不是 Roger C. Schank & Robert P. Abelson 在抽象意义上使用的。

所以，在很大程度上，有学者批评巴赫金似乎不客观反映历史，实际上，巴赫金不是没有客观反映历史，他更多地处理一种社会规约的文化结构或者说历史的认知语境，也就是从作者的认知图式中建构某种文化的历史镜像。

我们知道，巴赫金试图用教堂这样一个形象或者说时空体来解释陀思妥耶夫斯基的认知脚本问题，他认为："如果一定要寻找一个为整个陀思妥耶夫斯基世界所向往又能体现陀思妥耶夫斯基本人世界观的形象，那就是教堂，它象征着互不融合的心灵进行交往。聚集到这里的既有犯了罪过的人，又有严守教规的人。这或许可能是但丁世界的形象，在这里多元化变成了永恒的现象，既有不思改悔的人又有忏悔者，既有受到惩罚的人，又有得到拯救的人。"② 也就是说，巴赫金试图用一个认知脚本，也就是教堂所定义的文化规约化的认知脚本，用空间和时间（教堂在某种情况

---

① 熊学亮：《认知语境的语言学涵义》，载《外国语言文学研究》2001 年第 1 期，第 11 页。

② 巴赫金：《诗学与访谈》，白春仁、顾亚玲等译，河北教育出版社 1998 年版，第 35 页。

下不严格地规范了时间）的限定，描述陀思妥耶夫斯基中的系列动作和事件，并且试图从认知语境中表述一定宗教性质的多重声音的真诚的对话情境。

　　我们可以认为，在巴赫金对陀思妥耶夫斯基的认知建构中，其基础是一种不平等却努力争取平等的"对话"的叙事问题，在这个叙事中，巴赫金认为陀思妥耶夫斯基实际上是建构了一个非常合理的对话情境，这个叙事情境中，所有的人，都能"如自己"那样讲话，"如自己"那样表述自己，不被别人所歪曲，任何有能力表述别人的人，都能秉承着叙事伦理或者说对话伦理，在建构过程中，很好地展现出别人的声音，这，无疑是巴赫金对其生活尤其是当时时代日常生活的一种反应，或者说是某种介于认知与行动之间的文学构建活动，但是，这毫无疑问，是一种叙事化的行为的重新认识，这种新的艺术视觉，其实也是一种理想。

　　应该说，陀思妥耶夫斯基中的叙事情境，在很大程度上是对话的叙事情境，或者说，是某种民主形式的极端，在其中的相关的认知图式将会表述其中浓厚的社会心理表征，这就是陀思妥耶夫斯基在构建叙事，将完全按照对象的本身的形式展现，而不是按照自己的理解来呈现，那些并不平等的对话者能获得自由发声的机会，所以这就是一个伟大类型的杰出社会心理表征，在我们对对话型叙事的展示中，显示的是一个类的最为尖端的既超越又最终符合新的类的一个特殊例子，是一个扩展了类的个案。正如巴赫金所说，"陀思妥耶夫斯基的世界，是带有深刻的多元性的世界"[①]。如果巴赫金的理论与陀思妥耶夫斯基的实际情况有所不符，我们只能说在某种程度上，这是巴赫金将自己的理论或者说将自己的理想置于陀思妥耶夫斯基身上，在历史上，这样的批评家对作家的期望有很多，是批评家试图影响文艺创造的一个例子。

　　关于这种对话的叙事，我们可以从巴赫金对陀思妥耶夫斯基和托尔斯泰之间的对比中得到验证，在托尔斯泰的《三个生命之死》中，作者用地主太太和马车夫以及大树的死来进行布局上的整体比较，但是在巴赫金

---

① 巴赫金：《诗学与访谈》，白春仁、顾亚玲等译，河北教育出版社1998年版，第35页。

看来，"但这里却没有内在的联系，没有不同意识之间的联系。快要病死的地主太太，对马车夫和大树的生和死一无所知，它们没有进入她的视野和意识。马车夫的意识里，也没有摄入地主太太和树木"①。换成另一句话说，这里尽管形式上试图展现一种对话或者说比较，但是，所有的对象，没有充分进行对话型的认知化，没有如同陀思妥耶夫斯基那样，体现出对话的效果，甚至，在看似没有对话的地方，都找出了其中的对话叙事的微观因素，而托尔斯泰，则是没有写出这种意味，因为从对话环境与叙事对象上看，"没有进行对话交际的环境。马车夫也不能理解和评价自己的生与死所包涵的深意和真理"②。换言之，托尔斯泰完全没有将对象进行对话型的认知化，这就使得其诗学类型只能是属于另一个类型的，是托尔斯泰式的而不是陀思妥耶夫斯基式的。在巴赫金对托尔斯泰《三个生命之死》的比较论述中，其核心的一点，就是其整个叙事，不是对话型的认知叙事化的。所以，我们不能说，托尔斯泰的小说没有对话因素，但是，"不可能产生作者对自己主人公的对话关系，所以也不存在那种'大型对话'，而在那种对话里，主人公和作者是以平等地位出现的。这里只有表现在布局结构上的作者视野之内的客体性的人物对话"③。换言之，在其中是有对话因素的，但不是陀思妥耶夫斯基式的复调。而按照巴赫金的说法，我们将之大段的论述归为一点的话，他将最小的叙事对象，都根据其艺术图式，完全认知化了。当然巴赫金也谈到了，在更大的程度上，陀思妥耶夫斯基不会去写托尔斯泰的那种死亡。

而这种视角，是与陀思妥耶夫斯基独特的心理图式联系在一起的，正如其所说:"陀思妥耶夫斯基是以其主观的态度来接触自己时代充满矛盾的多元性的，他更换着领域，从一个领域转到另一个领域;在这里，共存于客观社会生活中的不同领域，对他来说是他生活道路的不同阶段，是他精神成长的不同阶段。这种个人经验是极其深刻的，但陀思妥耶夫斯基没有在自己的作品中直接通过独白形式把它表现出来。这个经验知识帮助他

---

① 巴赫金:《诗学与访谈》，白春仁、顾亚玲等译，河北教育出版社1998年版，第92页。
② 同上书，第93页。
③ 同上书，第95页。

更深刻地理解人们之间同时共存但分散而不集中的矛盾。"① 这里的 "主观的态度" 更准确的表述是一种个人的认知方式，这样的话，我们在理解中似乎更准确，而其没有 "在自己的作品中直接通过独白形式把它表现出来" 则指的是其独特的认知心理图式，在很大程度上，是比较独特的，相对而言，是比较容易展现出对他者——进入作品中的他者意识——的一种态度，是用符合这种独特的题材的叙事语法展现出来的，在这一点上，巴赫金实际上还展现了关于作家的主动性问题，在这点上，我们觉得，如果说整个社会语境是一个常量的话，决定了其中的某些题材的类型走向的话，那么，作为颇具特异性的成分——作家，在这个层面上，是一个变数，但是，即使如此，我们依旧认为，题材在某种程度上，会对形式造成一定的限制，当然，笔者这里所说的题材，在很大程度上，是经过认知的题材，只有从认知这个视角，从叙与事相遇这样的视角，我们才能很好地展现其内容与形式之间的关系。当然，笔者依旧将作者所创新的一个新的形式，视为一个对类的拓展，是一个突破了旧类创造了新类的一个拓展，在这个意义上，我们可以很好地展现了其中类型和个案之间的关系。当然，我们在研究过程中不可避免地涉及一些实验性的现象，这些现象在我们的研究中不能作为一种特例被完全否决掉，在很大程度上，作家总是希望能突破常规，但是，传统是如此强大，许多实验有时会证明是一种回归，只有很少部分的作家在类的突破中打开一个缺口，并进而改变我们对类的看法，当然，我们在论述这一点的时候，可能也会觉得自己有一些新的看法，但是仔细反思其中的具体理路，笔者还不如将之奠基于艾略特的某个说法，如艾略特所说："当一件新的艺术品被创作出来时，一切早于它的艺术品都同时受到了某种影响。现存的不朽作品联合起来形成一个完美的体系。由于新的（真正新的）艺术品加入到它们的行列中，这个完美体系就会发生一些修改。在新作品来临之前，现有的体系是完整的。但当新鲜事物介入之后，体系若还要存在下去，那么整个的现有体系必须有

---

①　巴赫金：《诗学与访谈》，白春仁、顾亚玲等译，河北教育出版社 1998 年版，第 36 页。

所修改，尽管修改是微乎其微的。"① 我们如果试图用一些文学实验性的作品来检验我们的理论，有时我们会需要询问其中对传统的深习程度——任何创新的作者，伟大的文学作者，即使是面对一段作为看似边缘的文学影响，都会有其最具继承意义同时也是最具创新性的发现，但是没有一个作者，是孑然独立，无所依倚，即使是最伟大的叛逆者，其本质是在反方向继承某个文学传统的影响。这样的说法，看起来似乎在否定创新，但实际上不是这样的，对创新的追求恰恰是笔者最为核心的追求，人生在某种程度上，如果缺乏了创造，是一段非常乏味难以忍受的旅程，但是，如果没有对传统的某种体认和认识，不管是在何种意义上，创新是无从谈起的。巴赫金是将陀思妥耶夫斯基放在某个看起来比较偏远的传统或者说特异性比较高的社会规约化主体的视角来看待这个问题。

巴赫金对拉伯雷的研究视角，实际上是从叙事脚本（script，草案）这个角度介入的，他认为恰是节庆活动及其基本结构，构成了拉伯雷小说中叙事脚本。他认为:"节庆活动（任何节庆活动）都是人类文化极其重要的第一性形式。"② 这是在其价值意义上的一种认可，巴赫金是从人类生存的最高目的意义上认识它的，可能是因为它是完全自由的，完全地脱离了奴役的，所以巴赫金不是从休息或者劳动间歇认识它的，尽管，没有劳动在某些层面上，节日不会被我们认识得更清楚，但是巴赫金似乎完全是从一个自由的社会的角度上来看，而不是在一个低级层面的社会意义上来看待这个问题，在某些层面上，有其理想化一面。

巴赫金认为:"节庆活动永远与时间有着本质性的关系。一定的和具体的自然（宇宙）时间、生物时间和历史时间观念永远是它的基础。"③ 当然，其中最为根本的因素，是其中的"死亡和再生、交替和更新的因素"④。这很清楚地指明了叙事对象和叙事草案或者说叙事脚本之间的关

---

① ［英］托·斯·艾略特:《艾略特文学论文集》，李赋宁译，百花洲文艺出版社 1994 年版，第 3 页。

② ［俄］巴赫金:《拉伯雷研究》，李兆林、夏忠宪等译，河北教育出版社 1998 年版，第 10 页。

③ 同上。

④ 同上书，第 11 页。

系，应该说，在狂欢型的叙事中，正是认知化了题材构成了最初的叙事草案类型，而在此叙事草案中产生了某一类型伟大的作品。作者一定会是对某种叙事草案有着深刻的理解，对某类的叙事对象有深刻的独特的认知，作者才会强烈地感受到我要说，比如说，奈保尔如果不是对某种后殖民叙事感同身受，完全写不出《毕司沃斯先生的房子》这样的作品，这是因为，这些题材从一开始被奈保尔认知化了，后殖民世界中的独特脚本（西方主流不可能感同身受）在这个意义上被其表述出来，只有在这个意义上，他如鲠在喉，不吐不快，当然，从叙事对象中产生的是某些叙事草案，这个叙事草案，在很大程度上，是与某些传统，悲剧性的小人物的文化传统联系在一起的，这是我们在第五章需要谈的。我们看到了，这是一个后殖民意义上的小人物故事，是与以往单一的国家范畴的小人物的故事完全不一样的，但是，我们可以看到这个故事从叙事对象到叙事草案到最终的故事成型的整个过程——当然，故事成型的过程中是非常重要的，不是说从叙事草案到故事成型是一个非常简单的过程，其中涉及表述欲望、写作环境等诸多因素。

如果我们用一个时间和空间的界定来描述这种叙事，这个脚本，就是"狂欢节广场的狂欢"，通过一种自由的接触，自由的交往活动，"在此也形成了广场语言和广场姿态的特殊形式，一种坦率和自由，不承认交往者之间的任何距离，摆脱了日常（非狂欢节）的礼仪规范的形式"①。在广场语言和广场姿态中蕴含着对对象的认知形式。通过对这种独特的对象的认知，我们可以重新对拉伯雷的作品进行解码，准确地说，是进行一种破译，这是试图回到其社会与文化传统中的一次尝试。在这种认知形式中，是"与一切现成的、完成性的东西相敌对"②。不是说，其中没有严肃的东西，不是的，这种感受世界的形式是有真正深刻的东西，但是，这种形式是"普罗透斯式"的，是通过"加冕和脱冕"这样的复杂的双面雅努斯形象构建起来的，是通过一种再生和更新的形式达到的。

---

① ［俄］巴赫金：《拉伯雷研究》，李兆林、夏忠宪等译，河北教育出版社 1998 年版，第 12 页。
② 同上书，第 13 页。

　　巴赫金的狂欢节广场叙事,是我们对他进行叙事学转换的时候的一个定位,在很大情况下,他的相关论述,是在另一个诗学层面的理论下进行的,这个理论就是他在拉伯雷研究中谈到的"广场言语体裁",这种广场言语体裁,在巴赫金看来,奠基于人的相互之间的自由的狂欢节广场交往活动,巴赫金认为:"在狂欢节的广场上,在暂时取消了人们之间的一切等级差别和隔阂,取消了日常生活,即非狂欢节生活中的某些规范和禁令的条件下,形成了在平时生活中不可能有的一种特殊的既理想又现实的人与人之间的交往。这是人们之间没有任何距离,不拘形迹地在广场上的自由接触。"① 这里的广场言语成为一种类的东西,这是由其情境决定的,这些言语体现了狂欢节的感受,将所有的东西,不管是否神圣,都使其翻了个儿。

　　应该说,从脚本到更高层面的时空体形式和时间形式,有一个过程,继续的形式化依旧在进行,可以认为,脚本到艺术形式,这里的"叙",也就是主观层面会逐渐加强,但是,我们看到时空体形式形成也好,时间形式的形成也好,其中,都是有其文化与历史根源的。"心理图式与带有固定认知意义的草案相比,心理图式因多伴有社会文化因素的干预,其覆盖面更大。'图式'是组织我们感知世界的内在结构 (innate structures),它最早出现在康德 (Kant) 的哲学理论中。"② 实际上,巴赫金的时空形式作为一种认识心理图式,尤其是时间和空间方面的图式,在这里表现得非常清楚,但是,我们可以看到,巴赫金所说的时空体从一开始,就被视为一个综合性的时间和空间问题,被视为一个时间形式和空间形式以及时间主题和空间主题一体的一个东西的,所以,从一开始,就产生了从初始对象到语义与语法层面,并最终在语用的层面上实现的过程。这是我们从事件的层面开始说的,换成另一个层面就是,在语境层面上,我们通过对初始对象和语法等选择,最终通过一定的形式来表达了意义,这其实,从一开始,就是一而二,二而一的。

---

　　① ［俄］巴赫金:《拉伯雷研究》,李兆林、夏忠宪等译,河北教育出版社1998年版,第19页。

　　② 彭建武:《语境研究的新思路——认知语境》,载《山东科技大学学报》(社会科学版) 2000年第1期,第71页。

需要指出的是，在这个说话情境的认知研究上，笔者已经为时空体理论搭建了初步的认知框架。这里认知方面的突破，一个是作者时空体带来的，这个主要是在作者与叙事者层面上面的；另一个就是在巴赫金对题材与形式之间的不断的词汇语法系统发展有关。特别需要指出的是，我们已经在上面论述过了，认为叙事分为两个部分，第一个部分是所述情境，这部分可以被视为一个"事"；第二个部分就是说话情境，这部分可以视为一个"叙"。语境、语义和语法交界面是在说话情境和所述情境交互之中产生的。

笔者在上面初步对语境、语义和语法的交接面进行了论述，我们特别将认知语境作为我们的研究对象，将在下一节中对这个问题进行批评方面的具体化，需要指出的是，这一节在具体化的过程中，将会使我们看到其中的某种形式生成的过程，在这一点上，我们可以对第三章的第二节有一个进一步的补正论证。

第三节　历史叙事学中形式的生成问题案例论述：以结构主义叙事学两个案例重释为中心

笔者特别申明，时空体理论转化而来的历史叙事学是一种比较叙事学，它将会在第五章展现出其面貌，但是，这种比较叙事学涉及的面十分之广，需要的积累与认识常需要很多年才能具备其研究基础。我们是采取一层层进入的方式，这部分涉及语境问题，会涉及比较但主要揭示具体案例中的认知语境的认知图式和社会心理表征。

我们已经在上一章论述了叙事语义和叙事语法的交互问题，[①] 而一旦涉及具体作品，其中不可避免地涉及语境问题，我们在这一节将会在叙事语义、叙事形式及叙事语境等更复杂的层面上去谈，这方面的研究，我们主要称之为历史叙事学的第二层面，这个层面，显然比第一层面更为复

---

① 第三章的理论论述都是在比较抽象层面发生的，是一种形式和意义交互的规则面，是属于类与汇集的面，尽管已经中介化了，但还是相对比较抽象的，它必须在具体的语境中得到展现。

杂,但是比我们接下来要出现的层面,第三层面相对比较简单一些。

　　我们在这一节,选择的是另外两个经典作品的案例,就是从热奈特的相关研究中抽取出来的。在此,我们从认知语境的角度,具体方法上试图比较灵活地采取加的夫语法的图示的方法,重新阐释热奈特的例子,通过对这些例子的重构,我们试图构建一个新的叙事语义、叙事语法及其语境之间的模式,这个模式,简单地说,是综合了形式叙事学和语境叙事学的,实际上,从一开始,我们就试图说明,这个形式叙事学和语境叙事学就是在同一个源头的,这个源头就是我们知道的历史诗学,而我们构建的新的历史叙事学,其本身就是两者比较好的结合。

　　热奈特对《伊利亚特》和《追忆似水年华》的时间问题做过具体分析,并且得到了一些结论,但是,除了经典叙事学的几个概念,他对《伊利亚特》和《追忆似水年华》分析没有成为经典,不像巴赫金,他的相关研究成了陀思妥耶夫斯基的经典结论。这是什么原因呢?

　　仔细读来,笔者发现了热奈特的《伊利亚特》和《追忆似水年华》研究的一些问题,在这里,先暂时提两点结论,便于提纲挈领:(一)热奈特的《伊利亚特》和《追忆似水年华》分析缺乏意义维度的研究,也就是对所述情境的研究有所欠缺;(二)在其背后,隐含着一个巨大的叙事学方法论问题,也就是我们在上面提到的认知语境也没有很好地解决。

　　事实上,作为一个结构主义叙事学家的热奈特对文学中的时间与空间的历史形成没有多做考虑,对所述情境问题没有研究,这就使得,他的相关研究缺乏历史比较的视野,缺乏社会历史视角,比如说,他坚持认为时间倒错是一种共时现象,认为《伊利亚特》与《追忆似水年华》都是同一个平面上的东西,而没有结合具体的所述情境与说话语境来分析,所以他的相关研究显得表层与缺乏意义。他认为:"把时间倒错说成绝无仅有或现代的发明将会贻笑大方,它恰恰相反,是文学叙述的传统手法之一。"① 但是,不同的案例中,仅仅用这样的共时角度的分析就够了吗?

---

　　① 　[法]热拉尔·热奈特:《叙事话语·新叙事话语》,王文融译,中国社会科学出版社1990年版,第15页。

也就是说，对于作为结构主义叙事学家的热奈特来说，尤其与在后面将"普鲁斯特视为一个独特作家的热奈特"相比，此时的热奈特，即作为结构主义叙事学家的热奈特，倾向于将上述提到的作品作为一个平面的例子，即忽视上述作品的历史面。

实际上，在传承时间倒错从中间说起的文学传统中，存在着怎样的形式冲动和文化意蕴，在意义与历史认知语境中，我们怎么来看待看起来有些一致实际上迥然不同的对象。当然我们可以说，这一切都超出了作为结构主义叙事学热奈特的视野，叙事学在形式分析中试图保持自己的领先位置，就不得不面对这些问题，实际上，这个问题的解决，还是需要通过某种历史比较的视野才能获得，至少需要在比较研究和形式的历史比较方法的交叉领域中才能解决这个问题。

我们回到具体的文本，看看热奈特的具体分析，热奈特将荷马的《伊利亚特》作为例子，这是因为他的视野，也许还有另一位叙述学先驱者眼中，如托多罗夫，荷马史诗似乎可以称之为某种原始叙述，他们试图在一个平面也就是一个原型意味上来谈论这个作品，实际上，荷马史诗并不是——如果，它有某种底本的话。

我们先看热奈特的引文和具体分析：

> 女神，歌唱佩莱之子阿基琉斯的愤怒吧；可憎的愤怒，给阿凯亚人带来无数的痛苦，把多少英雄的高傲灵魂扔给阿戴斯当食物，又把这些英雄本人变成野狗和一切飞禽的猎物——为的是实现宙斯的意图。一场争吵首先在人民的保护者、阿特柔斯之子与神圣的阿基琉斯之间挑起不和，你从争吵发生之日开始吧。哪一位神使他们争吵不休，大动干戈？是勒托和宙斯之子。是他对国王大发雷霆，调动全军促成瘟疫蔓延，人民奄奄一息，这是因为阿特柔斯之子侮辱了他的祭司克律塞斯。[①]

---

① ［法］热拉尔·热奈特：《叙事话语·新叙事话语》，王文融译，中国社会科学出版社1990年版，第15页。

事实上，荷马史诗并不是从一开始就是一个完美的原初叙述，它完全是一个经过多年形成、有许多现实来源的第二性叙事甚至第三位阶的叙述。从这个角度上看，我们觉得，荷马史诗的时间倒错问题，并不仅是因为它是古典时代产品而形成，而是因为它是一个成熟的经过叙事方面反复考虑的作品，一旦它是成熟第二手的作品，它成为一种文学的，一个虚构产品，它就试图重新进行时序调整，进行时差设计，时速控制，进而进行意义重组，在这个过程，我们需要厘清叙述过程中的各种价值冲突，需要分析里面各种时间、空间、人物及相互关系，或者说，里面的所述情境各要素。荷马史诗之所以将愤怒作为文中开局，这是因为，从人类早期行为来看，阿基琉斯的愤怒是正义的，阿特柔斯之子阿伽门农以一种"剥夺"的形式来强调自己的权力的时候，他无疑试图强调自己在人类早期组织中的领袖位置，这是一种霸道的权力使用形式，然而，正是这样的方式，却是在野蛮而不文明的组织中，常为领导者所运用，因为在这样的组织中，常常除了暴力，组织成员缺乏其他渠道来维护自己的公平，无法正常地维护自己的权益。但是这种剥夺，确是对阿基琉斯个人荣誉的一种损害，所以阿基琉斯不可避免地走向愤怒了。应该说，这是一种特殊的"愤怒脚本"，在其背后体现了某种认知图式和社会心理表征。正如有研究者指出："相对阿喀琉斯在卷一的委屈，阿伽门农一开始就用一种蛮横的态度出现，他的权威加上叠加的愤怒，尤其可怕。权威是军中约定的一种不容僭越的秩序来源，阿伽门农在出师特洛伊时就已经处于最高统帅的地位，虽然他这种地位没在卷一里有更多的描述，但是在他逆众人意拒收老人克律塞赎礼一事可见一斑。这里他最终夺走阿喀琉斯女伴布里塞伊丝的选择，可以视为一种对自己与阿喀琉斯比较相形见绌的担心，被愤怒和畏惧的心理遮蔽了明智的愚蠢行为。审视他的言论，看到的不是一个自信满满的将领，反而是极度害怕自己的权威不能镇压全军的胆怯。"[①] 这实际上

①　刘明星：《评〈伊利亚特〉第一卷中的"多重愤怒"问题》，浙江大学，硕士学位论文，2008，第9页。

是不文明组织和低水平组织中，领袖的一种不当管理形式的体现，这种不当管理，将不可避免地引起愤怒的情绪，而这种情绪，有可能引起共鸣，进而使其成为情节的最主要动力，尽管，对于阿基琉斯来说，他是一个半神，地位特殊，这使得他获得表达自己愤怒的权力，但是，在这个组织中，他依旧是必须服从于组织首领的一个成员，不得不暂时接收被剥夺的命运，甚至，我们在荷马史诗中看到，即使是赫拉，作为神后，在她的丈夫宙斯面前，也是不得不接受一些武断、不近人情的某种绝对权威，这证明，在某种形态下，在低水平社会形态下，某种武断的管理方式是比较普遍的，这就使得，他的处境非常容易引起低水平形态组织成员的某种共鸣，比如说荷马史诗的广大听众。正如有研究者所说的，"究其因，种种的不能平等一直困扰着芸芸众生，并运转了世界"①。他的出发点是试图证明愤怒是某种普遍的情绪，我们无法否认他的观点，这也是荷马至今还是吸引着我们的原因，如果我们能更好地深入经典，挖掘其内在意义的话，我们会发现，不可否认的是，现代意义上的愤怒，比如说英国的愤怒青年流派的愤怒，已经跟荷马时代愤怒的对象和方式都有所不同。随着社会的进步，人类的反思，组织管理方面的不断反思——当然不否认在现代社会中，某种野蛮的组织行为方式依旧有着空间，但是随着个人意识不断加强，个人维护自己权益意识的不断增长，这种行为将越来越得到抵制，而社会发展和资源日益丰富，人类社会行为领域及活动空间不断加大，人与人之间的某种厮杀争夺将越来越成为某种过去——人类的愤怒对象和强度，不再与古典时期同日而语。所以，正如我们上面提到愤怒，在原初社会中，尤其是一种特殊而较为引人关注的情感力量，其原因，是愤怒为早期组织中或者说低水平组织形态中的一种最为拨动人心的力量，所以，愤怒从一开始就会抓住了读者，尤其是早期人类社会和不文明组织的读者，所以，这是荷马选择了从愤怒讲起的原因，这是因为，从愤怒起头开始讲述，是其时最为合适的艺术组织形式，一旦荷马将这种人类的早期较为常

---

① 刘明星：《评〈伊利亚特〉第一卷中的"多重愤怒"问题》，浙江大学，硕士学位论文，2008，第9页。

见和普遍的情绪转化为情节的主要推动力，这本著作将成为其时代所是，成为其时代的经典。我们反过来看热奈特的解释："开篇的五个组成要素，我将按照它们在述本中出现的顺序称为 A、B、C、D、E，在底本中分别占据 4、5、3、2、1 的时间位置，由此得出一个勉强可概括接续关系的公式：A4 – B5 – C3 – D2 – E1 这近似于一个反向规则运动。"[①]

表1　　《伊利亚特》开端的历史认知叙事学图示

语境设定↓						
社会心理表征；心理图式↓（本章为时态心理图式，并做了可视化处理，下同，不再标注。）		知识草案↓				
话语	故事—话语映射形式	故事				
		位置1	位置2	位置3	位置4	位置5
位置A	1 2 3 4 5 （A—B 连线）				阿基琉斯的愤怒	
位置B						阿凯亚人的不幸
位置C	C			阿基琉斯和阿伽门农的争吵		
位置D	D		瘟疫，争吵的原因			
位置E	E	对克律塞斯的凌辱，瘟疫的起因				

我们可以看到，热奈特这里提出的时间形式，也就是反向的规则运动，确实能在我们可视化的图示中得到处理，而且我们看到，正是在叙与事的交互中，形式生成了，至少时间形式的某个层面形式是这样的。

---

① ［法］热拉尔·热奈特：《叙事话语·新叙事话语》，王文融译，中国社会科学出版社 1990 年版，第 15 页。

这确实是一个反向规则运动——事实上，我们所画的表是在热奈特的意义上得出来的，热奈特显然对这种反向规则运动非常着迷，特地细致地分析了这个运动形式，然而，热奈特显然就到此为止，他也许忘记了"有意味的形式"的说法，或者，他的研究到此为止，可能他认为，这个反向规则运动的分析，难以再分析下去了。但实际上，我们在上面会发现，这是能够继续分析下去的，通过一种从中间说起的故事，荷马找到其时代的声音，《伊利亚特》这个故事获得一个极为精彩的反向规则运动，获得了一个伟大的开头，我们是在历史叙事学的基础上推进的。

问题出在什么地方，问题还是出在热奈特的方法论的问题上，他虽提到了时间倒错，这就必然会涉及所述情境的内容与形式以及整体被忽略的认知语境。

我们在此处，先提出几个关键点。

首先，在《伊利亚特》中，从中间说起的时间范畴，也就是叙事中时间倒错，是因为其独特的认知语境，也就是某种"不公平—愤怒"脚本起主导作用的，在这个叙事形式产生过程中，作者的认知赋形与对象（所述情境）结合在一起，形成了一个特殊的语义与形式结合体，在其背后，是一种当时的认知图式和社会心理表征。

其次，在《伊利亚特》中，从中间说起的重点是开头，而不是中间曲折迂回的形式，它的结构也相对比较简单，这是其认知语境决定的。

热奈特是在《伊利亚特》和《追忆似水年华》同是时间倒错的基础上来论述这个问题的，这就使得，他下意识地忽略了许多形式问题，我们将在其基础上，进一步细化分析，延伸论述，我们会发现，热奈特对《追忆似水年华》的结构主义叙事学分析，确实忽略了许多问题。现在，我们还是对热奈特对《追忆似水年华》的结构主义叙事学做一个重读。

应该说，热奈特的方法，是极为细致的，所以，形式主义的或者结构主义的方法，有它非常独特的地方，当然，它如果能够结合社会历史的方法的话，将会更加全面，我们试着在历史叙事学的角度上来看待他的分析，我们先看热奈特对《追忆似水年华》中的时间分析，为了和他保持一致，我们暂时还是引用他引用的文学作品：

> 有时他经过旅馆前，回想起雨天探幽访胜时他把女仆一直带到这儿。但回忆时没有当年他以为有一天感到不再爱她时将体味到的伤感。因为事先把这份伤感投射到未来的冷漠之上的东西，正是他的爱情。这爱情已不复存在。[①]

热奈特是这样分析的："对这段文字的时间分析首先是根据故事时间中位置的变化计算出各小段。粗粗算来这里有 9 段，分布在我们将用 2（现在）和 1（过去）表示的两个时间位置上，对其重复性（'有时'）不作考虑：A 段在位置 2（'有时他经过旅馆前，回想起'），B 段在位置 1（'雨天探幽访胜时他把女仆一直带到这儿'），C 段在位置 2（'但回忆时没有'），D 段在位置 1（'当年他以为……的伤感'），E 段在位置 2（'有一天感到不再爱她时将体味到'），F 段在位置 1（'因为事先把这份伤感投射到'），G 段在位置 2（'未来的冷漠之上'），H 段在位置 1（'正是他的爱情'），I 段在位置 2（'这爱情已不复存在'）。"[②] 通过细致的分析，热奈特最后得出结论，认为这里的位置关系是一个非常完美的"之"字形曲线："A2 – Bl – C2 – D2 – E2 – Fl – G2 – Hl – I2。"[③]

应该说，热奈特的分析非常细致，他将下面一段话分成了不同层次，我们也许做另一个标示可能会表达得更加清楚：

> 有时他经过旅馆前，回想起（A，时间位置 2）雨天探幽访胜时他把女仆一直带到这儿（B，时间位置 1）。但回忆时没有（C，时间

---

① ［法］热拉尔·热奈特：《叙事话语·新叙事话语》，王文融译，中国社会科学出版社 1990 年版，第 16 页。

② 同上。

③ 同上。

位置 2） 当年他以为 ｛有一天感到不再爱她时将体味到（E，时间位置 2） 的伤感（D，时间位置 1）。因为事先把这份伤感投射到（F，时间位置 1） 未来的冷漠之上的东西（G，时间位置 2），正是他的爱情（H，时间位置 1）。这爱情已不复存在（I，时间位置 2）。

在中译本中，实际上无法看清楚问题，因为顺序似乎在翻译中，变得更复杂了，因为这里的标示，实际上 E 的地方，也就是"有一天感到不再爱她时将体味到"，应该称之为 D 的衍生物。当然，在英译本中应该不存在这样的问题。

Sometimes passing in front of the hotel he remembered （A，时间位置 2） the rainy days when he used to bring his nursemaid that far, on a pilgrimage （B，时间位置 1）. But he remembered them without （C，时间位置 2） the melancholy that he then thought （D，时间位置 1） he would surely some day savor on feeling that he no longer loved her （E，时间位置 2）. For this melancholy, projected in anticipation prior to the indifference that lay ahead, （F，时间位置 1） came from his love （H，时间位置 1）. And this love existed no more. （I，时间位置 2）

不过，热奈特并不满足于此，他认为："仅仅抄一张位置表不是全部的时间分析——哪怕只限于顺序问题——而且无法限定时间倒错的地位：还必须确定把各段连在一起的关系。"[①] 为了更清晰地展现热奈特的观点，笔者将其分析用历史认知叙事学的方法展示出来（见表 2）。应该说，这确实是"一个完美的之字形曲线".

---

① ［法］热拉尔·热奈特：《叙事话语·新叙事话语》，王文融译，中国社会科学出版社 1990 年版，第 16—17 页。

表 2 　　　　　《追忆似水年华》对"女仆的爱"的历史认知叙事学图示

语境设定↓			
社会心理表征；心理图式↓		知识草案↓	
话语	故事—话语映射形式	故事	
		位置 1	位置 2
位置 A			Sometimes passing in front of the hotel he remembered
位置 B	1　　　　　2 　　　　　A B 	the rainy days when he used to bring his nursemaid that far, on a pilgrimage	
位置 C	C		But he remembered them without
位置 D	D 　　E		he melancholy that he then thought
位置 E	F 　　G		he would surely some day savor on feeling that he no longer loved her
位置 F	H 	For this melancholy, projected in anticipation prior to the indifference that lay ahead	
	I		
位置 H			came from his love
位置 I		And this love existed no more.	

可以说，他的分析是非常细致的："如果把 A 段视为叙述的出发点，即处于独立位置，那么 B 段当然被定为回顾，可以称作'主观回顾'，因为它由人物承担，叙事只转述现在的思想（'他回想起……'）；B 暂时从属于 A，与 A 相比被定为回顾。C 仅仅回到最初的位置，不处于从属地位。D 重作回顾，但这一次由叙事直接承担：表面上是叙述者提到了没有伤感，即使主人公有所觉察。E 把我们带回现在，但与 C 的方式迥然不同，因为这一回是从过去，从过去的'视点'考虑现在：这不是简单的

返回现在，而是在过去中现在的提前（当然带主观性）；所以 E 从属于 D，如同 D 从属于 C，而 C 和 A 一样是独立的。F 越过提前的 E 把我们带回位置 1（过去）：一次简单的返回，但返回到 1，即从属位置。G 又是一次提前，但带客观性，因为过去的让预料他的爱情未来的结局恰恰不是冷漠，而是失去爱情的伤感。H 和 F 一样，简单地返回到 1。最后，1（如同 C）简单地回到 2，即出发点。"① 不过，如何给形式分析以一个"结构"和"规范"，似乎是热奈特拿不定主意的事。他似乎有些犹豫和游离，他提到了如果把 A 段视为叙述的出发点，那么 B 段就被定为回顾了，但是，如果我们把 B 段作为出发点呢？这绝对不是我们故意捣乱，而是我们要提问，以 A 段为出发点的道理是什么，以 B 段为出发点的学理又是什么，两者是否都是可以，如果都是可以的话，说明了一个什么问题，揭示了一个什么情况。从 A 段的立足点是一个选择，这是将叙述的时候作为起点，实际上是按照述本的顺序，而从 B 点出发，则是根据底本的顺序，所以，热奈特的犹豫，是有其道理所在，但是，最终他采取了以述本为起点的办法，根据述本和底本的不同来进行分析，在这一点上看，他的处理是有标准的。

　　但是，我们从另一个视角，也就是所述情境与认知语境的角度上看，我们会发现其中有更多的分析因素，我们先看空间，这个空间主要是旅馆以及牵扯到的雨天探幽访胜的地方，旅馆是明确的，是雨天探幽访胜过程中的一个点，一般而言，旅馆在小说中是涉及道路、旅行以及市民社会中爱情与欲望的某种场所。

　　我们再来看时间，这里的时间有过去，有现在，这里有很多的返回运动，意味着叙事者在过去和现在中不断穿梭，这样的一个过程，在时间中，与经典叙事学不同是，我们提出有一个很关键的词需要我们注意，这个词就是"回忆"。在这里，回忆是最重要的过程，为在现实和过去的穿梭运动中给出了矢量，或者说给出了方向。但是，我们发现，回忆虽然重

　　①　［法］热拉尔·热奈特：《叙事话语·新叙事话语》，王文融译，中国社会科学出版社 1990 年版，第 17 页。

要，但是，仅仅主导了目前前两个句子，而最后一句，则是另外一个与时间动词有关的词语，那虽然没有出现在句子里面，但是以隐藏的方式显示它的存在，这个词是什么？是"发现"，所以，这里有两个具有重要意义的时间问题，一个是"回忆"，然后是"发现"，回忆是发现的前提，发现是回忆的最终结果，发现的结构终止了回忆的过程。

我们再来看人物（人物叙事义素）及其相互关系（关系叙事义素），这里的主人公是"他"，他是什么人物呢？他是一个花花公子，这一点从"他把女仆一直带到这儿"可以看出来；第二点，我们发现这是一个非常自我甚至有点自私的花花公子，这一点可以从他对他与女仆之间的爱情的态度上可以看出来，他更关注的不是女仆的情况，而是自己的爱情状况，这种伤感，没有引起他对旧情人的具体回忆，而是导向了对自己的情感状态剖析，这不是一个非常自我又非常自私的主人公吗？女仆在这里被物化了，成为一个引起主人公的"引子"，就像那个圆形小点心一样；但是我们发现，这个花花公子又有点不同寻常，这可以从他很敏感地发现自己的情感状态有关，这是一个非常自我又很自私但是却对自己的情感有敏锐体验的一个花花公子，在这里他与女仆的关系，经历了一个变化的过程，首先，他非常爱这个女仆，这是第一个过程；其次，他敏锐地认识到了将来如果分手，他可能很伤心，这是第二个过程；第三个过程，他发现他自己不伤心了，并且寻找原因；最后，他发现自己不伤心的原因，是因为他的爱情已经不在了。这种关系的变化，展现了人物之间的并不复杂但却奇妙的过程，在这个过程之中，女仆是占据着沉默的位置，她无法言说，在言语表述中是一个他者，而"我"则絮絮叨叨，诉说着自己的感伤、失落、惊奇等情绪。

所以，综上所述，我们发现，这段话，是讲述了一个非常自我又很自私但却对自己的情感有敏锐体验的一个花花公子在回忆的过程发现自己爱情不再时，原本的感伤也无影无踪的脚本叙事。

但是，这个脚本或者是作为一个意义整体的认知图式，假如放到一个更大的语境中，比如说，作者是用反讽的语言，或者说以一个一切都变动、转化的"逝水年华"中的认知语境，这个非常自我又很自私的表述，有可能成为一个正面的意义。

我们再来看其中的形式，首先形式还是在"叙"与"事"之间的交互中不断产生的，同时在另一层面也是其中的词汇语法系统不断发展、不断复杂，不断地组成事件，不断地进行语法整合和语法隐喻的过程。

这里的可视化出来，是我们把热奈特心目中的形式还原出来了，而且我们可以补正，热奈特所说的这个图式应该是反向的之字形，而不是之字形，不过，这不是重点（尽管我们认为，从过去说起，更符合《追忆似水年华》的取向，过去在《追忆似水年华》有重要的作用，这是形式上所内设的文化意蕴所在）。我们在上面试图要说明的是，热奈特忽略的是整个社会历史的认知语境，而且在潜意识中，他还是经常忽略所述情境的基本结构，所以他会将反向的之字形误认为之字形。

当然，不可否认的是在文本形式上，尤其在述本形式上看，热奈特所分析的，确实为文本时间问题研究，打开空间："这个简短的片段呈现出各种可能的时间关系的丰富多样的概貌：主观与客观的回顾，主观与客观的提前，向两个位置的简单回返。由于区分主客观的时间倒错不是'时间'的范畴的事，属于将在'语气'的范畴一章中见到的其他范畴，因此我们暂且不去管它；另外，为避免使用'提前'或'回顾'等字眼带来的心理内涵（这些字跟令人自发地联想到一些主观现象），我们将常常用两个更中性的术语来替代：用预叙指事先讲述或提及以后事件的一切叙述活动，用倒叙指对故事发展到现阶段之前的事件的一切事后追述，留下'时间倒错'这个笼统的术语指两个时间顺序之间一切不协调能形式，我们将看到这些形式不完全归结为倒叙或预叙。"① 结构主义叙事学常在处理"作者"和"读者"的时候，带着偏见，他们试图对"作者"或者"读者"这些主体残留，不断地做出一些清理活动，这是因为他们确实不怎么能十分认同主体论的那种充满了臆断和想象成分的文学研究方式，对于自己的文论形式充满了自信，这是 20 世纪初那种对主观的、不具有科学性的，充满了臆断和想象的浪漫主义的一种反叛的延续，但是，事实

---

① ［法］热拉尔·热奈特：《叙事话语·新叙事话语》，王文融译，中国社会科学出版社 1990 年版，第 17 页。译文据英译本有改动。

上，很多问题是认知的。所以，对于提前或回顾的这种字眼，他们确实是不认可的。但是，需要强调的，我们在上面热奈特颇有点自相矛盾无可奈何的处理中已经看到了，结构主义叙事学无法回避"读者"和"作者"。所以，结构主义的文论中的"读者"和"作者"常常被转换成文本中的读者和作者，或者是文本化的读者和作者，作者被简化成某种叙事功能，读者也常常需要在文本被标示出来，才有可能"显现"。所以，这里的提前就被转化为"预叙"，回顾就被转化为"倒叙"。

让我们回到热奈特的具体问题来，热奈特对所述情境的不重视、对所述情境的社会历史内涵与形式分析之间的关系的忽略，在此处再次被提了出来，时间倒错，实际上是指的底本时间和述本时间的某种交叉扭曲，但是，在这里，热奈特根本没有对这个现象进行深入的社会历史维度的研究，他回避了这个问题，没有揭示出时间倒错的各种形式。

应该说，在底本问题上，尤其在社会历史层次上的分析，在方法论的综合性和准确性上，热奈特是存在着一些问题的，但是，在底本和述本之间的区别性关系上，热奈特还是做了不少值得称道的工作。

上面是热奈特说的微观叙述层（micronarrative level），他对普鲁斯特的《追忆似水年华》中的《索多玛与峨摩拉》的一段文字，是关于斯万对德雷福斯事件的矛盾态度，为了方便论述，我们还是先重读一遍文本：

（A）斯万现在不加区别地认为和他观点一致的人，他的老朋友盖尔芒特亲王，以及我的同学布洛克都是聪明人，（B）他一直排斥布洛克，（C）现在却请他吃午饭。（D）斯万告诉布洛克，盖尔芒特亲王是德雷福斯派，引起他浓厚的兴趣。"应当要求他在我们声援皮卡尔的名单上签名，有了他的大名将产生了不起的影响。"但斯万在犹太人的热烈信念中掺进上流社会待人接物的稳重态度，（E）养成了根深蒂固的习惯，（F）要想改掉为时已晚，因此他拒不同意布洛克给亲王寄送签名通函，哪怕犹如自发的行动。"他不能这样做，不应该要求根本办不到的事"，斯万一再说。"他是一位可亲的人，从很远的地方和我们走到一起，可以对我们大有用处。如果他在您的名单上签名，只会在亲友面前败坏名誉，因为我们而受到惩罚，说不定他会后悔坦露心迹，从此再不讲心里话。"而且斯万拒绝签上自己的名字，觉得它有太浓的希伯莱语味道，怕影响不好。再说，虽然他赞成涉及复审的一切，却不愿与反军国主义的运动沾边。他佩戴勋章，（G）以前从未这样做过，（H）那是1870年他当国民别动队的年轻士兵时获得的。（I）他在遗嘱中追加一条，（J）一反先前的条款，要求（K）与他军队荣誉一起下葬，因他的荣誉团骑士级勋。这要求使扎布雷教堂周围聚集起整整一连（L）骑手，过去弗朗索瓦丝曾为这些骑手的前程伤心落泪，预料（M）将要打一场仗。（N）简言之，斯万拒绝签署布洛克的通函，以致他虽在许多人心目中是个狂热的德雷福斯派，我的同学却觉得他不大热心，受了民族主义的毒害，而且崇武好战。（O）斯万离开时没有和我握手，以免与人道别……①

这一段讲述斯万虽然支持德雷福斯，却不肯公开签名以及他与军队的暧昧态度，这里涉及9个时间位置，正如热奈特所说："①70年的战争；②马塞尔在孔布雷的童年时代；③盖尔芒特晚会之前；④盖尔芒特晚会，时间可确定在1898年；⑤邀请布洛克（必定在布洛克没有出席的晚会之后）；⑥斯万和布洛克共进午餐；⑦撰写追加遗嘱；⑧斯万的葬礼；⑨弗朗索瓦丝"预料将要"发生的战争，严格地说它不占据任何确定的位置，因为它纯属臆测，但为了确定其时间，使问题简单化，可以把它认同于1914至1918年的战争。"②

具体的位置公式就是：

A4 – B3 – C5 – D6 – E3 – F6 – G3 – H1 – I7 – J3 – K8 – L2 – M9 – N6 – O4

其实际的图形，按照热奈特研究，据英译本，应该是如下形式：

A4［B3］［C5 – D6（E3）F6（G3）（H1）（I7 < J3 > < K8（L2 < M9 >）>）N6］O4

同样，我们将之可视（见表3）。

①　［法］热拉尔·热奈特：《叙事话语·新叙事话语》，王文融译，中国社会科学出版社1990年版，第19页。

②　同上。

表3　　《追忆似水年华》对"斯万的态度"的历史认知叙事学图示

语境设定										
社会心理表征；心理图式		知识草案								
话语	故事向话语映射	故事								
		位置1	位置2	位置3	位置4	位置5	位置6	位置7	位置8	位置9
	1 2 3 4 5 6 7 8 9 A B C D E F G H I J K L M N				斯万现在不加区别…					
				他一直排斥布洛克						
						现在却请他吃午饭				
							斯万告诉布洛克			
				养成了根深蒂固的习惯						
							要想改掉为时已晚			
				以前从未这样做过						
		那是1870年…								
								他在遗嘱中追加一条		

续表

语境设定										
社会心理表征；心理图式		知识草案								
话语	故事向话语映射	故事								
	1 2 3 4 5 6 7 8 9	位置1	位置2	位置3	位置4	位置5	位置6	位置7	位置8	位置9
	A C / B / D / E / F			一反先前的条款，要求						
	G / H / I								与他军队荣誉一起下葬	
	J / K		骑手，过去弗朗索瓦丝曾为…							
										将要打一场仗
	L / M						斯万拒绝签署布洛克的通函			
	N			斯万离开时没有和我握手						

　　需要说明的是，上述结构层次据中译本很难理解（可能是印刷错误），现结构据英译本。相对来讲，英译本的结构层次更符合文本事实，热奈特的相关解释就显得很清楚了，在热奈特看来，＜K8（L2＜M9＞）＞这个结

构是因为"M 取决于 L"①,"L 取决于 K"②,而 B,C 这是并列连接,C5 到 D6 则显得特别,是因为它"不是真正的预叙"③。

其本质,是一个放大幅度和长度的反向之字形,而且,比起上面的那个微型的"之"字形,它似乎更对称一些,看来,《追忆似水年华》善于在过去与现在之间不断地往返。而且,我们看到,这里的时间往返运动,从小幅度到更大的幅度,这样,带给我们的艺术形式由从小事件、小的时间运动到更加宽广的人生经历与社会时间,从而使人感到一种经验领域的扩展,对于意义的扩容具有重要意义,总之,这种钟摆形的时空运动,尤其是不断扩大其领域的时空形式,不仅对于制造迷离的时间效果,进而引起现代型的时间感受,而且对于扩展我们的认识形式,具有重要的意义。需要指出的是,在这里,通过不断地以各种形式回到 3 的过程,进行了一种参差不齐的时间变化中的恒定,使人在时间运动中不至于迷失,显示了普鲁斯特对时间的变与不变的极强把握能力。

应该说,这一段比上一段更加复杂,当然,从我们上面分析的情况来看,其钟摆式的形式与上一段有异曲同工之妙,但是,从语义层面呢?我们先来看里面的几个义素。

我们先看空间,这里的空间是"沙龙"空间,这种沙龙是法国社会或者说西方文化产生的一个独特场所,在沙龙中,贵族及相关阶层在其中进行社会交往,一般而言,这样的一个场所中,人物一般而言比较浅薄,从读者眼中或者从读者的接受中,这样的环境意味某种轻松热闹的社交空间,但是,在里面的参与人员看来,他们往往自我感觉较好,参与者乐此不疲,视之为一个较高层次的社会交往。这样的空间与广场不同,广场具有更多的社会阶层参与,但是沙龙意味什么?沙龙意味着一个较小的与其他沙龙虽然有交集但是却比广场相对更加封闭的场所,更像或者说本身就是小圈子活动尤其是贵族活动的场所。所以,在这个场所发生的事件将不

---

① [法] 热拉尔·热奈特:《叙事话语·新叙事话语》,王文融译,中国社会科学出版社 1990 年版,第 19 页。

② 同上。

③ 同上。

可避免地为意义的产生划定了空间义素上的限定。

另外，还有第二空间，这个空间是，就是斯万下葬的空间，在这个空间中，人物的一切都有了盖棺定论的意味，这是一个终结的空间，在这个空间中，人物将不再可能有机会改变自己的行为的评价，他的一切行为都终止了，不再有可能产生一种新的行为，这个行为是他发现别人对他有不公平评价时候的一个拨乱反正式的针对行为，这个空间是一个完成了的空间。

我们再看事件，这里的一个中心事件为整个情境划定一定的范围，这个事件就是斯万对德雷福斯事件的态度，德雷福斯事件是当时一起沸沸扬扬的反犹事件，德雷福斯是法国的一个犹太军官，起先被认为是间谍，后来，被发现是被诬陷，但是，当局对真正的间谍进行了包庇，而继续惩罚无辜者，这个事件由于牵扯到犹太人、贵族、政府的责任等问题，成为当时的一个重大事件，甚至，这个事件产生了我们常提到的"知识分子"这个词，作家左拉等人也参与其中，应该说，这个事件具有很重要的政治意义及文化意义，所以从这个角度上看，这个事件就具有一种转型时期的意味，在这个层面上看，沙龙因为这个事件变得具有更多的"公共空间"意味。除此之外，这里加入了叙述者对涉及斯万政治态度相关事件的描绘和说明，所以，整个事件按照我们的理解，变成了一个人物的政治史，变成对一个个体、也就是斯万这个人对政治的态度的表现。

接下来，我们来看里面人物及相互关系，首先是斯万，斯万对德雷福斯事件的态度，斯万是支持德雷福斯的，这可以从下面几点看出，首先，他认为，与他观点一致的人，比如说盖尔芒特亲王、"我"的朋友布洛克都是聪明人。其次，他做了一些支持的行动，比如说，请我的朋友布洛克吃饭。最后，他在口头上对这个事件表现了支持。但是，这种支持是有限度的，我们从哪里可以看出来，首先，他不同意在正式的签名通函上写下自己的名字。其次，也不同意布洛克将签名通函寄给盖尔芒特亲王，最后，他还佩戴勋章，在遗嘱中要求和自己的军队荣誉一起下葬。最后一点表明了他的暧昧态度，一方面，赞成对德雷福斯的复审；另一方面，又不想被视为反军国主义运动的一员，这种暧昧纠葛的态度造成一个后果，

"我"的同学对他并不认可,认为他受了民族主义的毒害,换言之,他的表述遭到他人的误解,虽然他是赞成德雷福斯派的。

所以,这个段落的语义,如果通过一个情境来表述的话,那就是,斯万在沙龙这样的一个场所中,对德雷福斯事件的态度,一方面是支持其复审并给予口头上的支持;另一方面并没有在事件签名书上签字并且阻止其他人给另一个口头支持德雷福斯的贵族寄送签名书,并且他佩戴勋章,不愿意被视为反军国主义运动中的一员。但是,这样的态度,受到其他人的误解。这里是涉及一个颇为无聊的政治表态脚本,具体事件实际上,还是可以归到整个《追忆似水年华》中的用反讽与伤感交织态度构建的以一个一切都变动、转化的"逝水年华"中的认知图式中。

但是,我们目前分析的这一个层面,还是没有完全地将文本意义表现出来,没有将那种含而不露的幽默及反讽态度表现出来,这是因为我们还没有考虑到叙述者层面,叙述者在整个叙述中,构建一个交互相错的时间网络,就是那个钟摆式的时间结构,在这个结构中,斯万就像一个蜘蛛,在时间之网,被叙述者完整地展现了出来,换言之,从斯万个人的政治观点史中,我们暂时使用这个词语,也就是说,是那个时间空间之网中,这恰恰是叙述者编制的,斯万的一些复杂暧昧、可爱的纠结,终究成为一场喧嚣看起来毫无意义但对处于其中的主人公来说十分重要的人生事件。

我们再来看,整部《追忆似水年华》的底本,从最初对斯万与斯万夫人(其时还是一个交际花)的故事的描绘,到主人公的友谊及与斯万女儿等类似情感及友谊纠葛,到最后我熟的不能再熟的人成为盖尔芒特亲王的夫人,整个故事表达了一种时间如逝去的流水的主题,在这个过程中,作者采用了钟摆式的时间形式,恰与那种伤感的情绪比较符合。

热奈特对《追忆似水年华》的最终的完成结构层次做了详细的分析,当然,为了不影响论述,我们就不再引述,概括来说,热奈特对之的归纳则是:

A5 [B2] C5 [D5′(E2′)] f5 [G1] H5 [I4] [J3……

实际上,我们已经通过我们的图形分析,初步对微观叙述层和较为大型的叙事层次做了一些分析,这些分析比较庞大,为了便于读者理解,我们想用表明来表示它们的位置关系（见表4）。

表4　　　　　《追忆似水年华》整体结构的历史认知叙事学图示

		语境设定				
社会心理表征；心理图式		知识草案				
话语	故事向情节映射	故事				
		位置1	位置2	位置3	位置4	位置5
	1　2　3　4　5 （图示：A B C D E F G H I J 之字形折线）		B2：母亲的让步，留在他身边过夜。			A5："主人公一生较后时期的一个时刻，那时他早早上床，饱受失眠之苦，夜里大部分时间用来回忆往事。" C5：第3段（第43—44页）十分短暂地把我们带回位置5，即失眠的位置C5。（第43—44页） D5′：第4段很可能在这个时期之内。（第44—48页）
			第二次回到孔布雷，但时间幅度比第一次大得多。E2′			F5，它们是一个新的记忆倒叙的跳板，该倒叙位置最为久远，在主人公诞生之前。

续表

语境设定						
社会心理表征；心理图式		知识草案				
话语	故事向情节映射	故事				
		位置1	位置2	位置3	位置4	位置5
		《斯万的爱情》（188—382），第7段：G1。				
						第8段，十分短暂地返回（第383页）失眠的位置，所以是H5。
				第9段I4		
				第10段将是J3，可以把追忆的整个下文（和结尾）看成J3段的引申。		

　　所以，从整体述本上说，《追忆似水年华》是一个来回的钟摆运动之后，才进入一个"正常"叙述，这个述本有其社会历史含义，"原初叙事"绝对不会有这么复杂的形式，只有当社会发展到一定程度，人的历史化亟须用一种细密的时间形式来表述自己的感受时，这种形式才得以存在。

　　我们在上面的分析可以看出，荷马史诗和《追忆似水年华》的时间感受和空间感受是不一样的，是有历史性差别的，荷马史诗从时间感受、情节动力等方面虽并不是完全原初叙述的，但是，它是一个时间较早时期的文学叙事形式，并且确实达到了当时的文学形式高度，但是它的时间感受毕竟是古典时期的文学作品的感受，它所激发的文学效果，在古典时期可能更加有效，是属于那个时代的，相反，《追忆似水年华》显示出了极为现代的时间感受和艺术形式，为了让我们的相关研究更易理解，我们引进了一些图形分析的方法，应该说，效果达到了。

通过比较，我们可以得出以下的进一步的结论。

在《追忆似水年华》中，所谓从中间说起的时间范畴，也就是叙事中时间倒错，是因为其独特的认知语境，某种"怀旧—感伤"脚本是起主导作用的，在这个叙事形式产生中，作者的认知赋形与对象（所述情境）结合在一起，形成了一个特殊的语义与形式结合体。在这一点上是和《伊利亚特》一致的。

但是，在《伊利亚特》中，从中间说起的重点是开头，而《追忆似水年华》所谓从中间说起的，并不是强调开头，而是强调其中的曲折迂回的时间反复倒错的形式，它的结构也相对比较复杂，这是其现代型的认知语境决定的。

在结构主义叙事学看起来相像的地方，我们还是找出了不同，为什么要找出不同呢？因为相似的意义一般而言，是有相似的形式或者说类似的语法的，但是，我们在意义和形式的细致分析之下，尤其是在双重视野的观察下，得到了更为准确的分析，我们的研究是基于对文学经典的细读和方法论认真介入的前提下的。具体说来，我们觉得，荷马史诗的中间说起的形式，在某种程度上，与其中愤怒的引导与表述是分不开的，但是，它的形式，经过我们的可视化处理，实际上是突出了开头及之后的一个转折，其形式更注重开头，但是，对于《追忆似水年华》来说，其形式更接近于婀娜多姿的转折的不断处理，在于曲折迂回形式的重复出现，这与两者之间的社会心理表征有一定联系，在更多时候，荷马史诗试图展现的是一个在原初社会中更为普遍的情绪层面，《追忆似水年华》则显得在相对小一些范围，尤其是在程度较高的读者群中的深入细致的展示，在时间索引上，也显示出不同时代在其中的烙印。

所以说，热奈特对这两个具体文本的分析，立足点和视野都是有所缺陷的，这个缺陷的原因，正如我们上面提到过的，是因为他忽视了底本和社会历史内涵，这是结构主义的一个弊病。

我们再看看热奈特的具体分析，热奈特在同一的意义上将传统一以贯之，但是他没有分析这个传统的历史原因和叙事上的意义。他仅仅说，这是传统，而且，以前的传统就已经很精彩了。

应该说，上述的许多进一步分析都是热奈特所未能得出的结论，这是他单纯追求形式的分析所造成的，他缺乏意义方法的追求，所以他难以完成这方面的研究，他的结构主义叙事学，在追求意义的旅途上，仅仅成为追寻到半途的研究。

如果我们采用正确的分析方法，肯定能很好地揭示其中的形式内涵，但是，对于热奈特来说，这是很难的，有时他只能过门而不入，这是由他的研究方法和研究志趣决定的，所以，到了后经典叙事学时期，他的理论将不可避免地遭遇到系统的反思。

笔者在上面已经较好地将语境和艺术形式的形成，很好地展现出来了，当然，正如我们在第三章就已经涉及第四章的一些内容，或者说预告了其中的一些内容，笔者在这一章着重讲了叙事情境的各要素运动起来之后形式的生成，但是，在具体的分析中，我们会发现一个更深层次的一些的问题，这就是其中的历史比较维度和类型学的角度，在其中已经涉及比较，而且笔者也非常认真地提出了其中很多同与异，这是在某些潜藏的类型学对话中进行的，也就是笔者在第一个衔接点，在历史比较语言学层面上的论述，在这个意义上，我们转入了第五章。

第 五 章

时空体叙事学的第三个层面：个案、类型及总体比较维度及其批评案例

我们这一章，主要是在前面的基础上，对我们的比较根源的部分，做进一步的深入研究，这部分主要有两节，第一节主要是对历史诗学发展案例做叙事学的阐释，并且揭示其与经典叙事学案例的系统差异，在第二节，我们将展现这种历史叙事学的最终层面，也就是在认知基础上融合类型学与影响研究的历史比较叙事学。

笔者在这里对下面的重点做一个概括：第一节中，我们重点是我们构建的这种历史认知叙事学案例是如何受历史语言学和历史诗学系统性影响的，如是如何将个案和整个类型结合起来，构建出一个从整体到个体，从个体到整体的过程中，很好地解决了特异性与类型之间的关系等，进而与结构主义叙事学案例区别开来。第二节中，我们是看到巴赫金是如何通过构建某种文学类型的"脚本"或者说"母本"，从而在此基础上，试图构建一个小说谱系学的，这种方法，恰是他在对历史诗学的认知发展的基础上的。

第一节　历史诗学案例的叙事学阐释及其经典叙事学案例的系统差异

我们在前面讨论历史语言学层面的时候，已经涉及了历史语言学对历史诗学的影响问题，在进行叙事学转化的时候，其中的很多影响依旧在。

在第三章和第四章中，我们也涉及了其中一些问题，尽管不是很完整，但是都多多少少涉及了一些，因为这是最基础的一面。在本节，我们将系统地分析历史诗学案例与经典叙事学案例的系统差异，需要指出的是，我们这一节主要涉及巴赫金的三个案例。

　　巴赫金的诗学一个非常重要的特点，就是研究者常说的从个案建构其诗学体系，应该说巴赫金是在选取了三个具体案例的基础上来完成其诗学构想的，实际上，对于这三个诗学对象，巴赫金应是颇做了一些思量的，从个案选取上看，巴赫金对 16—19 世纪的文学最为关注，而这一时期，恰是可以称之为现代早期至现代时期较为成熟的时期，他的主要研究，主要集中在拉伯雷、歌德、陀思妥耶夫斯基三个案例当中。

　　我们按照巴赫金所建构的诗学体系顺序，对巴赫金的三个案例进行分析，我们知道，巴赫金所从事的是一个历史诗学的问题，我们在这里试图对之做一个历史叙事学转化。这里体现的是这种历史叙事学转化过程中与经典叙事学的不同之处。从时间上看，我们知道陀思妥耶夫斯基个案是巴赫金诗学的第一个模型，其实，这个个案在研究时间上是最早的，歌德的其次，拉伯雷最迟，这个原因，可能与研究难度有关，越是靠近当代，研究的对象认知方面越是容易，而对拉伯雷等现代早期的研究则多少显得有些难，这是因为巴赫金将其中的不少认知语境推到当时的特殊认知图式。

　　我们将采取纵横交错的方式，从三个案例分析其系统的特点。在这里，我试图再次强调一个关于巴赫金理论文本的观点，这个观点就是，在很大程度上，巴赫金是一个创造力非常充沛的人，对于巴赫金来说，不断地涌出新的观点，是一个非常正常的事情，但是，如果一以贯之，并清晰明了，对于巴赫金来说，并不是一件非常重要的事情，这不是说，巴赫金在逻辑上有问题，而是说，巴赫金是在不同层面上进行着创新，这些创新有些在进行到一半的时候，突然断裂了，然后，就是一个新的层面的起头，这些新的层面的起头，有时一般的读者还看不出来，这是因为，这种创造是同一个方向进行的，但是，实际上却转到另一个层面了，这些变化，有可能是与生活的变化或者研究重新的开始有关，但是，我们可以看出其中不同层面的开始、兴起、中断和重新起头、兴起的过程，这是在不同层面上进行的，尽管在研究中是涉及同一个方向的。所以我们采取了这个论述方式。

从总体上看，巴赫金的案例的特点是综合的、类型的、比较的、注重变异的、注重中间层面的、常常回到原初的历史与文化语境上去的。

首先是陀思妥耶夫斯基案例。在巴赫金视野中，陀思妥耶夫斯基是一种特殊的类型，他试图将之所谓一种特殊知觉的某种现代类型，介于某种独特的对话体与狂欢体之间，但是，需要指出的是，巴赫金对陀思妥耶夫斯基的历史定位虽有明显指向，但有时会显得有些模糊，比如说，他很准确地指出了陀思妥耶夫斯基的"教堂中的对话"的整体叙事情境，但更多的时候，又把他放在一个狂欢体传统中，这又与拉伯雷有些相近，我们在后面会进一步解释这种现象，可能，确实有些地方，可能巴赫金也没有考虑清楚，这也在很大程度上说明了这种历史诗学的难度。

巴赫金所秉承的视角，在个人与文化传统的交叉角度来看待个案，是在一个类与个案交叉的视野中的。正如我们所知道的，巴赫金认为陀思妥耶夫斯基诗学具有特殊结构，也就是"艺术视觉中那些较为深藏而又稳定的结构因素"①。所以，巴赫金眼中，陀思妥耶夫斯基所创造的艺术形式，体现了一个全新的艺术思维类型，但是，这个类型涉及欧洲艺术创造过程积淀的一系列传统，通过其天才的创造，对其旧艺术实现了一个天才的改造，但是，我们看到，巴赫金在此过程中，在很大程度上，将之视为一个传统与个人之见的结合问题，应该说，巴赫金所谈到的这个艺术视觉（artistic visualization），是基于一种传统和个人才能之见的结合，或者说是一种文化和个人之见的独特的艺术心理图式。所以，在巴赫金看来，这种新的创造虽是全新的，但是却涉及一些类上的问题，或者说创造性地发展了某些比较偏远的传统。

我们可以看到，在巴赫金眼中，"陀思妥耶夫斯基为了作者和作为作者，寻求那种种刺激性的、挑逗性的、盘查式的、促成对话关系的语言和

① ［俄］巴赫金：《诗学与访谈》，白春仁、顾亚玲等译，河北教育出版社 1998 年版，第 2 页。

情节"。① 换言之，陀思妥耶夫斯基具有某种程度的特殊性，他比较善于挑选自己独特的对象与题材。优秀的作者所创造的作品，在很大程度上，是一个内容和形式很好的结合体，当然不是说是内容和形式唯一的结合体，不是这样的，艺术的创造就是在类的规约下，或者说突破旧的类的看法，在一个既符合同时又有所突破的一个点上有所发展，进而使人们对这个旧类有新的认识，这样的话才能展现出内容和形式之间的纷繁复杂的类型关系。

需要指出的是，巴赫金的案例总是具有其独特的综合性及注重中介的特点，我们在上面是从语境锚定所述情境的交叉维度，来理解这个问题的，实际上，正如我们在上面看到的那样，在意义的生成过程中，叙事形式，与其对象是有着密切的关系的，在叙事对象的介入中，陀思妥耶夫斯基是一个特殊的类型，而且是一个综合的分析。应该说，巴赫金总是善于将不同问题通过不同层面综合起来。比如说，他对于题材是有着非常矛盾的态度，简单地说，我们可以称之为对题材轻视与重视并重的态度，巴赫金一方面将别人对陀思妥耶夫斯基的述评中涉及题材的部分，定位为一种仅仅是一种题材的关注，但是，另外，他自己却屡屡提起题材的话题，应该说巴赫金还是试图将题材和形式层面结合起来，在某种层面上是将题材视为一种对象，一种更为原始的材料，一种某种程度更低层面的材料。实际上，我们不仅要揭示巴赫金诗学中的矛盾，同时，也需要进一步地解释这种矛盾，我们知道，巴赫金在很大程度上尽管十分重视对话，但是，在另一方面，他是在极为偏僻的学术角落从事学术研究，在很大程度上，常常是他对话别人，而不是别人对话他，所以他有机会发展一个复杂的综合的理论。更为重要的是，他的视野似乎领先于整个时代，他的许多思想需要在一个后来者的视野中，进行进一步的深入挖掘，所以，在这里，我们还是觉得，他所谈的题材，与一般我们所谈的题材，还是不同，这是一种词汇语法化的、认知化题材，只有从这个视角中，从其不同层面入手，我们才能够解释这种矛盾。巴赫金认为，陀思妥耶夫斯基关注认知化了叙事

---

① ［俄］巴赫金：《诗学与访谈》，白春仁、顾亚玲等译，河北教育出版社1998年版，第54页。

对象，关注语法词汇化的叙事对象，其对叙事对象的选择和选择方式是罕见的。也就是说，巴赫金是从所涉及的题材，实际上都是认知化了的、词汇语法化了。这就是其中巴赫金为什么说是"符合陀思妥耶夫斯基主导艺术因素的要求"①。也就是说，"'地下室人'不仅在自身溶解了自己本来面目的所有各种可能的稳定特征，使之全变成了反应的对象"②。这时，这种认识对象已经完全认知化了，只有这时，"塑造'地下室人'形象时，生活与性格的描绘便同艺术的主导因素融合为一了"③。我们用"地下室人"这样一个代表词语来解释其人物的认知类型，当然，我们这样表述，是因为从外貌及单纯的社会阶层来认识其脸谱属性，无疑是其中的一个方式，甚至，这个脸谱属性，在很大程度上，是这个人物类型的某种子类，但是，更深一层的认识，是我们将会在陀思妥耶夫斯基作品中看到的，这种类型是完全被作者认知化了的，这种认知化，是比较独特的，同时也是类的，是进一步的认识类型的一个具体作品阐释。当然，巴赫金由于处于一种草创期，其理论总是看起来既启发人，又杂乱，比如说，他虽然在潜在中涉及了这个问题，找到了这个路径，却同时又没有加以更为系统的总结，而仅仅是一种理论无意识，忘却了最初的更为底层到更高层面的路径，他曾实现了一个跨越，最终在其跨越的层面上狂飙突进，而忘记了在其来路上，其曾经实现了一个跨越，但这个跨越是怎么样的，为什么是这样的，他似乎忘记了。实际上，我们从词汇语法化这个角度上，可以把这个问题解释得更清楚，更多的时候，在理论和方法、工具都没有到完备的时候，巴赫金就知道了某些正确的路径并且出发了。

　　需要指出的是，在很大程度上，巴赫金不仅将社会的历史维度考虑在内，同时，他也是将文学传统考虑在内，在这个意义上，我们发现学界对他的文化诗学的界定，理应包括了我们对文学传统的重视，或者说，我们对他的历史的定义，是应多维度理解的，不仅包括了社会历史，同时包括了文化包括文学的历史，在这个意义上，我们知道在很大程度上，我们选

---

① ［俄］巴赫金：《诗学与访谈》，白春仁、顾亚玲等译，河北教育出版社1998年版，第65页。

② 同上书，第66页。

③ 同上书，第65页。

择的题材和形式不仅有题材方面的社会性因素障碍，同时也有整个文化层面上的障碍，在意义生成过程中，需要进一步地克服，关于这一点，巴赫金在对格罗斯曼的陀思妥耶夫斯基的述评中，表述得非常清楚："他的任务是：解决一个对艺术家来说是最大的难题——使用性质不同、价值不同而且有着深刻差异的材料，创作出一个统一完整的艺术品。"① 在这里的材料，此时，我们知道是包括内容与形式一体的材料，在这个意义上，恰在之后，我们看到了一个后来被称之为文本互文性的理论在建构起来，这一点告诉我们，在之后，尤其是在原初的叙事之后，我们的文本的分析，在很大程度上，要加上文本之间的相互影响，如果这一点，我们能够在其中确认的话，这在很大程度上，是需要用到一种比较文学中的影响的方法的，不严格一点的话，至少要用到类型学的平行比较方法。从这个意义上，我们看到了，至少我们的许多研究，其实已经不自觉地走向了一种类的研究，一种类型学范畴的工作。

正是在这个意义上，我们知道其中的历史比较的意味十分明显，这里奠基于一个历史语言学的传统，一种历史比较的方法，巴赫金的研究始终充满着浓厚的比较意识和类型意识，正如我们看到的，他在对陀思妥耶夫斯基的研究中，是始终在比较中进行的，如他对陀思妥耶夫斯基中"众多意识的对峙"问题的阐述："这些意识并不融合为某种正在形成的统一精神，正像在形式上属于复调型的但丁小说世界里鬼魂和心灵并不融合一样。"② 而在另一些地方，则谈得更为清楚："陀思妥耶夫斯基正因为具有同时立刻听出并理解所有声音这一特殊才能（堪与他这才能媲美的，只有但丁），才能够创作出复调型小说。"③ 通过一种比较的意识，更为准确的是通过一种历史比较的视野，巴赫金实现了从个案到类型到更为广阔的传统的联系，当然，我们看到，在巴赫金的视角中，陀思妥耶夫斯基是但丁的一个发展，一般而言，我们很难理解，但是，只要考虑到但丁神曲似乎在一个同样宗教性的情境中与不同人进行对话，并且试图将他者更大层

---

① ［俄］巴赫金：《诗学与访谈》，白春仁、顾亚玲等译，河北教育出版社 1998 年版，第 17 页。
② 同上书，第 34 页。
③ 同上书，第 41 页。

面上展现出来，我们似乎可以看到巴赫金的一些思路。需要指出的是，巴赫金绝不是将某些问题和结论推到非常普遍的面，他所研究的对象，他所得出的结论，始终是有类型意识或者说有限的意识，在接下的比较中，或者说在某个类中，某个传统中，巴赫金是这样描述的："在莎士比亚的戏剧里能够找到复调的某种因素、某些萌芽。莎士比亚同拉伯雷、塞万提斯、格里美豪生等人，同属欧洲文学中复调萌芽接近成熟的那一发展趋势；陀思妥耶夫斯基便成了这一发展趋向的完成者（指在这一方面）。"①在这一点上，他的研究取向非常值得重视。

　　我们觉得，巴赫金对陀思妥耶夫斯基的解读，还是过于受狂欢化叙事传统的影响，他在上面实际上是在一个对话的情境中来解释的，而且是在宗教意味浓厚的对话情境，也就是教堂中的对话的形式来进行深入研究的，当然，这是一个现代时期的教堂对话。只有在这个认知框架中，他的一些研究可以更好地解释，我们知道，只有在教堂中，长篇的对话、内心独白才成为可能，现代时期的教堂中，包括广义上的修道院，个人才有时间和闲暇与上帝展开对话，需要指出的是，正是在修道院中，手抄本等纸质出版媒介的雏形得到了最大的发展，只有修道士才有机会进行长篇的书写，而纸质媒介的出现则在另一个程度上成就了作为对话情境定型与扩大化的书信的产生，甚至，我们可以看到，忏悔等对话形式，以及与上帝的争辩都可能与对话情境，尤其是主人公与作者的争辩有关系。而近来的研究则已经证明，莎士比亚在很大程度上与其时的书信环境有着密切的关联，其戏剧对话结构可以用书信的结构来分析。② 应该说，笔者以为，陀思妥耶夫斯基应该是从修道院和教堂的认知语境来分析的，而不应该是在狂欢化的语境中来论述的，因为在更大的程度上，他的作品中的狂欢化分析似乎是附带效应，是因为对话所产生的极端化民主语境所产生的自由效果。但是，巴赫金在这一点上，似乎走了一条弯路。

　　特别需要指出的是，巴赫金不仅是从中介的角度来看待相关叙事问题

---

① ［俄］巴赫金：《诗学与访谈》，白春仁、顾亚玲等译，河北教育出版社1998年版，第45—46页。

② Lynne Magnusson, *Shakespeare and Social Dialogue*：*Dramatic Language and Elizabethan Letters*. Cambridge University Press，1999.

的,而且最重要的是其非常注重论述其中的个案是如何通过传承与变异,对维护并发展整个比较类型所做的贡献与努力。

我们看到,实际上,巴赫金在个案和非个案的研究上,在某种程度上体现了他对归化与陌生化,个案与新类的产生上有很重要的影响,在某种程度上,体现了他对弗卢德尼克的自然叙事学的某种超越,在这个意义上,我们看到的巴赫金的叙事情境理论,在很大程度上,具有特别重要的意义和特别大的包容性与适用性。

巴赫金是将陀思妥耶夫斯基放在一个历史传统上的,在他看来,陀思妥耶夫斯基是在某一个传统中,这个传统就是"梅尼普体",这是巴赫金勾勒的一个传统,在这个文学传统中诞生了陀思妥耶夫斯基的作品,他认为:"陀思妥耶夫斯基与古希腊罗马梅尼普体的各种变体之间最直接最紧密的联系,是通过古基督文学(即通过《福音书》、《默示录》、《言行录》等)实现的。"[1] 应该说,从题材与形式的结合点上,巴赫金提到的这些都有宗教意味的对话情境,与陀思妥耶夫斯基是有着密切关系的。同时巴赫金认为,陀思妥耶夫斯基通过伏尔泰等人的小说,熟悉了梅尼普的另一个变体,其论证的基础是陀思妥耶夫斯基曾经构思过的《俄国的老实人》,应该说,巴赫金在很多地方,比较确证的地方,都是用了肯定的口气,如霍夫曼和爱伦·坡,以及"薄伽丘、拉伯雷、莎士比亚、塞万提斯",应该说这些都是陀思妥耶夫斯基评论过或者研究界非常肯定地找到影响的线索的地方,但是,对于一些并不是很确定的地方,巴赫金还是用了"非常可能"(在论述陀思妥耶夫斯基与卢奇安作品关系时)、"可能还"(在论述塞涅卡时)、"多半知道"(在论述布瓦洛时)、"大概也熟悉"(在论述法奈龙和方杰涅里的《死人的谈话》时)、"很可能"(在论述陀思妥耶夫斯基与西拉诺·德·柏热拉克的影响关系)进行猜测,有一些研究是通过间接猜测的论证,如格里美豪森和早期的流浪汉小说的影响,就是通过"勒萨日的小说《吉尔·布拉斯》"[2] 知道的。当然,这是

---

[1] [俄]巴赫金:《诗学与访谈》,白春仁、顾亚玲等译,河北教育出版社1998年版,第187页。

[2] 同上书,第210页。

一种猜测，需要经过多代学者的反复认知与论证。

当然，我们看到的，巴赫金已经在很大程度上，接近了或者说点出了他的诗学和我们论述的角度的一致性或者说前导性，他认为："这里再强调一下，我们关心的不是个别作者、个别作品、个别提出、思想、形象所给予的影响；我们关心的，恰是通过上述作家世代相传的这一体裁传统本身所给予的影响。而且在他们每个作家身上，这一传统都独自地，亦即别具一格地得到再现，焕然一新。这正是传统的生命之所在。打个比方，我们关心的是语言里的词汇，而不是这些词汇在确定的独一无二的文句中那种个人独特的用法，虽说这两者自然是相互依存的。"① 实际上，这里的独一无二的和普遍的是联系在一起的，我们在前面看到了，每一个新的创造，如果是真的独一无二的，将会刷新这个传统，巴赫金显然没有在这个问题上继续向前，这是因为他的探索已经在其时代的前沿，若要进一步地探索，还得需要某些前导性的成果——在这里我们指的是语汇和语法之间的进一步研究的成果——作为研究的基础。他试图将许多问题推演到"世界感受"② 则实际上开启了一个历史认知的视角，但是，他的论述实际上在具体实践上已经走出了一条路。

其次我们再来看拉伯雷案例。和陀思妥耶夫斯基个案密切相关的研究，是拉伯雷，我们将之视为第二个个案，需要指出的是，按照时间的顺序，实际上拉伯雷是巴赫金的第三个建构，第二个建构是歌德，但是，考虑到歌德的研究原稿遗失，目前只是残稿，我们还是先按照巴赫金完整的建构的顺序排列，这样的话，我们在论述拉伯雷再来看巴赫金的歌德研究，有可能更大限度地展现其诗学形态。可以说，在拉伯雷中，这种狂欢化的叙事情境，是巴赫金的另一种建构，如果说上述复调的这种叙事情境背后是某种巴赫金政治式的期望，那么复调也好，对话也好，都是指向一种平等的诉求、追求某种不专制的叙述。那么狂欢化的叙事情境，指向的是某种自由，但是，我们需要特别指出的是，这种自由不是一种浅薄的自

---

① ［俄］巴赫金：《诗学与访谈》，白春仁、顾亚玲等译，河北教育出版社 1998 年版，第 212 页。
② 同上书，第 211 页。

由，相反，这种自由是指向一种深度的自由，这是因为，在我们看来，这种自由在很大程度上是双重性的，绝不是简单的单纯的戏谑，而是一种有深度的自由的狂笑，在很大程度上，这就是狂欢化叙事情境的根本意义。

我们来看巴赫金对其中的词汇语法系统的描述，拉伯雷词汇语法系统中，一个很重要的人物组成成分，是"小丑和傻瓜"，"小丑和傻瓜是中世纪诙谐文化的典型人物。他们仿佛体现着经常的、固定于日常（即非狂欢节的）生活里的狂欢节因素"①。也就是说，从类型选择看，这里的指向是某些特殊的人物类型，这些人物类型，在很大程度上，是一种历史认知化的对象，这些对象是独特的人物认知图式，正如巴赫金所说："他们处于生活和艺术的交界线上（仿佛处于一个特殊的中间领域）：他们不是一般的怪人和傻子（在日常意义上），但他们也不是喜剧演员。"② 需要指出的是，巴赫金不论是对陀思妥耶夫斯基的作品分析，还是对拉伯雷的研究，都是有一些不是什么的界定，这些界定，有时实际上是为了突出其中认知特性，这里的狂欢化因素，在很大程度上，之所以不是普通的喜剧因素，这是因为，其中的狂欢化因素是具有很严肃的双重性因素，试图揭示出其中的深刻之处，当然，有一些是理想化了。

需要指出的是，狂欢化的传统，在这里体现了很多与陀思妥耶夫斯基相关的诗学传统不一样的地方，这说明在巴赫金眼中，这种传统有很多子类。比如说，在拉伯雷的作品中，这里有很多独特的认知化对象、独特的词汇语法化系统，这就是巴赫金在书中多次提到的"生活的物质—肉体因素"，需要指出的是，对物质—肉体因素的重视，是现实主义常见的形式，可能正是在这个意义上，他将之称为"怪诞现实主义"。

巴赫金在很大程度上，揭示了其中的认知语境，他认为："对时间和态度、时间感和时间意识，作为这些形式的基础，在这些形式历经千年的漫长的发展过程中，当然，会发生重要的演变和变化。"③ 当然，这两者之间和历史之间的互动，我们看到，是非常复杂的，这一点上，这与历史

---

① ［俄］巴赫金：《拉伯雷研究》，李兆林、夏忠宪等译，河北教育出版社1998年版，第9页。
② 同上。
③ 同上书，第29页。

语言学的变异研究视角有着密切的关系。在其中变异的视角中，也许有类与变化、变类之间复杂的情况。在巴赫金对传统的链条中，伊拉斯谟、莎士比亚、塞万提斯等人，是在这条链条上的，甚至，整个文艺复兴时期和巴洛克风格的文学都是渗透着这种狂欢节的世界感受，这些都是巴赫金试图回到传统中来看待这个问题的历史诗学路径。

　　需要指出的是，巴赫金在拉伯雷中，非常清晰地运用了一种历史语言学的方法，这就是试图从当时而不是现在的视角来看待文学现象，正如他所说："迄今为止，人民都只不过把他现代化了：人们用近代的眼光（主要是用对民间文化最不敏锐的十九世纪的眼光）来阅读拉伯雷，人们从他那里读到的只是对他自己及其同时代人和客观上最不重要的东西。"①我们总是囿于我们的时代，很少从当时的人的视角来看待某些文学现象和艺术现象，举个并不恰当的例子，当若干个世纪过去，某种虚拟现实（VR）的艺术表述已经成为当时的潮流，甚至，这些表述被更为新奇的表现形式代替的时候，他们可能会觉得这些都是司空见惯的事情，他们将不会理解我们面对这些虚拟现实的艺术表现或者其他的表现时候的震撼，②正如我们不理解 15—17 世纪以来纸质媒介兴起时候，作为一个知识人在从事书信写作时候的那种新奇感。当然，我们这个视角是从媒介来看，是从另一个类比的视角来看的，正如我们需要从一个题材的视角来重新认识一样。需要补充的是，这个历史认知的视角，有时并不是完全绝对的，有时某些时代与时代之间具有相通性，而某些时候，在遇到阐释的难点的时候，我们觉得，还不如从一个当时的视角来看待其文化与文学现象。换言之，在很大程度上，只有我们在研究过程中产生疑问的地方，这个回到当时的尝试，回到历史本身的阐述，才成为我们的能够解决这个问题的关键，如巴赫金所说，对于同时代的人来说，对于拉伯雷的同时代人来说："十七世纪和后来几个世纪成为问题的东西，对于他们来说是某种

---

　　① ［俄］巴赫金：《拉伯雷研究》，李兆林、夏忠宪等译，河北教育出版社 1998 年版，第 69 页。

　　② 当然，在这个过程中，我们不能将这个时代视为"视觉文化时代"，而是视其为多感官参与的新时代。见孙鹏程《警惕视觉中心主义倾向》，中国人民大学复印报刊资料《文艺理论》2015 年第 4 期，第 130—131 页。

不言而喻的东西。"① 这样的方法，正如历史语言学者在遇到不能解释的规律时候，回到当时的语言规律，看到其中的一些历史变化。

所以，巴赫金的这种历史认知视角，确定无疑是来自历史语言学的，因为其他的诗学流派没有能更好更深刻地在这个问题上有更好的见解，不仅非常具有启发性，巴赫金同时也是在语境上，尤其是在认知语境上有他的一些新的探索，这些研究是直到今天我们才能有一些理解，他是用四个并列结构表现出有点超前的意识的:"同时代人是在活生生的、尚强大的传统的背景上接受拉伯雷的。能够使他们惊讶的是拉伯雷的力量和成功，但不是他的形象及其风格性质本身。同时代人能够看到拉伯雷世界的统一，能够感受到这个世界所有因素深刻的同源关系和重要的相互联系，这些因素，如高度的问题性、席间的哲学思想、责骂和猥亵、低级的语言滑稽、博学和滑稽闹剧在 17 世纪已经显示出强烈的异质性，而在 18 世纪则完全互不相容。同时代人掌握了那种统一的逻辑，它渗透到所有这些对于我们来说如此异样的现象中。同时代人深深地感受到拉伯雷的形象与民间—演出形式的联系、感觉到这些形象的特殊的节庆性及其深入渗透的狂欢节气氛。"②

笔者在前面提到了，巴赫金采用了历史语言学的一个非常重要的理论假设，这个假设就是，我们需要回到社会历史上作家作品的历史语境中，而不是以我们现代已经变化了视野来看待这个对象，他的拉伯雷研究正是如此，他将之放在一个现代与过去的交界中来看待拉伯雷的，拉伯雷既是旧的世界，换言之是中世纪狂欢文化的集大成者，同时也预示了崭新的想象力与新时代的自信作为文艺复兴的代表，拉伯雷的"《巨人传》描写了三代巨人离奇的故事。几百年来，欧洲人生活在基督教文化世界里，自甘渺小。仰视神圣而伟大的上帝。拉伯雷首次用'巨人'，向神圣的信仰发起了攻击，表达了人的自豪与乐观。作品中巨人们那种狂放不羁、目空一切的行为，冲破了传统的道德规范。实质上表达了人对自我的一种新理

---

① ［俄］巴赫金:《拉伯雷研究》，李兆林、夏忠宪等译，河北教育出版社 1998 年版，第 72 页。
② 同上书，第 71—72 页。

解：神圣与崇高不存在于人之外而存在于人自身；一个发展完善的人本身就是神圣的。巨人的狂放不羁。表达了人要求摆脱种种精神束缚的自由意志。"① 实际上，巴赫金也认为需要在一个新的角度上来研究这个问题，需要将之放在历史的背景上，巴赫金在谈到研究史的时候，巴赫金是这样认为的："所有我们分析的现象都属于 17 世纪前古典主义时期，即路易十四在位之前的时期。拉伯雷的影响在这里与尚存的民间节庆诙谐的直接传统结合在一起。因此，拉伯雷还没有显得有什么特别，还没有显得太不像样子。以后从中理解和阐述拉伯雷的这种活生生的语境，几近全然消失。拉伯雷变成需要特殊的解释和注释的孤僻而奇怪的作家。"② 正如我们以上所说，这种历史语言学的视角，需要的是在遇到难点，难以解释的时候，重新回到当时的问题中去，巴赫金对这个方法做了非常好的运用。

　　从时空体来说，拉伯雷所代表的民间文学时空体，恰恰能代表了这种无拘无束的力量，从这个角度上，我们应该可以理解为什么拉伯雷的文学意义了，在巴赫金眼中，时空题材的选择与时间形式构建是表达了作者对历史时间和人的一种把握，而拉伯雷则是其中最为重要的起始一环。如巴赫金所说："时间戏耍着，欢笑着。这是赫拉克利特所说的顽童，宇宙中最高的权力属于他（'儿童掌握着统治权'）。强调的总是未来，其乌托邦的面貌总是存在于民间节庆诙谐的仪式和形象之中。"③ 应该说，这种时间和空间语法化的情节，在一定程度也将是具有很强的更新的、戏谑的力量，总是欢快地，渗透着整个狂欢化因素的力量。

　　对于巴赫金来说，他总是试图将个案与传统，与历史，更准确地说，试图用历史认知的视角来看待它，正如他所说："雨果正确地掌握了拉伯雷式的诙谐对待死亡、对待生与死之间的斗争的重要态度（并且是从历史主义的认识角度）；他感受到吞食食物、诙谐与死亡之间的特殊联

---

　　① 蒋承勇、李安斌：《"人"的母题与西方现代价值观——人文主义文学新论》，载《文艺研究》2005 年第 12 期，第 23—29 页。

　　② ［俄］巴赫金：《拉伯雷研究》，李兆林、夏忠宪等译，河北教育出版社 1998 年版，第 123 页。

　　③ 同上书，第 95 页。

系。"① 应该说，这里的历史主义的认识角度，更多的时候是从一个传统的角度来看待它的，当然，巴赫金这是在某种变化剥离了之后的说法，巴赫金认为雨果是将某种物质—肉体的再生和更新的力量削弱了之后，来看待这个传统的，这就指出了其中的变化。

在情节上，在巴赫金看来，由于节日的广场的限定，我们看到的吆喝、辱骂、狂欢化的殴打、屠宰、焚烧、饮宴等情节，这些时间的变形，在另一个程度上说明了"在各种节日的民间广场方面均是节日的真正主角，给旧事物脱冕，给新事物加冕"②。这些情节，在某种程度上是狂欢节活动在小说中的影射，应该说，在这个意义上，巴赫金还是很准确全面地抓住了狂欢节与拉伯雷小说之间的关系，他实际上是在一个认知脚本的角度来看待这个问题的。当然，我们看到，有一些相关的论述，是有一些牵强的，比如说对歌德与狂欢节的关系论述等，但是，从整体上看，他的眼光是独到的，正如巴赫金所说："拉伯雷的小说，是整个世界文学中最节日化的作品。它本身体现了民间节庆活动的本质。"③ 除了这些相对日常一些的叙事情境，巴赫金也涉及了许多人认为更为低下的认知脚本，巴赫金将之称为"物质—肉体下部形象"涉及的一些情节，如他所说："一股强大的向下、向地球深处，向人体深处的运动从始至终贯穿了整个拉伯雷世界。他的所有形象，所有主要情节，所有的隐喻和所有的比较，都被这股向下运动所包容。"④ 据巴赫金所言，拉伯雷有试图将整个主要的情节变成反向的神曲，寻找阴曹地府并使庞大固埃到那儿去，但是，当然，巴赫金认为整个情节实际上从根子上被全部狂欢化了，或者说是狂欢地认知化了，不管是《巨人传》中被津津乐道的擦拭屁股和更多的目前看具有性意味的行为，在巴赫金眼中都具有一种新生和变化的意味，所以在这一意义上，一些复活的情节也被在更为深远的层面上，被包容进这种具有新生意味的狂欢节活动。

---

① ［俄］巴赫金：《拉伯雷研究》，李兆林、夏忠宪等译，河北教育出版社1998年版，第144页。
② 同上书，第251页。
③ 同上书，第320页。
④ 同上书，第429页。

　　如果说我们用脚本、认知图式和社会心理表征来描述拉伯雷的时候，我们认为这是一个在节日的广场中发生的事件似乎更为准确，正如巴赫金所说："非官方的民间文化在中世纪，还有文艺复兴时代，都保留着自己的一块特殊领土——广场，和一段特殊的时间——节日和集市期。这个节日的广场，正如我们多次谈到的那样，是处于中世纪官方世界之中的特殊的第二世界。主宰这个世界的是一种特殊的交往，自由自在、不拘形迹的广场式的交往。"① 在这段话之后，巴赫金长篇累牍地分析了"拉伯雷与广场接触的一段外史"，实际上，巴赫金揭示了拉伯雷作品的语境问题，在巴赫金看来，这些广场生活使拉伯雷具有一种独特的认知方式来看待这个世界，应该说，这一次，巴赫金试图将影响的媒介变成一种民间文化，而这个民间文化，在巴赫金的论述中，似乎有其排他性，某种特殊性，我们对这个问题暂时还是悬搁起来，不争论其是否准确，但是，我们可以看到，这种走向民间的路径，在很大程度上是历史诗学式的，而且更为重要的是，这些论述开阔了我们的视野。应该说，这些方法对俄罗斯的社会历史方法有极为重要的拓展。

　　在对这种语境的认识问题上的描述上，巴赫金是这样说的："在争取新世界图景和摧毁中世纪等级制的斗争过程中，拉伯雷经常运用'逆向等级'，'颠倒世界''肯定之否定'等传统的民间手法。"② 也就是说，在时代和传统的双重折叠之中，展现的是一种独特的认知视角，独特的认知形式，这是因为，"他意识到历史已经完成巨大转折，时代已发生剧变，新的世纪已来临"③。甚至，我们可以看到，巴赫金对之的评价是更长远的，是某种最富启发意义的长远时间的原初启蒙现代意义上的，巴赫金是从他独有的复杂的表述来说出这个问题："他具有崭新的感觉，不，不简单是新的、崭新的和最时髦的，而是本质上全新的感觉。这种感觉是在覆灭了的旧的社会基础上产生的，而又真正体现了未来的希望。"④

① ［俄］巴赫金：《拉伯雷研究》，李兆林、夏忠宪等译，河北教育出版社 1998 年版，第 175 页。
② 同上书，第 469 页。
③ 同上书，第 473 页。
④ 同上书，第 526 页。

　　最后，我们再看歌德个案。非常遗憾的是，我们目前未能看到巴赫金关于歌德的著作，目前剩下的仅仅是残稿，原告在战争中被毁，"根据巴赫金生平的著作调查报告、注释者、传记作者以及其他资料记载，巴赫金于 1936 年至 1938 年写成《教育小说论》，经 L. E. 季莫菲耶夫教授审阅后，把原稿交给苏维埃作家出版社，出版社同意负责出版。但是战前（1941 年卫国战争爆发）未能出版。受战争的炮火攻击，校样被烧毁，原稿也于战后'遗失'"①。根据目前的，歌德小说在其中占有重要的位置，尽管在很大程度上，和拉伯雷小说放在狂欢化传统中一样歌德小说是放在成长小说谱系中进行论述的。作为某种具有成长性的时间和空间小说谱系，"在世界的空间整体中看到时间、读出时间"②，并且"又能把充实的空间看作成长着的整体，看作事件——这就意味着在一切事物之中，从自然界到人的道德和思想（直至抽象的概念），都善于看出时间前进的征兆"③。当然，正如我们看到的，歌德的相关研究，在某种程度上，已经化为发展的维度，融入陀思妥耶夫斯基和拉伯雷的研究中。但是，仅仅从目前的残稿以及其中的一些说法，我们可以看到其中重要的部分，这就是他对于人的发展的，无限发展的祈求，这种祈求，在很大程度上，是对人本身自由发展的渴望，当然，我们需要知道的，这种发展，应该说是一种负责的发展，这一点，在巴赫金早期的论行为哲学的研究中就已经开始提出来了，但是，我们依旧可以看到其中的基于原初启蒙状况的一种深度发展模式，在很大程度上，这些最为基础的情境、脚本、认知图式和社会心理表征将会吸引我们，让我们在文学阅读中参与其中，这些情境、脚本，是我们对生活的一种实习或者说模拟，这里无数的叙事情境，最终，都会在生活中找到其中的根源，在人本身中找到根源，同时也随着人类社会生活的不断发展，在不断地得到发展，我们在阅读文学的时候，我们实际上在接触着无数经典给我们带来的叙事情境、特殊的认知脚本，这些叙事情境与认知脚本与日常生活情境有所差异，是某种隐喻式的，其结构是非常

---

①　［日］北冈诚司：《巴赫金：对话与狂欢》，魏炫译，河北教育出版社 2001 年版，第 80 页。

②　［俄］巴赫金：《小说理论》，白春仁、晓河译，河北教育出版社 1998 年版，第 234 页。

③　同上书，第 235 页。

复杂的，但是，这里的叙事情境可以在我们的阅读中，重新演化，让我们在很大程度上能重新认识我们的生活，认识我们的世界，认识我们的历史，这在很大程度上，是一种历史认知的，所以，我们说小说本身就是由无数叙事情境、叙事脚本、认知图式、社会心理表征（许多十分隐晦）组成的阅读过程。通过事件表现出来的认知结构和认知框架，我们对整个世界有着更深刻的认知，而作为最为"狡猾"，对文化与人类认识最为深刻的作家群体，这些作家在有意识或者无意识中，所建构的情境，在很大程度上，是人类的财富。在这个意义上，我们说文学作品有时看起来是有些无用的，甚至有时是非常无力的，但是，这些独特的认知结构，只有文学中才有。

对于巴赫金来说，歌德小说最典型的特点是一种发展意味的情境，他认为："善于在世界的空间整体中看到时间、读出时间，另一方面又能不把充实的空间视作静止的背景和一劳永逸地定型的实体，而是看作成长着的整体，看作事件——这就意味着在一切事物之中，从自然界到人的道德和思想（直至抽象的概念），都善于看出时间前进的征兆。"[1] 这种发展的视角，体现在时间上，是一种生机勃勃的发展维度；体现在人身上，这是一种发展的人，也即是与教育小说的核心叙事有密切关系的人；体现在空间上，这些空间都更多地为我们时间所联系，所勾连甚至被时间所包容的空间："在歌德的世界里，不存在对确定的、空间发生地毫无联系的任何事件、情节和时间因素，也不存在可以发生在任何地方的事件、情节和时间因素（即'永恒的'情节事件）。在这一世界中，一切都是时空，都是真正的时空体。"[2] 如巴赫金所说，在这里空间被视为人的不同成长时代，空间被视为不同的时间阶段，在空间上，歌德发现了时间的萌芽，这是未来的萌芽。实际上，巴赫金注重发展的转折点，拉伯雷固然不用说，即使是陀思妥耶夫斯基，也是处于某种现实主义到现代主义的转折，歌德在这个层面上，也是如此，"他已不在一个时代的内部，而处在两个时代的交

---

① ［俄］巴赫金：《小说理论》，白春仁、晓河译，河北教育出版社 1998 年版，第 234—235 页。
② 同上书，第 238 页。

又处，处在一个时代向另一个时代的转折点上"①。里面的人物，是与某种发展认知框架联系在一起的，描述的是一种发展的认知。

从整个认知语境来说，"18世纪乃是时间感获得巨大觉醒的时代，这首先是对自然界和人类生活中的时间感觉的觉醒"②。巴赫金认为之前的时代占据统治地位的大多是循环时间，这些时间，在巴赫金看来，不是没有先进性的——我们暂时用这个词语来描述，巴赫金在此是表述某种时间感方面的等级观，尽管我们不一定认同，但是从社会发展的维度上，后者似乎更为复杂——这些循环时间，"以时间之犁翻耕了先前时代那静止不动的世界"③。如果说他的发展的视角有什么特点的话，这是因为从一开始，他的视角就被认知化了，这是因为"他的视角和思维所具有的一种特殊的时空体性质"④。我们可以看到其中有很多洞见，巴赫金认为："时间进入人的内部，进入人物形象本身，极大地改变了人物命运及生活中一切因素所具有的意义。这一小说类型从最普遍涵义上说，可称为人的成长小说。"⑤ 实际上，这里谈到的是某种发展情节，一种成长小说，而且在歌德那里，在很大程度上，这些个人的成长，同时是具有时代意义的，是与整个历史时间联系在一起的。这就是，在我们看来，这些发展型的叙事情境，里面的一切，包括空间、人物以及各种关系，都被发展的时间形式发展的时间观念语法化了，通过一种成长型的叙事情境，所有的一切都被这种时间形式卷起来。这里的时间，是充满生机勃勃的发展的时间，在这种时间，所有的一切似乎有无穷的发展力，这大概是教育小说这类小说所指向的叙事情境的独特魅力。

当然，我们知道，这里的一切，都是被认知化了，巴赫金谈到的独特的类型恐怕是某种可视性对歌德的意义，"歌德总是追求并且善于用眼睛来看待世界。对他来说，目所不及的东西是不存在的。但同时，他不愿意

---

① ［俄］巴赫金：《小说理论》，白春仁、晓河译，河北教育出版社1998年版，第232—233页。
② 同上书，第236页。
③ 同上书，第236页。
④ 同上书，第257页。
⑤ 同上书，第230页。

（也不能够）把任何东西都看成是完成定型又静止不动的"①。所以，这里的可视性，依旧是在发现成长的一切："这样我们便可看出歌德具有在空间中看出时间的非凡能力。"② 当然，这里的能力是一种特殊的认知能力，正如我们看到，巴赫金认为："对自然界中时间的一切可见的特征和标志，歌德有着一双明察秋毫的慧眼。"③ 所以，在巴赫金看来，这种独特的认知视角下，过去被歌德视为一种必然性的东西，视为现在的基础，而最典型的是其中一种未来感和发展感，"清新的未来之风越来越强烈地渗入到歌德的时间感受之中，同时驱散着一切阴暗的、虚幻的、无可名状的东西。大概，这股未来之风我们在《威廉·麦斯特的漫游时代》中（以及在《浮士德》第二部的最后几个场面上）感受得最强烈"④。应该说，巴赫金很准确地抓住了歌德小说中的整体叙事情境，这个情境是指向某种成长维度的，正如拉伯雷的节日狂欢节情境和陀思妥耶夫斯基的对话情境，这些情境，可以最为典型地代表每个作者的特征，而这种特征是位于整个世界文学的地图上的。

需要指出的是，在巴赫金的三个个案中，其中，平等型的对话情境，自由的情境，发展的情境，在很大程度上，是有交叉的，这是我们在研究中发现这其中有着交叉的原因，比如说在论述陀思妥耶夫斯基的时候，会涉及狂欢，也会涉及发展的维度，比如说所有对话中的人，在很大程度上也是未完成性的人，"人任何时候也不会与自身重合"⑤。昨夜之"我"非今日之"我"，"我"作为一个主体是发展的，这种"我"拒绝背靠背的评价，是一个试图转变和发展的形象，当然，我们知道，在巴赫金眼中，这样的一种情境，在某种情境下，出现一些新的变化，不是一种生机勃勃的发展情况，而是一种转变和抉择的形象，所以巴赫金试图用另一个门坎时空体的说法来指代这种叙事情境，这就与教堂时空体形成了一个参照，

① ［俄］巴赫金：《小说理论》，白春仁、晓河译，河北教育出版社 1998 年版，第 238 页。

② 同上书，第 241 页。

③ 同上。

④ 同上书，第 249 页。

⑤ ［俄］巴赫金：《诗学与访谈》，白春仁、顾亚玲等译，河北教育出版社 1998 年版，第 78 页。

应该说，这是在不同意义上来谈这个的，教堂时空体的是指具有宗教意味的对话叙事情境，而门坎则是指转变与抉择具有剧烈变化的发展型叙事情境，这里的人物是具有"活生生的、充溢着新生命的内核"①。当然，我们知道，在很大意义上，比歌德时期更为深刻的，确实是陀思妥耶夫斯基对发展过程中看到的那种危机和转折——这是无限发展现代生活的某些负面因素——这种现代生活中的危机和转折，也就是描写他们处在边沿上的生活"②。这些都说明两者之间是有着密切联系的，实际上，关于狂欢情境，其中本身也有着交叉的情境，正如我们所看到的："在这里，节庆性成为民众暂时进入全民共享、自由、平等和富足的乌托邦王国的第二种生活形式。"③ 我们还是看到，这里的核心依旧是某种自由，而且，我们在下面会看到，巴赫金会不自主地将之赋予严肃成分，这是通过双面性问题的强调达到的，体现了他试图将之赋予精英维度的努力，但是，其中的群众性，如我们看到的平等的提出，还是兼顾了其中某种面上的努力，甚至与民粹有着密切的联系。当然，这里的相关指向，是复杂的、艺术化了的。正如巴赫金所说："我们要指出民间节庆诙谐的一个重要特点：这种诙谐也针对取消者本身。人民并不把自己排除在不断生成的世界整体之外。他们也是未完成的，也是生生死死，不断更新的。"④

　　而在狂欢和平等的对话或者说某种平等的情景中，实际上都可以看作一个自由秩序的扩张，当然，在这个意义上，我们还是看到，这种平等与自由之间的关系中，巴赫金似乎更注重自由维度，他是在自由维度上将两者结合起来的，此外，我们还可以看到，狂欢一旦推倒某些层面，一定会涉及无限发展的维度，这是因为，在原初启蒙时期，这些都是一体的，所以会出现其中的交叉问题或者说子类型，但是，在其中我们还是可以从这个角度上来很清楚地理出其中的很多的问题的线头，给出一个在认知清楚的背后的重新混合，或者在混合中发现其中清楚的不同及交叉。

① ［俄］巴赫金：《诗学与访谈》，白春仁、顾亚玲等译，河北教育出版社1998年版，第81页。
② 同上书，第97页。
③ ［俄］巴赫金：《小说理论》，白春仁、晓河译，河北教育出版社1998年版，第11页。
④ 同上书，第14页。

　　在研究的过程中，我们会看到这些叙事情境在历史中演化出许多的具体的动态情境，比如巴赫金所说的："我们还会注意列蒙故弄玄虚愚弄人，以及小说中精彩的、最出色的情节之一，是他的城堡中的闹宴的情节。最后我们要特别强调的是滑稽地推选书呆子戈尔坚济乌斯为波兰国王的情节。"① 应该说，其中的相关情境原型在拉伯雷的传统中出现了多次，不过，需要指出的是，在很大意义上，巴赫金的思维是类似空间式的，他构建的叙事情境，在很大程度上，还是具有很强的聚合性质，或者说是类似"词汇语法"意义方面的聚合性质，当然，这也是我们在前导性学科中所看到目前研究的一个进展，非常遗憾的是，我们目前还是认为，人类的形式选择有时并没有很多神秘的性质，在很大程度上是一个筛选的过程，也就是主观选择以及事作为认知客体之间的相遇，其本质和计算机筛选似乎差不多。当然，在旧的传统与形式中，人类利用已经逝去的形式或者传统来展现新的东西，似乎是人类的某种本能，他似乎永无止境地回到过去，过去的传统，在其中找到新的东西，这里的新的，常常是某种冷僻的，不为人所认识的传统，当然，也有可能是某个世纪非常盛行，但是在之后的某些世纪沉寂下去的某种传统，这些传统中蕴含着人类曾经的某种认知图式，会在人遇到新的问题的时候，展现出其独特的意义。通过情境的一种历史比较，比如说在涉及拉伯雷的相关文化与文化传统时谈到斯卡龙的时候，巴赫金确认了"在他著名的'马尔莫尔船长的胡言乱语'中也有近乎拉伯雷式的怪诞型形象"②。

　　从具体的叙事对象到情节，巴赫金对之也是有关注的，但这些都是在语言研究部分中涉及的，仿佛在不经意之间，巴赫金把自己的一些并不完整但却具有启发性的认识显露出来，尽管，这些话语就像不经意中挖掘出的地下洞穴，通向的是一个非常完整的地下溶洞，展现的是非同一般的美丽情境。巴赫金是这样讲的："为了正确地理解像抛掷粪便、浇尿诸如此类的广场狂欢节的动作和形象，必须注意下面这一点。所有这类动作的和

---

　　① ［俄］巴赫金：《拉伯雷研究》，李兆林、夏忠宪等译，河北教育出版社 1998 年版，第 120 页。
　　② 同上书，第 122 页。

口头的形象均为贯穿着统一、生动的逻辑的狂欢节整体的一部分。这个整体就是一出伴随旧事物灭亡新世界诞生的诙谐剧。"① 在这个意义上，巴赫金认为需要将我们对拉伯雷的认识重构一个当时的语境，也就是试图将这个问题，推到一个当时的语境，尽管这个语境对于巴赫金来说，似乎是变化着的，似乎在一个关键的转折点上，带着双面性，不仅保留了某种人的原初认知，没有被现代化，而且还处于一个现代化早期的转折时期，带有很多新时期的认知因素。应该说，巴赫金总体上将之定位在一个文艺复兴的民间广场生活的意义上，一方面，民间广场生活或者说受狂欢节影响的生活，受到了中世纪传统的影响，但是，在另一方面，他似乎又能够使其的现代启蒙时代的许多特征都有所关联，这种处理是非常巧妙的。有时我们过于强调了单个作家的变异成分，我们会将其视为一个奇军突起的变异，但是实际上不是这样的，从类与变类的角度来说，我们忘记了所有的天才都是有其土壤和传统，如果我们不从谱系学的角度上看这些变化，我们有时会离事实越来越远，应该说，这两者，从历史上看作者，从一个类上来看作者，和从个体上看作者，其实是密切相关的，尤其是在巴赫金的视野中，在历史诗学的视野中。所以，巴赫金经常会在一些临界点上，一些转折点上来分析其中的一些具体个案，在这些个案身上，反映出的恰恰是更为典型更为准确的一个点。

我们知道，巴赫金的诗学是连成一片的，这是巴赫金的特点，他所有的工作，不是独立的，而是系统的，尽管从表面上看，看起来是没有联系的，但是，他的所有工作结束之后，我们还是看出其中的联系的，在巴赫金的诗学研究中，陀思妥耶夫斯基和歌德本身就构成了一对对象，巴赫金在《陀思妥耶夫斯基诗学问题》中论述完陀思妥耶夫斯基的空间形式问题后，将之与歌德进行了对比："像歌德那样的艺术家，本能地倾向于描绘处于形成过程的事物。他力图把所有共存于一时的矛盾，看成为某个统一发展过程中的不同阶段；在现实的每一个事物中看出过去的恒基，当今

① ［俄］巴赫金：《拉伯雷研究》，李兆林、夏忠宪等译，河北教育出版社 1998 年版，第 169 页。

的高峰或未来的趋势。"① 但是，"陀思妥耶夫斯基同歌德相反，他力图将不同的阶段看作是同时的进程，把不同阶段按戏剧方式加以对比映照，却不把它们延伸为一个形成发展的过程。对他来说，研究世界就意味着把世界的所有内容作为同时存在的事物加以思考，探索出它们在某一时刻的横剖面上的相互关系"②。同样地，在涉及歌德问题的，尤其是在发展的时间维度上，巴赫金也是通过历史比较来达到其主要的研究目的的，正如其所说："我们在拉伯雷的作品中，在塞万提斯的作品中，看到的现实已得到极大的浓缩，但这已经不是被彼岸的未来变得贫乏了的现实。不过这个现实所依据的整体世界和人类历史的背景，却仍是十分脆弱和模糊的。"③看到的现实不是被贫乏了现实，是指其中的现实是不因未来的维度而逊色，而是将这种现实视为参与未来的一个重要部分，但是其中现实依旧是脆弱和模糊的，说明在拉伯雷和塞万提斯的作品之中，这些发展的情境，比起歌德来说，是相对程度低一些的定位，因为，"在歌德的长篇小说中（在《学习时代》和《漫游时代》中），世界的整体性和生活的整体性，第一次在时代的高度上反映出这个新的具体化、直观化、整体化了的现实世界"④。应该说，我们在巴赫金对歌德、拉伯雷、陀思妥耶夫斯基三个人的对比中，表面上看起来是会自相矛盾，但实际上是因为涉及不同的层面的比较。

同样，在涉及拉伯雷的诗学问题的时候，巴赫金的相关论述，几乎可以将之套在歌德身上："在这多种语言相互阐释的过程中形成的生动的现代性，即全新的、以前从未出现过的新物品、新概念、新观念，给人一种非常强的意识，它们清楚地触及时间的界限、世界观的界限和生活的界限。"⑤ 所以，最为典型的发展的叙事情境，恰是在歌德之中做出的，当然，我们看到，由于我们涉及的是一个残稿的关系，我们的论述的篇幅相

① ［俄］巴赫金：《诗学与访谈》，白春仁、顾亚玲等译，河北教育出版社 1998 年版，第 37 页。

② 同上书，第 37 页。

③ 同上书，第 260 页。

④ 同上书，第 262 页。

⑤ ［俄］巴赫金：《拉伯雷研究》，李兆林、夏忠宪等译，河北教育出版社 1998 年版，第 543 页。

对会短一些。但是，其中内在的联系与逻辑地图，是非常明确的。

为了做一个对比，我们需要对结构主义叙事学的代表，也就是热奈特的相关理论做一个整体上的系统对比。

作为经典叙事学的经典文献，热奈特的《叙事话语》看起来是如此稳固、牢不可破，但是，在反复读了多遍之后，我们还是在阅读中，发现了一系列问题，这些问题看似毫无联系，但是深究下去，却发现归属几个不同的源头，如果说热奈特文本中存在着什么样的"缝隙"或者征候的话，我想，这几个源头肯定要理清楚。

热奈特在自己的书中开门见山地提出"本书研究的特点对象是《追忆似水年华》追踪的叙事"[1]，并且"这个声明立即需要两个重要性不等的说明"[2]。第一个说明实际上是相对不重要的，只是对自己的所采用的例子，也就是他所涉及的语言材料和对象进行说明，热奈特认为，《追忆似水年华》并不是一个最终完成作品，而且，这个作品的先前版本很多，比如说，"《悠游卒岁录》（1896），《仿作与杂集》（1919），题名为《编年史》的各种文集或遗著（1927），《让·桑特依》（1952），《驳圣伯夫》（1954），和自1962年起存放于国立图书馆手稿收藏部的80余本笔记"[3]等都是这部巨著的"前"版本，或者说，都是这部巨著的"草稿"和巨著完成的"写作实验品"，所以在研究过程中，不断涉及上述的"前"版本，就一件理所当然的事情，所以，虽然这里主要涉及《追忆似水年华》，但是会不断地比较以前的写作实验所遗漏的作品。应该说，这个说明仅仅是涉及其处理的研究对象的界限或者说是范围，应该说，除了普鲁斯特的作品之外，热奈特还提到了其他经典作品，如荷马史诗等，关于热奈特的这个对象和范围，我们在下面的分析中也会涉及，从目前看，这个说明仅仅提出了热奈特研究的主要对象，并没有涉及一些理论问题。

热奈特文本中需要注意的第一问题，或者说是症候，恰恰是上述的第

---

[1]　［法］热拉尔·热奈特：《叙事话语·新叙事话语》，王文融译，中国社会科学出版社1990年版，第1页。

[2]　同上。

[3]　同上。

二个说明，第二个主要说明其旨趣，热奈特说，在这里，尽管采用了《追忆似水年华》的大部分例子，但是，热奈特的研究是理论的，而不是经验的，不是对一部作品的具体研究，而是一本基于具体作品研究的理论著作，他和托多罗夫一起构建的，正是叙事学这个学科，而作为一个整体，他们往往被视为经典叙事学的代表，在热奈特的解释中，他觉得是在寻找特殊性时候发现了普遍性，这无疑是他的学术取向，但是，我们在研究中还是发现了一个作为经典叙事学研究者的热奈特和一个作为普鲁斯特叙事问题批评者、无意中具有历史叙事学取向的热奈特，在这两部分的研究中，他实际上对叙事中的时间与空间问题，是有两种不同的看法，这些分析，可以用结构主义叙事学与历史叙事学之间的分歧，但实际上，他将这两种分歧，用一个理论与批评之间的矛盾掩盖了。

我们还是从这几个问题谈起，通过"两个热奈特"，也就是说"作为结构主义叙事学家的热奈特"和"作为普鲁斯特批评家的热奈特"来论述。

实际上，结构主义叙事学是热奈特叙事学的理论重心所在。尽管，热奈特在经历了纠结的理论表述，尤其是在其不厌其烦地对他的普鲁斯特研究和叙事学理论研究之间，如何找到一个重心，不断地做一种辩解。但是，最后，他把问题落脚于叙事学理论的构建，而这种构建，是落足于其对"叙事话语"这个问题的研究以及他对叙事话语及形式分析的强调。

而他在这个过程中，是立足结构主义叙事学的一种静态分析模式，他的理论爱好与理论重心，是由他的结构主义式的研究方法决定的。最重要的是有几个缺点，首先，这里的力量论述直接从抽象面跳跃到具体文本，缺乏理论铺垫、缺乏中介层；其次，热奈特也采取了类型学，但是，他的类型学是外在的，无法揭示个案是如何传承与变异，对整个比较的类型所做的维护及发展工作。

我们不能说，经典叙事学没有涉及对象问题，没有涉及具体的意义生成问题，有时为了批评的需要，他们不得不诉诸批评，也就是说，回到具体问题，举个例子，如热奈特，不得不回到普鲁斯特，在很大层面上，我们会在《叙事话语》中发现一个作为结构主义叙事学家的热奈特和作为一个批评家的热奈特，事实上，作为一个批评家、作为一个普鲁斯特专家的热奈特非常有力，但是，我们发现，他的意义和形式方面的结合可能还发展得不够充分，在很多时候，他是以一个普鲁斯特专家出现：他对普鲁斯特的热爱，使得他常常站出来，对自己的结构主义叙事学进行潜在的反击，既然普鲁斯特具有某种特殊性，其诗学有值得赞叹的地方，那么，我们不得不问道，是否每个作家都有其独特的叙事视角、独特的叙事艺术，并且，在这个意义上，我们说，结构主义叙事学的共时模式，是否值得质疑？要解决这个问题，实际上还是从类型或者说中介这个层面来论。

在差不多进行"倒叙"部分的描述的时候，更加准确地说，是进行富含意味的省叙问题的描写的时候，富有意味的省略和空白，尤其是涉及马塞尔与其从未在《追忆似水年华》中正式露过面的小表妹的时候，在作为一个杰出的、有敏锐视角的热奈特身上，逐渐苏醒其批评家身份，他试图将普鲁斯特视为一个历史中一个独特的个体，逐渐要将其艺术性揭示出来，到了下面这一段，他身上某种无意识的批评家苏醒了："《少女们》结尾的倒叙，回巴黎后对巴尔贝克的最后一瞥，概括地提到马塞尔在整个逗留期间遵照医嘱不得不每天从早上睡到中午的一系列午觉，而这时他的年轻女友们在阳光灿烂的海堤上漫步，在他窗下开起清晨的音乐会。在此，反复倒叙仍然填补了一个反复省略，使《追忆》的这一部分没有以灰蒙蒙的凄凉回归收场，而以夏日热力不减的阳光的辉煌停顿号——黄金记号作为结尾。"[1] 这里，普鲁斯特的反复倒叙填补了反复省略，是一个作家的特殊叙事技巧，如果我们将之视为一个特殊的话，我们可能要考虑诸多同样的经典作家，比如说莎士比亚、乔伊斯、福克纳以及博尔赫斯等人的叙事学，在很大程度上，每个作家尤其拥有独特艺术形式的作家，都应该拥有自己独特的叙事系统，或者说对以往的叙事系统都有着自己的运用，实际上，从称赞普鲁斯特这一部分以夏日阳光的辉煌停顿号作为结尾起，热奈特不可避免地在作为一个理论家和作为一个批评家之间，产生了

————————

　　① ［法］热拉尔·热奈特：《叙事话语·新叙事话语》，王文融译，中国社会科学出版社1990年版，第29页。据英译本有改动。

动摇，我们知道，热奈特非常清楚地将自己的命门在著作开始之前都已经非常清楚地展现了出来，但是，由于他的坦率，我们没有进一步对其是否忠实地执行了两者之间的协调工作，甚至，我们在考虑，这种协调工作是否真有可能，我们都没有进一步地进行研究，实际上，我们在上面的论述中，发现作为一个批评家的热奈特开始复活了。

在谈到重复叙事或者说"回想"（recall）时，热奈特认为，这些倒叙极少洋洋万言，"但它们在叙事结构尤其在普鲁斯特作品中的重要性大大弥补了叙述伸展性的不足"①。所谓的在叙事结构上尤其是重要性上弥补其叙事范围方面的不足，其实指的是这种回想十分重要，甚至我们可以简单地理解为对普鲁斯特的夸奖。具体说来，有时这种赘言，虽然有所重复，但却非常重要的原因，是在于普鲁斯特的作品带有回忆录色彩，所以，当我们试图认为，热奈特很完美地将个别和一般的问题解决了的时候，我们发现情况不是这样的，在这里，热奈特忽略或者巧妙地避免了普鲁斯特作为一个具有回忆录色彩的作家的情况，或者说，热奈特将某种中间类型忽略过去了。尽管，通过对比与对立，相似与相异，热奈特成功地展现了时间重复的美好与残酷，将平淡的人生化为华美的乐章。但这并不是思路上的胜利，而是一个批评家的弥补。

由于热奈特的重复描写非常隐蔽，所以诸如圣卢向马塞尔介绍自己的灵感启迪者时，他通过"明晚……你……"这样的语句，认出了这位灵感启迪者不堪的过去，这些叙事中的赘言，或者说重复中的赘言，就具有很强的艺术功能，但是，到目前为止，也仅仅是涉及一些艺术效果层面上的，虽然在热奈特的批评家的独特表述中，显得十分耐人寻味，但其始终未能在理论及具体文本之间的交接，有所进一步地进行细致的分析。

确实，在具体的分析中，热奈特实际上在某些层面上触摸到历史叙事学的路径，比如他对推迟或暂缓表现内涵的原则的分析，他认为："像《追忆似水年华》这样尖端的作品对该原则的使用或许会使那些认为该作

① ［法］热拉尔·热奈特：《叙事话语·新叙事话语》，王文融译，中国社会科学出版社1990年版，第29页。据英译本有改动。

品与通俗小说大相径庭的人大为惊讶，这部作品在内涵和美学价值上大概的确与通俗小说相距十万八千里，但在手法上却不尽然。"① 在热奈特看来，普鲁斯特安排了许多人物身份的暂缓知晓，比如说，普鲁斯特笔下，马塞尔发表文章后，收到一封贺信，这封贺信后来被证明是人物数量庞大的《追忆似水年华》中的前杂货店伙计，同时也是孔布雷教堂的侍童。而人物形象的身份（或者说是以往的荣光）与现在形象的反差，则是《追忆似水年华》的重要手法，一个衣衫褴褛的外省小市民，竟是公爵，而谢尔巴托夫王妃，则是一副鸨母嘴脸的胖太太，而某些意想不到的情境，成为冗长诗意叙述中的点睛之笔：一瞥之下顿生爱慕之情的金发少女，竟是渊源甚深的吉尔贝特！所以，当普鲁斯特在做出某些特例的时候：描述一位引人注目的姑娘并期待再见，且阿尔贝蒂娜也预言将会再见时，但最终却在茫茫人海中失去其踪迹时，热奈特不无惊奇，认为其起了偏差作用。

　　热奈特还在另一个维度上对这个问题进行了平面的结构主义叙事学的阐释，实际上，我们觉得，他把几个问题混为一谈了，在热奈特看来，重复的意义还在于，他能够将"原已具备含义的事件的第一个注释被另一个（不一定更好）所取代"②，事实上，正如热奈特所说，圣卢之所以冷冷地行了一个军礼，实际上是因为他认出了马塞尔但不愿停下来，而圣卢的祖母之所以坚持要戴上那漂亮的帽子，是因为身患绝症的老人希望能留一点纪念给孙子，那个亵渎遗物的万特依小姐，在另一方面，却对音乐事业十分虔诚，在某天晚上陪伴吉尔贝特原本认为是男性年轻人实际上却是穿男装的女性，圣卢的真爱并不是拉歇尔，大旅馆的电梯司机才是其情人。

　　但是，我们将会发现热奈特的论证中存在着很多缝隙，在整个过程中，奥黛特、吉尔贝特、圣卢、阿尔贝蒂娜等形象如同重彩描摹，不断地被新的事件和认识所修正，甚至，其人物形象如同水流中光影，在不断地

---

① ［法］热拉尔·热奈特：《叙事话语·新叙事话语》，王文融译，中国社会科学出版社 1990 年版。据英译本有改动。

② 同上书，第 31 页。据英译本有改动。

变幻。实际上，我们知道，很有必要在一个交叉类型的视角来看待普鲁斯特，作为一部在回忆录型文学作品、通俗小说创作类型以及突破常规的经典写作之间的作品，《追忆似水年华》在上段所谈的几个实例中，已经涉及了另一个问题，这个问题就是"主体"的变幻及认知问题了，这在通俗小说中是没有的，这是只有在某种现代主义的小说中才有的形象，而弥漫在小说那些嫉妒、不安、挣扎的情感关系，是与这种现代主义小说层面上联系在一起的，而不是与通俗小说类型联系在一起的。

热奈特试图确认吉尔贝特"将身不由己充当媒介的那一系列新阐释更为重要"①，那是因为"吉尔贝特使马塞尔的思想体系受到'检验'"②，他认为，真正的吉尔贝特不为马塞尔所知这个事实显露了《追忆似水年华》的最高真理，由于马塞尔的不理解以及思考过分，从第一刻起就失去了她们，这无疑是法国批评家对《追忆似水年华》独特的哲学阐释与经典化努力，不过，我们还是需要指出的是，吉尔贝特之所以成为某种媒介，是因为她恰恰是沟通不同交叉类型的枢纽，正是通过她，所有的文本类型在《追忆似水年华》中得以顺利交汇，所有的回忆录及通俗小说手法，所有的大型空间转换，从"在斯万家那边"（《在斯万家那边》，《追忆似水年华》第Ⅰ卷）到"盖尔芒特家那边"（《盖尔芒特家那边》，《追忆似水年华》第Ⅲ卷），将近一生的时间变幻，从"在少女们身旁"（《在少女们身旁》，《追忆似水年华》第Ⅱ卷）到"重现的时光"（《重现的时光》，《追忆似水年华》第Ⅶ卷），都可以在其身上找到交错的踪迹，有些是属于其父系，有些属于其母系，有些则属于其自己。事实上，《追忆似水年华》最后之所以将德·圣卢小姐视为某个交叉和枢纽，也许是因为对已婚的吉尔贝特来说，对她评头论足实在不雅，而此时，圣卢小姐作为吉尔贝特的女儿，可以视其为一个更进一步的总结。

热奈特认为"吉尔贝特未受赏识的举动再一次编写了孔布雷的全部

---

① ［法］热拉尔·热奈特：《叙事话语·新叙事话语》，王文融译，中国社会科学出版社1990年版，第33页。

② 同上。

深层地理"①，他认为吉尔贝特带马塞尔及其他顽童，所去的阴茎型的主塔（典型的弗洛伊德视角），在文中既是某种色情的空间象征，又是肉欲遭禁的地方，而孔布雷的地理，看上去清白无辜，但确需要破译，它"产生于'清白'的叙事和其回顾性'检验'之间的微妙的辩证关系之中"②。但事实上，《追忆似水年华》在田园诗时空形式和世俗小说时空形式交叉之上，而在世俗小说中，隐私与私人领域的世界展现，恰恰是这种类型内在的要求与常规的表现，如能解释这一点，那么在一本目前看起来具有十分清新的经典小说，出现这么多的世俗生活表现，包括各种情欲倒错，现在看起来十分正常。

在涉及普鲁斯特对恢复记号使用时，热奈特作为一个批评家的一面得到了淋漓尽致的表现，他同样是以一个结构主义叙事学家面目出现，他谈到，普鲁斯特尽管嘲笑了巴尔扎克对原因叙事的恢复记号，但是他还是肯"赏脸"效仿他，实际上，这里热奈特是将普鲁斯特视为现代主义小说的开创者，伟大艺术革新主义者了，他列举了多个明显或者隐蔽的恢复记号，这些记号在不知不觉的时候，跳转到了另一个层次，在显示出他对《追忆似水年华》的熟悉之后，热奈特找出了虽有明显或隐蔽的跳跃层次的行为却没有返回标记的段落，而且通过历史比较，热奈特指出：普鲁斯特叙事的典型态度是有意识的、特意为之的，叙述试图将明显的人为参与的痕迹，也就是叙事主体悄然抹去，而其复杂的艺术形式，迷离的时间感受，预示着普鲁斯特在某种新的艺术形式开创者的位置："普鲁斯特以他的方式，即不公开声称，甚至很可能没有觉察，动摇了叙述最根本的准则，开创了现代小说引起最大混乱的手段。"③

我们通过对历史叙事学和结构主义叙事学的对比，揭示出了双方的系统差别，应该说热奈特的结构主义叙事学的研究模式是有缺陷的，所以常常需要回到具体的作品维度来补充，尽管其中的批评颇为出色，但是却是

---

① ［法］热拉尔·热奈特：《叙事话语·新叙事话语》，王文融译，中国社会科学出版社 1990 年版，第 33 页。

② 同上。

③ 同上书，第 38 页。

批评的胜利而不是对文学研究本身的胜利。

所以，我们可以看到，历史叙事学的一个非常重要的取向，就是其类型学与系统比较的有意识研究，我们不能说，结构主义叙事学不是一种类型学的研究，在很大程度上，其在理论无意识上继承了某种类型学的底子，但在比较上，其显示的是过于抽象与抽离的特点，在很大程度上，在具体的批评和理论建构中，不断地产生冲撞，因为一方面，他们否定了历史，但是实践上，却又不得不依靠历史，或者说依靠具体的事件，所以并没有解决历史与结构之间的问题，这是其在诗学底子上的缺陷。但是，历史叙事学会很好地将语境等问题考虑进来，能很好地解决这个问题，更为重要的是，历史叙事学的解决方案在有意识地走向类型学方面花了很大功夫，而且从巴赫金和热奈特两者之间的诗学体系建构上看，两者系统性差别还是很大的，在很大程度上，巴赫金形成一个类型学体系，不管这个类型学体系有什么问题，它都指向一种总体认识，并在总体认识上不断修改、对话，从而为我们的认识提供了一个新的建构，这一点上，与历史语言学是一致的，在很大程度上，显示了某种诗学及其理论源头出发点的差异，在最后的诗学体系建构及其矫正上，也显示出了不同的区别。

第二节　历史叙事学批评的总层面：从类型学到时空历史族系学

我们在上面两章，也就是第三章和第四章，都是在一个案例或者说作品的维度上进行的，我们的研究，必须面向批评，面向个案，而且，我们是以层层剥开的形式来研究对象的，所以，我们一开始，不选择从宏观的层面入手，而是从一个相对微观的角度，一步步地进入我们的研究对象。当然，我们已经在上面看到了，比较的幽灵一直都在，都在潜在地影响着我们的研究。

笔者在这一章，则宏观一些，将会从一个完整的角度揭示其中的整体维度，如果说第四章的研究实际上包括第三章，并在此基础上在理论上更进一步，那么这一章将会将第三章和第四章的问题都涉及，甚至会在一个新的层面上更进一步。

应该说，在巴赫金的研究中，受着历史比较语言学和历史诗学的巨大影响，而他其中一个重要的做法，就是揭示其中的小说亚类型族系，在这里明显是受施莱赫尔等人的影响，"他将印欧语比作一棵树，树干是'母语'（原始印欧语），支干是印欧语诸分支耳曼语、希腊语等，细支是印欧语的现代方言。施莱赫尔是第一个明确提出亲属语言谱系分类的学者。施莱赫尔的另一贡献是创造了构拟的方法。构拟或叫作重建（reconstruction），是用来解释亲属语或方言之间同源词的分歧形式采用的办法"[1]。他是采用谱系树的方式来构建的。[2]

我们在上面已经论述了历史叙事学的第一个层面，第一个层面主要是作品的核心的规则，这涉及叙事语法和语义的交叉面。我们在前面的基础上，在叙事语义和叙事语法的基础上，进一步地考虑认知语境方面，这就是第二个层面，需要指出的是，我们在其中还更清楚地展现了形式是怎么在这三个因素中生成的问题，从叙事对象到叙事形式再到整个叙事整体的形成过程，这在第一层面上有牵连但涉及不了，只能在第二层面才能完整地展现出来，我们看到，从一开始，我们就在一种比较的视角上，而且我们不仅比较其中同的部分，由于历史语言学的维度，我们还会考虑到其中变异的部分，这对于比较文学的研究，是非常重要的，我们同时也会看到，随着我们的研究，比较的规模会越来越大，但是，我们是从最初的一个个案开始，这种路径，我们在上面一章中，已经看到了其具体的思路，从个案到更为多的联系，最终，我们指向的是第三个层面，这个层面就是作为整个类型或者说整个认知族系的问题。

巴赫金试图在一个认知的维度来解决比较问题，是他的一个潜在思路，在很大程度上，这与整个历史诗学的整体思路有着密切关系，从维谢洛夫斯基以来，认知的维度一直存在，只不过，相对而言，是在某种社会

---

[1]　吴安其：《历史语言学》，上海教育出版社 2006 年版，第 8 页。

[2]　Winfred P. Lehmann, *A Reader in Nineteenth Century Historical Indo-European Linguistics.* Bloominton and London: Indiana University Press, 1967, p. 95.

心理的维度上进行的，由于巴赫金受过严格的哲学训练，他试图将认知这个问题放在更为严格的领域，巴赫金认为："文学把握现实的历史时间与空间，把握展现在时空中的现实的历史的人——这个过程是十分复杂、若断若续的。"① 也就是说，时间、空间和人，是我们叙事情境中的重要因素，其实还有关系包括对象的性质问题，这是巴赫金没有提出来的，我们在上面已经给予补充了，人们在这个过程中，是一个把握或者说是认识的过程，而这个过程，在巴赫金看来，是一个历史的过程。而且，在下面的一段话中巴赫金进一步解释了其中的认知因素，巴赫金认为："在人类发展的某一历史阶段，人们往往是学会把握当时所能认识到的时间和空间的一些方面；为了反映和从艺术上加工已经把握了的现实的某些方面，各种体裁形成了相应的方法。"② 这里的话就将认知层面上把握的问题展现得更为清楚了。巴赫金解决这个问题是在新康德主义的视角中来看待这个问题的，巴赫金在自己著作中的脚注上写道："康德在其《先验美学》（纯粹理性批判的一个基本部分）里，把空间和时间界定为任何认识（从起码的知觉和表象开始）所必不可少的形式。我们采纳康德对这些形式在认识过程中的意义的评价；但同康德不同的是，我们不把这些形式看成是'先验'的，而看作是真正现实本身的形式。我们将试图揭示这些形式在小说体条件下的具体艺术认知（艺术观察）过程中所起的作用。"③ 我们知道，在这里，巴赫金实际上是改造了康德的先验认知论，将之历史化了，但是，我们看到，这种认识和现实的交融，实际上真正接近了实际情况。当然，我们会看到，在巴赫金的这部论著中，他所研究的主要是从希腊小说到拉伯雷的一些变体，在这部论著的最后"结语"部分涉及一些比较新的问题，当然，我们看到，这是因为这篇论著写于 1937—1938 年，可以说是巴赫金的历史诗学总纲。

　　需要指出的是，我们知道克里斯蒂娃曾经在巴赫金诗学的基础上发展了互文性的概念，但是，我们将会发现，其中一点没有被发展的就是，巴

---

① ［俄］巴赫金：《小说理论》，白春仁、晓河译，河北教育出版社 1998 年版，第 274 页。
② 同上书，第 275 页。
③ 同上。

赫金实际上在很大程度上提出了互文性文本的母本问题，就是说其中的某些类型的共同脚本。

比如说传奇小说，它们所按照的是什么样的脚本进行的，或者说是按照什么样的基本架构进行的，这个基本架构，如我们在上面论述，就是其中关于传奇小说的基本框架或者说脚本。

需要指出的是，这里的脚本是一个相对比较小众的脚本，当然，这里的脚本的概念及具体使用维度，有认知科学中的相关维度，也具有内容层面及社会规约性特征，但是，比起脚本这个概念，他似乎是更高层次的一个"脚本"，为什么说是一种更高级的脚本呢？因为，巴赫金所谈的是一种文学作品背后的类型脚本，这里的情境与去餐馆等社会日常脚本有所不同，他是建立在文学传统甚至是虚构之上的，这里的情境，能让人虚拟地参与，有很多是具有社会规约性，带有很多日常生活惯例的性质，但还有很多是带有文学传统性质确实违背日常生活的。如果不理解这一点，可能会陷入作为读者的堂吉诃德与包法利夫人的境况。因此，在这个意义上，巴赫金谈的是一个更为小众，也许更为精英的脚本问题。

正是在这个基础上，巴赫金实际上搭建了一整个小说亚类型族系。

应该说从传奇小说到骑士小说，这里主要还是在以下层面上进行，首先还是传奇小说中类型脚本或者说类型图式，其次是其背后的社会心理表征，里面如果还有相关涉及的问题的话，应该包含词汇语法系统及在其基础上形成的时间与空间形式。

我们先看作为类型的传奇小说，关于传奇小说，巴赫金有以下的论述：

> 一对婚龄男女。出生不详，带点神秘（不总是如此，如塔提俄斯作品中就没有这一点）。两人都美貌异常，又纯洁异常。他们不期而遇，一般是在喜庆佳节。两人一见钟情，势不可遏，如同命运，如同不治之症。可是他们不能马上完婚。男青年遇到了障碍，只得延缓婚期。一对恋人各自东西，互相寻找，终于重逢。而后又失散，再相聚。恋人们常见的障碍和奇遇有：结婚前夜新娘被抢，双亲（如果

有的话）不同意婚事，而给相爱之人另择配偶（虚设的对偶），恋人双双出逃。他们启程旅行。海上起浪，船舶遇险。人奇迹般得救，复遇海盗，被掳关入囚室。男女主人公的童贞遭到侵犯。女主角经受战争和战斗作为赎罪的牺牲。被卖做奴隶。换装。认出或认不出。虚构的变情。破坏纯洁和忠贞、横加罪名。法庭审理。法庭查验恋人的纯洁和忠诚。主人公们找到自己的亲人（如果他们还未出场）。同突如其来的朋友或敌人相遇、占卜、预言、梦魇、预感、催眠草药。小说以恋人完婚的圆满结局告终。基本情节的公式便是如此。[①]

巴赫金认为，在这种传奇时间的情节公式中，一般都是男女双方最初不期而遇，中间经历悲欢离合，最后圆满结局，只不过，巴赫金增加了很多中间环节的论述，比如说双方的失散，父母的不赞同，被卖做奴隶等，这些中间环节，其实从目前看，在新历史时期中加了不少新的情节，但是，整个传奇时间（adventure time）的整体结构还是非常清楚地展现在我们面前。

最终在文学中形成了某种特殊的、试图将时间视为某种永恒的形态或者说形式（form），并试图用之挽留我们的世界的，落实于某种早期的传奇小说中，这就是我们说的传奇时间时空体。这种艺术形式，从认知角度上看，就是早期人对这种特殊的时间和空间的认识结构，也就是特殊的文学性的历史时间图式和历史空间图式。

在巴赫金的理论中，有些其实还是经验性的、描述性的，比如他认为："这个情节展开在非常广阔多样的地理背景上，一般是在大海相隔的三五个国家里（希腊、波斯、腓尼基、埃及、巴比伦、埃塞俄比亚等等）。"[②] 这体现了历史诗学的一些基本特性，这是从历史性的经验出发，进而构建某种诗学理论，但是，这其实在另一个层面上，使我们不得不思考文学理论的几个基本取向，实际上，并不是要构建一个非常抽象，而是

---

① ［俄］巴赫金：《小说理论》，白春仁、晓河译，河北教育出版社 1998 年版，第 277—228 页。

② 同上书，第 278 页。

要有一个中间层面的、有阐释力的理论。我们回到这个认知问题上,在巴赫金看来,认知不仅是先验的,同时也是一种历史建构,那么现实的经验需要被描述,而时空体,作为沟通经验与认知之间的桥梁,恰好满足了这种理论上的需要。当然,我们如果转换成图式理论的话,就是说,在文学中,时间图式和空间图式是与当时的社会历史认知有关系的。所以,巴赫金的一些论述,我们完全可以转换成一种认知诗学的论述。

巴赫金之后实际涉及了词汇语法系统,或者词汇语法项,他一开头就提出来是"一对婚龄男女",这些人的性质或者说特点,一般而言是"出身不详,带点神秘",但是,巴赫金同时又在归纳的基础上提出来,"不总是如此",提出了一些例外,这里的人,实际上是被视为一个命运的被动者,这是性质,在这里的时间和空间,都有提出了,关于他们的相遇及故事的最终维度,"一般是在喜庆佳节",是"不期而遇",而在结局,则是"以恋人完婚的圆满结局告终",而在地点上,一般而言,是"在大海相隔的三五个国家里"。

也就是空间上,需要"一种抽象的空间的离散性"[①],时间和空间的联系上,在巴赫金看来,是一种技术性的,也就是说,在很大程度上,其形式是一种串联着的,由于这种时间具有的那种无变化性,其中的空间在很大程度上可以千变万化,但在一个"传奇时间的他人世界"中存在,在很大程度上,如果我们对维谢洛夫斯基的东西比较清楚的话,我们会发现这些变化与整个时代的大规模的迁移变化有关系,所以从希腊小说等最初的一些形式上,我们可以看到,故事是"展开在非常广阔多样的地理背景上"[②]。比如说在"希腊、波斯、腓尼基、埃及、巴比伦、埃塞俄比亚等等"[③]。我们知道,由于传奇时间特征是由两个点和一系列的空白组成,这两个点实际上是指开头和结束,其中的一系列空白是指中间的变化并没有具有实际意义,而仅仅是在技术上的一种变化:有变化,但对人物没有实质性的影响,这也是比较原初的时空体所具有的性质与特征。

---

①　[俄]巴赫金:《小说理论》,白春仁、晓河译,河北教育出版社1998年版,第290页。

②　同上书,第278页。

③　同上。

实际上，这里的空间，应该说是一种被视为传奇时间完全占据主导位置的空间，完全被传奇时间化是这种空间的性质。

或者我们可以换另外一个角度来理解，这里空间完全可以视为一种多选择或任意选择的空间，在这里，空间本身性质不是十分重要，重要的是它完全可以任意选择，具有多选择性和任意选择增加的性质。尽管我们知道，这里最初是在"希腊、波斯、腓尼基、埃及、巴比伦、埃塞俄比亚等等"地方，但是，我们可以视为其是一种可以自由选择的空间点，这里的空间本身的意义似乎被传奇时间剔除，完全成为一个传奇时间支配下的空间。当然，我们可以看到，这个空间被传奇时间化的一个特点是它有可能成为一个不可能的叙事空间，这个不可能指的是这个空间是现实中不存在的空间，当故事在这个空间发生的时候，我们反复离开了日常生活，正如巴赫金所说这里的时空体是一个"传奇时间中的他人世界"①。

但是，在这里巴赫金所提出的"基本情节的公式便是如此"，则是在一个很大程度上给所有的希腊传奇小说类型给出了传奇小说脚本，如果我们说去餐馆有其脚本的话，那么在写小说层面或者创作层面，也是有其脚本，但是，伟大的作家在很大程度上都是在某种或边缘、冷门或热门、重要的文学传统的发展者，都是一种在继承基础上的创新者。

应该说，这个传奇小说的最重要的意义，就是其中可以随意增加的时间和空间组织形式，这个时间和空间的组织形式，从汇集角度上看，是一个无论加了多少，其集合指向的时间维度为零的集合，或者说我们知道，这种时间和空间的集合的特点，就是可以在其中加任何的时间和空间，加任何的中间情节，但是，其中的意义并没有改变，这就是传奇小说的整个特征。我们看到，这种传奇小说的时间组织形式至今依旧有其时代的意义。

我们知道，这里的人物，在很大程度上，笔者觉得可以用几个动作来限定，正如我们知道，人物的动作与行为在小说中，成为一个动词，成为一个行动，这个行动最终成为情节的最主要驱动，成为一个第二层面时间

---

① ［俄］巴赫金：《小说理论》，白春仁、晓河译，河北教育出版社 1998 年版，第 279 页。

性的关键点，这个动作实际上是迁移与相认，其中当然存在着一些外在因素，这些因素就是阻碍，阻碍与迁移造成了空间的技术性。需要指出的，关于这个问题，其实我们可以看出维谢洛夫斯基对巴赫金的影响的，巴赫金以一种奇特的方式承认这种时空体的历史性，只有我们看过维谢洛夫斯基的著作的才能会心一笑，看出其中的对话，在巴赫金看来，传奇小说有两点是有意义的，这两点就是开始的一点和结束的一点，"这两个点（这是情节术语），是主人公生活中最重要的事件。它们本身具有传记的意义"。① 巴赫金认为如果说经过奇遇和考验之后，主人公获得了新的品格，变得更成熟了，这已经是很晚之后的欧洲小说了，因为这些都已经是传记意义上的情节或者说时空体。这里虽是一个简单的变化，但是在时间的发展上，确是非常艰难的过程。维谢洛夫斯基非常清楚地说道："他们在中世纪小说中的相逢已成为一种引人入胜的图式，成为诗歌发展的一种条件，然而在根本上它们反映了实际事实：或许是大规模的各民族混居和迁移的时代的抢婚习俗，这种迁移使亲人们生离死别，相距天涯海角。由此也就产生了希腊小说中在亚历山大王朝的广阔前景下的各种相认的因素，以及众所周知的关于父子兵戎相见的传说故事。"② 巴赫金将其中的相关情节的认识如爱情的情节，归纳为"初识、突然钟情、相思"③，阻碍的情节，巴赫金说是其他情节，有"海浪、轮船遇险、战争、抢人"④，当然还有相逢的关键因素，如"认出故人"⑤。当然，我们没有想到，这种历史的记忆是如此深刻，它通过这种希腊"爱情小说"的创造，在之后的各类小说中不断地出现，巴赫金曾经说的体裁的记忆，在希腊小说的传奇时间上，大概体现得最为神奇，这也许反映了人类对自古以来的迁移的历史认知吧。

如果从一个传统的角度上看，我们很清楚地看到巴赫金对维谢洛夫斯

---

① ［俄］巴赫金：《小说理论》，白春仁、晓河译，河北教育出版社1998年版，第279页。
② ［俄］维谢洛夫斯基：《历史诗学》，刘宁译，百花文艺出版社2002年版，第52—53页。
③ ［俄］巴赫金：《小说理论》，白春仁、晓河译，河北教育出版社1998年版，第278页。
④ 同上。
⑤ 同上书，第279页。

基的发展。传奇时间实际上是对男女主人公毫无影响的一个时间，当然，我们这里说的是毫无影响指的是变化上面，因为，"男女主人公之恋从开始就无可怀疑，在小说的整个过程中绝对地毫无变化；两人都保持了童贞；结尾的成婚同小说开头的一见钟情直接呼应，似乎在这两者之间什么都没有发生，似乎婚礼是在相识的第二天大功告成"①。当然，我们可以看到，吊诡的是，这些叙事对象似乎需要在一个相互的关系中才能确定相互之间的关系。在这种传奇时间中，除去前后两个点，其内部实际上是一系列的空白，当然，这是比较极端的说法，更为准确地说，"它是由一系列短暂的与各次奇遇相对应的时光组合而成的"②。在这里，各次奇遇看起来非常精彩，但是对主人公一点都没有什么实质上的影响，其最主要的特点是体现一种外在的变化，主人公依旧是光彩如初，所以说这是一种空白，当然，如果我们更好地理解并更进一步地发展维谢洛夫斯基的研究的话，我们可以认为这是一种对当时民族大迁移中大量的分别、再会中祈求人永恒不定的一种时间上的祈求，一种人依旧如新的祈求，这部分就是背后的某种社会心理表征。当然，这些一系列的空白之间，需要一些衔接时间或者说转折时间，传奇时间是怎样衔接起来的呢？它是通过"特殊的'突然间'和'无巧不成书'相互交错组织起来"③。

所以，我们很能理解其中巴赫金对其中人的问题的评价，首先，他是在批评维度上来看待这个问题的，巴赫金认为，这个人缺乏发展性，我们已经在上面看到了，巴赫金对于发展的维度是非常重视的，巴赫金认为，"十分明显，在这样的时间里人只能是绝对消极的，绝对不变的"④。因为这里的人是被迫迁移或者说被迫移动的，这无疑是一个非常狼狈的形象，但是，在另一个意义上，我们可以看到，巴赫金的另一个层面上的肯定，巴赫金认为："诚然，他在自己的生活中是完全消极的，左右他的是'命运'，但他承受住了命运的摆布。岂只承受住了，而且保全了自己；经受

---

① ［俄］巴赫金：《小说理论》，白春仁、晓河译，河北教育出版社1998年版，第279页。
② 同上书，第282页。
③ 同上。
④ 同上书，第296页。

命运的捉弄，经受命运和机遇的波折险恶，竟能绝对完好如初，毫无改变。"① 正是在这个意义上，我们才能建立起一种完整的传奇小说，才能构建起传奇时间支配下，他人世界与这个经受住命运摆布的人组成的叙事情境。

在这种时间形式中，如果我们转换成图式理论的话语的话，也就是我们对希腊小说的时空方面的历史认知结构，换言之，就是时空方面的历史性图式，实际上已经达到了很高的水平，在巴赫金看来，在此之后，纯粹传奇小说在其之后，基本上没有做出重要的进展。

我们如果从一个认知的角度看其小说亚类型的发展，分析其中的类型脚本，换言之，就是其中某种类型的母本，这个母本是归纳性的，在这个母本背后是某种社会心理表征和文学传统表征，这样的话，似乎能很好地将文学类型与比较的问题解决一些，因为我们知道关于文学可比性的模型，尤其是一个容纳同和异的结构类型，一直是一个难题，事实上，巴赫金通过认知的方法，解决了这个问题。

巴赫金所归纳的第一条谱系传承的族系，是从传奇小说到骑士小说。

在骑士小说中，这里的时间和空间的联系是由某种外在的技术性的因素决定的："这里我所见的，也是不用事物的那种偶然共时性和异时性，也是那种远近的运用，也是那种卖关系的延缓法。"② 偶然的是说明其情节不是必然的，带有很多随意选择性，这一点是传奇小说时间的最大特点。应该说，这是巴赫金对其谱系的一种认识，一种确认，但是，我们知道，历史语言学最为擅长的就是他们善于从一个变异的视角来看待这个问题，所以，在同的基础上，也有很多异的地方。

骑士小说中，有变化的一个特点是，它更奇特了，"在骑士小说里，这样的'突然间'似乎变成了正常的事，成为某种决定一切的因素、几乎是司空见惯的因素。整个世界变得很奇特，而奇特本身变成了常轨（还继续表现着奇特）"③。如果说希腊小说中试图恢复规律性，有更多的

---

① ［俄］巴赫金：《小说理论》，白春仁、晓河译，河北教育出版社1998年版，第297页。

② 同上书，第346页。

③ 同上书，第347页。

现实维度的话，那么在骑士小说中，整个世界和时间都被奇特化了。另外，在这里，机遇问题的认知化、图式化也有着和希腊小说不一样的地方，"这里的机遇则有着奇特和神秘的巨大吸引力，机遇人格化而体现为或善或恶的美女形象，或善或恶的魔法师形象，在迷人的树丛里和阁楼里伺伏"①。也就是说，在机遇的题材选择上，有着不同于希腊小说的地方。骑士小说产生第二个变化的特点是，"这个奇特的世界正建立功勋"②，也就说，在其中的主要的动词产生了变化，这里的变化实际上蕴含着不一样的社会心理表征，此时的骑士小说寻找着功勋恰是当时社会的一种普遍情绪的表现，在这个意义上，巴赫金认为，骑士小说的这一点，比较多地靠近史诗，换言之，巴赫金认为骑士小说主要的类型是近于希腊小说的，但是，其中有些因素似乎靠近史诗，但是，从其论述上，他认为骑士小说，最根本的还是从形态学中归入史诗。最后一点，也就是这里的空间是完完全全奇异化了或者说是功勋化了，"主人公从一个国家转到另一国家，与不同君主见面，涉洋渡海。但不管到了什么地方，世界却是统一的，到处都尊崇同一种荣誉，对功勋和耻辱都有相同的认识；主人公能够在整个这一世界里赞扬自己和别人；到处颂赞的都是同一些光荣的名字"③。而这里的主人公则同样是空间化了，他的一切都变得奇特了，当然巴赫金没有提到功勋化问题，按照他论述的一些推论，我们应该认为，其主人公也被功勋化了，他们也同样追求功勋，所以，这个小说的时空体可以视为传奇时间里的奇特世界。

　　巴赫金的历史类型学是这样展开的，从归纳的角度上看，他主要先对最初的一些小说萌芽进行脚本、认知图式与社会心理表征进行归纳，在类型与影响的基础上，对后面的一些小说进行论述，通过源与流的关系，展现西方小说关系，这里即强调了共性，也突出了差异，而深刻的洞见及详细分类的方法，则使得其的横的方面具有很大的概括力。

　　巴赫金是在历史谱系的视角中来看待时空体的，在早期，一些最初的

---

① ［俄］巴赫金：《小说理论》，白春仁、晓河译，河北教育出版社 1998 年版，第 348 页。
② 同上。
③ 同上书，第 349 页。

叙事情境类型，从后来者的眼中，就是一种混杂交叉的情况，巴赫金所讨论的传奇世俗小说就是如此，在这里，我们需要谈论的是一种混杂的情况，一般而言，我们希望能剥离出传奇小说的部分，讨论其中的世俗时间问题，当然需要指出的是，这里的话不是简单的传奇时间和世俗时间的相加，或者说传奇型叙事情境和世俗型叙事情境的相加，实际上是一种混杂的情况，尽管，其中的世俗型叙事情境在后世发展出了更为广阔的族系。

应该说传奇世俗小说中依旧保持着传奇小说的某些特征，可以归入这个谱系，但是，在这个传奇世俗小说中，却发展出了最为重要的与世俗生活有关的小说谱系。所以，从传奇小说到传奇世俗小说再到与世俗小说有关的小说谱系，是巴赫金归纳的第二条小说亚类型谱系。

传奇世俗小说表现一种特殊的世俗型叙事框架，其主要的特点有以下几点，从其空间上看，其虽然依旧具有某种转换中的可选择性，从其与传奇小说的差别来看，"人的生活道路（指其基本的转折关头）同他的实际的空间旅程即他的流浪，融合到了一起"①。也就是说，我们在希腊小说的传奇型叙事框架中看到的他人的世界，在这里变得踏踏实实了，成为世俗世界的一个部分，尽管，其依旧带有传奇叙事框架中的不可能世界的部分，但是，这个部分，在很大程度上，更多地变为一个生活的道路的一个新奇的部分，所以在这里的空间，是世俗化了，看起来格格不入的东西，被这个生活的道路同化了。而这里人在空间的移动，虽然依旧带有很多可以插入的部分和环境，但是与传奇空间已经是完全不一样了，"空间充满实在的生活意义，变得对主人公及其命运至关重要"②。也就是说，这一切与现实世界结合在一起。

这里的时间，是在与人的关系凸显出来的，尽管在小说中的许多设定，"使在这时空体中广阔展现日常生活成为可能"③。但是，这里的话依旧具有很多"超日常生活的非常的事变"④。这个事变是由生活的非常事

①　［俄］巴赫金：《小说理论》，白春仁、晓河译，河北教育出版社1998年版，第313页。
②　同上书，第314页。
③　同上书，第313页。
④　同上。

件组成的，实际上，在这里是穿插在日常生活和超日常生活的非常事变之中，更为重要的是，这里的人物形象，常常使处于生活边缘的人，正是这样的人物，使得日常生活的展现变得更为有可能。这里的日常生活，在很多时候，是属于那些私人领域的私下的生活。

这里的最主要的一个动词是蜕变，但是，这里的蜕变是与统一结合在一起的，这里的统一实际上指的是这些小说的主要人物，在蜕变也就是一般的变形之后，重新变回人的过程，但是，这里巴赫金试图用统一将之更为普遍化了，这似乎是为了以后的一些研究做一些接口，不过不管是不是为巴赫金自己的研究做了接口，这都是巴赫金为自己的诗学更具阐释性而展开的工作，是一种巴赫金式的方法。从这个蜕变思想的认知语境上来看，巴赫金对之的价值评定是比较高的，巴赫金认为："在蜕变（变形）的神话外壳中，包含着发展的思想，而且不是直线的发展，是跳跃的发展，带有跳跃的集结点；于是也就包含这时间流动的某种特定形式。不过这一发展的思想，内容十分复杂，所以才引发出来不同类型的时间序列。"① 实际上，巴赫金的意思就是说，这个动作，在某种程度上，为涉及这个题材的作者限定了一个大的某种特定的形式，尽管其中会引发出不同类型的时间序列，"但在所有这些区别之后，却保存了系谱形成过程的统一、历史过程的统一、大自然的统一、农事活动的统一"②。但是，具体到传奇世俗小说中，"蜕变成了理解和描绘脱离开宇宙和历史整体的个别人命运的形式。但即或如此，特别是借助于直接的民间文学传统的影响，蜕变思想还保持着足够的力量，足以把握住人的生活命运的整体，以及这一命运中基本的转折关头。这一点恰恰是蜕变思想在小说体裁中的意义所在"③。而这一点决定了在阿普列乌斯情节中不是完整的传记生活，而是描写其中几个点，这几个点相对而言具有蜕变的特征。比如说，"阿普列乌斯在情节主线中写出了三个鲁巧的形象：变驴前的鲁巧、驴行的鲁

---

① ［俄］巴赫金：《小说理论》，白春仁、晓河译，河北教育出版社 1998 年版，第 305 页。
② 同上书，第 306 页。
③ 同上书，第 307 页。

巧、得到宗教神秘剧似的净化和新生的鲁巧。"① 应该说，这是在世俗时间意义上的，但是，我们知道，这里的时间形式具有双重性，也就是巴赫金所说的传奇世俗小说，在这里蕴含着传奇小说的时间形式，这是巴赫金独特的复合型的思维，巴赫金在文中是这样认为，"可与此同时，它又是传奇时间，"② 也就是说，这些事件是受机遇决定的，但是，这两个时间形式是有什么关系呢？应该说，在很大程度上，世俗时间占据了主要的位置，"这个机遇的逻辑在这里要服从另一个涵盖它的最高的逻辑"③。概括说来，"传奇序列连同它的偶然性，在这里完全服从于一个涵盖它、阐释它的序列：过错—惩罚—赎罪—幸福"④。也就是说，被一种具有世俗气息的时间序列所支配。所以在这里时间和空间在这个意义上已经结合为一种"人生道路"，这里的"人生道路"不再是他人的世界，而是自身的人生道路，但是，这个人生道路，似乎总是在边缘，虽然使"展现日常生活成为可能"⑤，"不过这个生活可以说处于道路的旁边"⑥，也就是说处于生活的边缘上。

　　在传奇世俗小说的谱系上，巴赫金是将 17 世纪、18 世纪的一些小说视为传奇世俗小说的最重要的有关系的后来者。

　　从比较或者类型学的视角上，我们看到的首先是一个动作系统，这个动作系统可以被视为一个词汇语法系统，这个动作就是窥视和偷听，而且常常是窥视和偷听私人生活的，"正是为了窥视和偷听私人生活，鲁巧变驴的地位才是特别有利的。因此这种地位便成为一个传统，我们在其后的小说史上见过它的各种各样的变体。由人到驴的蜕变，恰好就是留传下来的一种处理主人公的特殊方法，即让主人公在私人日常生活里做'第三者'，使他能够窥视和偷听"⑦。也就是说，这里的日常生活，必须要让生

①　[俄] 巴赫金：《小说理论》，白春仁、晓河译，河北教育出版社 1998 年版，第 308 页。
②　同上书，第 309 页。
③　同上。
④　同上书，第 311 页。
⑤　同上书，第 314 页。
⑥　同上。
⑦　同上书，第 318 页。

活边缘的人来看待它，而这个日常生活，必须是私人的，才有窥视和偷听的价值，而这里安排的叙事者和主要人物，比如说骗子和冒险家，就常常具有这样的优势，我们知道，人物有时会卷进叙事进程中，他必须到其社会规约化的日常生活之中，所以会卷入到他们那些边缘的生活，隐含着边缘的视角，巴赫金认为："骗子和冒险家的写法，就是这样处理的；他们内在地都不参予日常生活，在日常生活中没有确认的固定位置，同时却又经历这个生活，被迫研究这个生活的内幕，它的一切隐蔽的动机。"① 除了这些，还有仆人，仆人是主人生活的窥探者，是主人联系最为紧密的人，能够窥探他的主人，但却是在一个外在的位置上，有许多便利，这就使得私人生活在仆人的眼中，能够一览无遗了。所以巴赫金讲得很清楚："仆人是特殊形之于外的对私人生活世界的一种视点；离开他，私人生活的文学就无法存在。"② 除了仆人，巴赫金还谈到了妓女和交际花，这也是在第三者意义上出现的，但是，我们可以看到，巴赫金对之的论述并不多，实际上，我们不必猎奇，巴赫金确实是很严肃地讨论这个问题，他所关注的是第三者位置，这些边缘人。除了妓女、交际花和拉皮条的人之外，巴赫金还论述了暴发户，暴发户处于一个急速上升但却是非常不稳定的位置上，"这样一种地位就促使他们研究这个私人生活，揭示它隐蔽的内幕，窥视和偷听它隐藏最深的秘密"③。也就是说，暴发户或者说新贵占据的位置似乎最为有利，一方面他们的暴发的特征使得他们的位置还不是很稳，也就是说，各种类型的私人生活都切入不深，是各种层面私人生活的边缘切入者；但另一方面，他们急速上升的位置可以使得他们可以接触到各个层面上的人物，在这个意义上，他们能接触的人物面比起妓女和交际花，可能会更广一些，当然，仆人能随着主人接触到很多层面，但是，我们看到，相对而言，暴发户能登堂入室，仆人有时只能在门外。巴赫金所述的这些第三者，"骗子、流浪者、仆人、冒险家、暴发户、演

---

① ［俄］巴赫金：《小说理论》，白春仁、晓河译，河北教育出版社1998年版，第318页。

② 同上书，第319页。

③ 同上。

员"①，实际上不如说其是边缘者或者边缘人，尽管在很大程度上，我们看到暴发户是如同炮弹打进那些坚固的堡垒的人，但是，在时间和位置上，他们常常是短暂地停留在生活的边缘上。需要指出的是，这里确实存在着各种蜕变因素，这些因素确实是某种变形："骗子改变着角色和面具，穷人变成了富翁，无家可归的流浪汉变成了富有的贵族，强盗和小偷变成了忏悔的慈悲的基督徒，如此等等。"② 看起来，这里确实存在着某些叙事语法，或者说某种形式的组织结构，这些结构，是我们所常常忽略的。

巴赫金所归纳的第三种小说亚类型谱系，则是传记到歌德的教育小说等具有成长特点的小说类型。

如果说传奇时间是一种没有变化的时间，传奇世俗小说的时间是一种蜕变与危机与生活道路相互混杂的时间，传记小说时间则是一种更新的时间，是主人公经历了自己生活道路的时间。显然，在其中，体现着巴赫金的某种价值判断，这就是将"发展""新"视为某种更高的价值。巴赫金在这么多的传记和自传中，选取了两类重要的类型作为论述的重点，第一个暂时被其称为"柏拉图型"。

这里的时间与空间，可以称为"寻找真知者的生活道路"，这里的动词，主要是寻找与追求，而且是寻找真的知识，这里的情节是通过自认为无知的寻找者来实现的，通过自省，走到真的认识的道路上。应该说，这里的指向十分明显，指的就是柏拉图的著作，包括著名的《宴饮篇》和《斐德罗篇》等，考虑到柏拉图与阿里斯多芬之间的文学渊源，巴赫金将之视为一种文学传统，并不出人意料，出人意料的是他在文学传统中将柏拉图所构建的人的形象以及相关的情节，视为一种历史认知类型了，通过这个历史上最早出现的情节，也就是追求人的真知的情节，巴赫金试图将许多成长小说以及知识分子小说，尤其是追求真的认识的小说推到古希腊罗马时期。在这一点上，我们看到了历史诗学善于在文学传统的支流中寻找许多问题的解决点的方法。需要指出的是，巴赫金认为："柏拉图的模

---

① ［俄］巴赫金：《小说理论》，白春仁、晓河译，河北教育出版社 1998 年版，第 320 页。

② 同上书，第 320 页。

式中，也还含有危机和蜕化的因素"①，有其"神话和宗族神秘剧的基础"②，所以这里还是有很多旧的因素。

巴赫金认为传记和自传的第二种形式，是雄辩体的自传和传记，在这里巴赫金提出了"内在的时空体（即所描绘生活的时间与空间）"③ 与"外部的现实的时空体"④ 之分，巴赫金认为这个现实的时空体，在这里，最能代表与雄辩术等相关的，是广场，如果我们仔细看其逻辑，实际上这里涉及的也仅仅是广场中的某一个点，这个点就是自我赞扬，而且是在公开场合自我赞扬，应该说这种自我夸耀正是自传的基础，但是，这种自传，是广场的，实际上是进入公共领域的，巴赫金在这里涉及很多外在的与内在的问题，在这个意义上，他确实偏题了，如果我们对之进行推论的话，应该是什么样子的？

这里的主要动词主要是夸耀或者说是称赞，但是，这里涉及的是一个外在的时空体，实际上是一个外部的情境，这一点在情境理论中也涉及，这里主要是表达一种在广场中的夸耀（夸他或自夸）。而这里的人，则完全外在化了，巴赫金认为："无语的内心生活，无语的悲痛，无语的思索，这同希腊人是格格不入的。所有这一切（即整个内在的生活）只有形之于外，获得有声的或可见的形式才能够存在。"⑤ 所以，巴赫金认为，如奥古斯丁的忏悔录，都不能默读，而要发出声音来，或者说，是需要通过口头媒介把它表现出来，巴赫金这段话看似有些极端，但是，如果我们涉及媒介问题的话，我们会发现，他还是很有依据的，这里所说的默读，实际上在是在出版媒介盛行之后普遍的。所以，"人的本身没有任何听不到、看不见的核心，因为他整个是可以看见可以听到的，整个是外向的"⑥。应该是在这个意义上来理解的，可以说，这是一个综合考虑的，而不是单单一个考虑，但是，我们看到的，尽管巴赫金是以广场的问题来

---

① ［俄］巴赫金：《小说理论》，白春仁、晓河译，河北教育出版社 1998 年版，第 325 页。

② 同上。

③ 同上。

④ 同上。

⑤ 同上书，第 328 页。

⑥ 同上。

解决的，实际上，他是隐含了媒介问题的，是符合当时实际的。（这里是涉及语境问题了）

除了广场之外，这里的雄辩体还采用了第二种现实的时空体，这里是罗马家庭，在巴赫金看来，这里的时空体依旧有着其特殊的公共性质，巴赫金认为："罗马家庭作为家庭，是同国家直接融为一体的。"① 在这个意义上，家与国在某种程度上是统一的。这里的一个关键的动作是 prodigia 即命运的种种预兆的显现，这种显现—预示已经被当时充分的草案化了、被认知化了。因为它与幸福这个范畴联系在了一起，更进一步说，是被图式化和社会心理表征化了，所以巴赫金这样论述："prodigia 是国家命运的标志，给它预示着幸福或灾难。这种标志由此又转移到统治者或统帅的个人身上，因为他们的命运同国家命运密不可分；这种标志同他们个人命运的标志结合了起来。于是出现了手气好的统治者（苏拉），福星的统治者（凯撒）。"② 这种从个人之福到家庭之福再到国家之福的过程中，似乎是自然的。应该说，巴赫金还论述了这种类型下的许多子类，但是，以上两个原则是更为普遍的，占据主要位置的组织原则。

巴赫金的许多研究维度，是为了自己的个案研究而做的，这里对传记小说的类型的研究也是如此。

在很大程度上，巴赫金是将个案视为一种变异，在巴赫金看来，伟大的作家总是传统的，是有历史认知的基础的。所以，在很大程度上，巴赫金似乎一直在为伟大的作家的创新寻找传统，这是历史语言学的一个假设，历史语言学认为，所有的变异都是有其历史解释的。

正如我们在上面看到，巴赫金是有着历史眼光的，这里的传记小说谱系，巴赫金是从希腊开始，其最终的目的是为了使我们理解歌德，歌德的教育小说充满着成长和自传成分，而且，这种自传是完全外在性的，所以巴赫金认为："完全在另一种基础上复现古希腊罗马的完整性和外在性，是歌德做出的。"③ 应该说，在这一点上，巴赫金是有其洞见的，歌德的

① ［俄］巴赫金：《小说理论》，白春仁、晓河译，河北教育出版社 1998 年版，第 332 页。

② 同上书，第 333 页。

③ 同上书，第 330 页。

小说中不仅充满着希腊传记中的各种因素，从整个叙事情境看，也是有其相符之处，它们都是面对着公众发言的私人言说，而且是言说自己，其中的许多认知因素，确实在一代代的认知过程中留传下来，如其注重"关于自己的著述"等创作性自传形式，应该说，歌德在这一点上，将其传统发扬到了顶点。

巴赫金归纳的第四种小说亚类型谱系，是通过"田园诗时空体形式"对地方乡土小说的影响、对田园诗瓦解主题的影响、对感伤小说的影响、对家庭小说和家族小说的影响，以及通过对来自民间人物的其他小说类型的影响形成的。正如巴赫金所说："田园诗对现代小说发展的影响，表现在五个基本方面：一、田园诗、田园诗时间和田园诗毗邻关系，对地方乡土小说的影响；二、歌德的教育小说和斯特恩式小说（吉佩利、让·保罗）中田园诗瓦解的主题；三、田园诗对卢梭式感伤小说的影响；四、田园诗对家庭小说和家族小说的影响；五、田园诗对各种类型小说的影响（小说中'来自民间的人物'）。"① 需要指出的是，越到后来，这些叙事框架与认知越为复杂，巴赫金甚至考虑一些具体的小的时空体的问题，而不是最初的集中在大的时空体类型了。

田园诗时空体有很多不同，就具体的论述对象来说，巴赫金主要论述以下几种类型："爱情田园诗（基本形式是牧歌）、农事劳动田园诗、手工业田园诗、家庭田园诗。除了这些纯粹的类型之外，还异常普遍地利用混合型，其中有一种因素（爱情田园诗、劳动田园诗或家庭田园诗）占着主导地位。"② 不过，不管它们是有多少不同，但它们还是有许多共同点，共同点有以下几点。

"首先表现在田园诗里时间同空间保持着一种特殊的关系"③，巴赫金认为是一种固有的附着性和黏合性，这里的表述应该还是有一定问题的，实际上事件和空间地点都是有其黏合性，真正区别的是，这种特有的题材词汇的认知类型化，"田园诗的生活和生活事件，脱离不开祖辈居住过、

---

① ［俄］巴赫金：《小说理论》，白春仁、晓河译，河北教育出版社 1998 年版，第 428—429 页。
② 同上书，第 424 页。
③ 同上书，第 425 页。

儿孙也将居住的这一角具体的空间。这个不大的空间世界，受到局限而能自足，同其余地方、其余世界没有什么重要的联系。然而在这有限的空间世界里，世代相传的局限性的生活却会是无限的绵长"①。在这里，巴赫金实际上是强调其中的词汇语法组合法则，也就是，题材是如何认知化，更进一步来说是图式化的过程。

其次，"田园诗的另一特点，是它的内容仅仅严格局限于为数不多的基本的生活事实"②。但是，我们看到，这些都是一些题材方面的描述，还没有对之进行进一步的图式化，应该说，巴赫金提出了两点对之进行补充，尽管，在很大程度上，巴赫金似乎并没有对自己的理论运思理路进行一种进一步的归纳和提炼，实际上，我们看到的是，巴赫金提到的是题材的图式化，第一点是"它们在狭窄的田园诗世界里相互接近起来，之间不存在截然的对立，都具有同等的价值（至少是努力要做到具有同等的价值）"③。这看起来似乎是比较难以理解，实际上指的是其中的价值上的一种安排，另一句话或者说另一个补充增加了巴赫金对我们的说服力，巴赫金认为："所有这一切基本的生活事实，在田园诗中并不出现在赤裸裸的现实主义面孔（如彼特罗尼乌斯作品那样），而是表现于冲淡的、在一定程度上升华了的形式中。"④ 也就是说这里的一切似乎被自然化了，实际上，我们觉得，在这个意义上，巴赫金所讲的第三个特点似乎有一些多余，更多地像是第二个特点同一个层面的补充。

巴赫金归纳的第五种类型是民间文学时空体到拉伯雷小说。由于关于拉伯雷和民间文学时空体的论述在关于狂欢化研究涉及较多，读者也比较熟悉，巴赫金是在民间文学时间主导的谱系中来论述拉伯雷的，鉴于关于拉伯雷的相关论述，我们已经在上面非常清楚地论述过了，所以，我们对这个问题的分析，不再赘述。还是暂时省略，我们试图从另一个分享了民间文学时间形式的田园诗时空体中来论述这个问题，试图从区别或者说差

---

① ［俄］巴赫金：《小说理论》，白春仁、晓河译，河北教育出版社1998年版，第425页。
② 同上。
③ 同上。
④ 同上书，第426页。

异来分析这个问题。在更大的范围中，拉伯雷是属于这个谱系的，但是，我们看到的是，拉伯雷与这里有着强烈的不同的地方，主要是在拉伯雷的小说里"具有决定意义的是笑"①。

按照巴赫金的思考结果，我们将其小说谱系展示（见图3）。

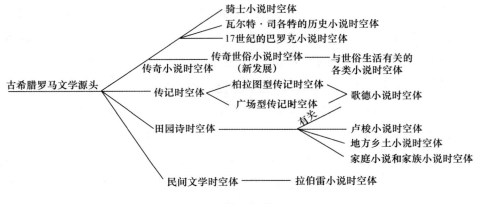

图3 西方小说时空体历史谱系

应该说，巴赫金通过对历史诗学的继承，将源头小说族系与后世的相关小说之间的类型与影响关系，在一个融汇的视野中，描述得比较清楚。他的相关研究是在一个认知的基础上进行的，更准确地说，是在一个历史认知论基础上，综合各个方面，提出的一个方案，相关的研究可能会存在着许多的空白，但是却是非常重要的综合方案，而且是符合文学实际的综合方案。

---

① ［俄］巴赫金：《小说理论》，白春仁、晓河译，河北教育出版社1998年版，第436页。

结　　论

　　我们从理论史中被遗忘的一段出发，基于一种转化思维，构建了一个历史认知叙事学。在第二章中，我们论述了转化所必需的三个衔接点。这三个衔接点，其实是基于历史比较基础上的类三角形相互咬合系统。从衔接点出发，我们在第三章是论述时空体的规则层面，这部分主要是通过叙事语法与叙事语义交叉的角度来看待的；第四章则是时空体的"肉身"层面，是从语境、语法及语义交叉的层面来论述的。在第五章则是将这种历史认知叙事学的整体面貌全盘展示出来。这个漫长地，持续了将近9年的工作终于告一段落。

　　我们上面得出以下结论：

　　（1）通过对较长时间存在于叙事学领域，但是，一直没有得到进一步研究的"时空体"这个概念的深入研究基础上，通过对这个概念进一步叙事学化与传统的追溯，我们将经典叙事学与后经典叙事学的源头回溯到历史诗学。

　　叙事学，尤其是在一个历史认知叙事学视野中，语境叙事学与形式叙事学是相关的，是"互相需要彼此的"，换言之，在一个历史认知科学中，叙事语义与叙事形式、叙事语境是密切相关的。

　　我们将这种历史与形式交互研究的基础奠基于人与环境的交互论上，并且认为，恰是在人与环境的交互生成哲学层面上，历史与形式的问题才得以正确地进入。

　　（2）尽管由于"形式"概念的复杂性与多义性，我们说"形式"与语义和语境都是有联系的，可能会显得武断。

但在一个认知视野，尤其是历史认知叙事学的视域中，时空体第一层面叙事情境抽象层中实际上设定了一个词汇语法系统，通过语法映射与语法整合，也就是通过发展词汇语法系统的过程，时空体从词汇语法系统在形式层面上得到了映射。

具体说来，就是时空体在理论论述的实际操作层面，搭建了时空、人、动作三个词汇语法位，通过语法化，也就是多次映射与整合，最终构成了其中时空体形式与时间形式。特别需要指出的是，我们在研究过程中，进一步认为在初步的映射与整合过程中，事件型类成为一个确定语义比较重要的结构整合项，在语法化过程中起着很重要的作用，换言之，不是时空、人、动作三项，而是时空、人、动作、事件四项才确定其中的意义与形式的类型。

（3）在认知语境、语法、语义的交界面，笔者重构了时空体所隐含的所述情境与说话语境的视角，这个视角是来自时空体理论的设定，并且找到了语言学和逻辑学和哲学方面的依据。

具体说来，在认知框架中揭示时空体理论中的情境、脚本、图式和社会心理表征问题。对长期困扰我们的一个难题，形式与历史之间的研究如何交叉的学理基础及具体论证，给出了一个解释，通过说话语境和所述语境的结合，"叙"与"事"构成了一个转换界面，在这个界面中，"叙"中不可避免地受到"事"的影响，而"事"则被"叙"所塑形。

（4）除此之外，我们还有一些比较重要的推论，笔者在转化过程中，笔者厘清了时空的三层含义，所谓"空间叙事"，如果能存在，并不是说空间问题本身就天然具有进入叙事学领域的合法性——因为叙事必须以事件的叙述为中心——而是因为在不断地形式化过程中，叙事对象、叙事形式及最终的叙事语境，是在不断地进行映射与重组、不断地相互交互，应该说，这种内在的关联是潜在认知的，可以说，笔者试图在这个意义上，奠定"空间叙事"的合法性基础。

另外，我们还认为叙事题材，在本质上，都是认知化了的，在某种程度上，呈现在我们面前的，都是被我们形式化了的题材，抽象题材并不能说没有作用，但是，依靠这种抽象的题材，我们不能深入到文学的研究深处。

（5）笔者构建了一个历史比较认知叙事学，这是谭君强先生之后的第二个比较叙事学模型，当然，我们是在巴赫金时空体理论基础上进行的改造，由于这个理论具有很强的应用性，所以，它所开拓的批评空间非常值得期待。

在这里，如果说有什么不足的话，我们发现，笔者侧重解决理论的问题，而历史认知叙事学在各个领域的应用依旧未得到进一步拓展，比如19世纪以来的时空体问题，在经过十年之后，依旧没有进一步地得到研究，也许我们的相关研究可以在历史认知叙事学的视野中进一步拓展，许多文学批评实践方面的重要的领域，需要我们给予注意，以某个领域的历史认知叙事学研究为题的选题也可深入地做下去。

在研究中，我们时空体叙事学化的过程中，产生了很多系列理论思考，似乎可以沿着其中的许多路径向前，但是，我们发现，这似乎已经溢出了时空体理论叙事学化的范围，而是属于另一些研究领域的内容，所以，没有将之包括在本研究范围中。

比如，我们一般认为叙事与描绘及议论是有差别的，但我们很少关注其中的一些联系，实际上，在研究过程中，我们在理论上已经潜在地牵扯到叙事与描绘与论证之间的关系。

在诗学表述中，描绘有其非常重要的作用，而论述中的隐喻性的事件结构，则使我们在很大程度上可以更进一步分析叙事与议论关系。因此，叙事研究过程中，无法离开描绘问题，而作为议论的某种原型，这就是辨别、定位，也是时刻与叙事联系在一起的。但是，要进一步解决这个问题，需要我们之后对这些问题进行更为长期的思考。

应该说，我们已经在其中尽了最大的力气来做了一个历史认知叙事学搭建工作，并且试图在这个过程中解答某些理论难题，但笔者深知相关问题的复杂与个人能力的限度，希望能得到诸位师长的批评与指正。

参考文献

一、中文论著

［古罗马］奥古斯丁:《忏悔录》,周士良译,商务印书馆 1963 年版。

［俄］巴赫金:《诗学与访谈》,白春仁、顾亚玲等译,河北教育出版社 1998 年版。

［俄］巴赫金:《小说理论》,白春仁、晓河译,河北教育出版社 1998 年版。

［俄］巴赫金:《哲学美学》,晓河、贾泽林、张杰等译,河北教育出版社 1998 年版。

［俄］巴赫金:《周边集》,李辉凡、张捷、张杰等译,河北教育出版社 1998 年版。

［俄］巴赫金:《拉伯雷研究》,李兆林、夏忠宪等译,河北教育出版社 1998 年版。

［俄］巴赫金:《文本对话与人文》,白春仁、晓河、周启超等译,河北教育出版社 1998 年版。

［日］北冈诚司:《巴赫金:对话与狂欢》,魏炫译,河北教育出版社 2001 年版。

［法］茨维坦·托多罗夫:《散文诗学》,侯应花译,百花文艺出版社 2011 年版。

［法］茨维坦·托多罗夫:《批评的批评:教育小说》,王东亮、王晨阳译,生活·读书·新知三联书店 2002 年版。

［美］戴维森:《真理、意义与方法》,牟博译,商务印书馆 2008 年版。

［丹麦］裴特生：《十九世纪欧洲语言学史》，钱晋华译，世界图书出版公司 2010 年版。

［俄］弗拉基米尔·雅可夫列维奇·普洛普：《故事形态学》，贾放译，中华书局 2006 年版。

［法］格雷马斯：《结构语义学》，蒋梓桦译，百花文艺出版社 2001 年版。

［美］James Phelan、Peter J. Rabinowitz：《当代叙事理论指南》，申丹、马海良、宁一中等译，北京大学出版社 2007 年版。

［美］杰拉德·普林斯：《叙述学词典》（修订版），乔国强、李孝第译，上海译文出版社 2011 年版。

［美］凯特琳娜·克拉克、迈克尔·霍奎斯特：《米哈伊尔·巴赫金》，语冰译，中国人民大学出版社 2000 年版。

［美］雷纳·韦勒克：《近代文学批评史（1750—1950）》（第 7 卷），杨自伍译，上海译文出版社 2006 年版。

［美］罗伯特·斯科尔斯、詹姆斯·费伦、罗伯特·凯洛格：《叙事的本质》，于雷译，南京大学出版社 2015 年版。

［英］M. A. K. Halliday：《功能语法导论》，彭宣维、赵秀凤、张征等译，外语教学与研究出版社 2010 年版。

［法］M. 普鲁斯特：《追忆似水年华·女囚》，周克希、张小鲁、张寅德译，译林出版社 1989 年版。

［美］乔恩·巴威斯、约翰·佩里：《情境与态度》，贾国恒译，南京大学出版社 2015 年版。

［美］乔纳森·卡勒：《结构主义诗学》，盛宁译，中国社会科学出版社 1991 年版。

［法］热拉尔·热奈特：《叙事话语·新叙事话语》，王文融译，中国社会科学出版社 1990 年版。

［法］热拉尔·热奈特：《转喻》，吴康茹译，漓江出版社 2013 年版。

［英］特里·伊格尔顿：《理论之后》，商正译，商务印书馆 2009 年版。

［英］托·斯·艾略特：《艾略特文学论文集》，李赋宁译，百花洲文艺出版社 1994 年版。

［美］W. C. 布斯：《小说修辞学》，华明、胡苏晓、周宪译，北京大学出版社 1987 年版。

［丹麦］威廉·汤姆逊：《十九世纪末以前的语言学史》，黄振华译，世界图书出版公司 2009 年版。

［俄］维谢洛夫斯基：《历史诗学》，刘宁译，百花文艺出版社 2002 年版。

［挪威］雅各布·卢特：《小说与电影中的叙事》，徐强译，北京大学出版社 2011 年版。

［美］约瑟夫·弗兰克等：《现代小说中的空间形式》，秦林芳译，北京大学出版社 1991 年版。

［美］詹姆斯·费伦：《作为修辞的叙事：技巧、读者、伦理、意识形态》，陈永国译，北京大学出版社 2002 年版。

黄国文、何伟、廖楚燕等：《系统功能语法入门：加的夫模式》，北京大学出版社 2008 年版。

傅修延：《中国叙事学》，北京大学出版社 2015 年版。

胡亚敏：《叙事学》，华中师范大学出版社 2004 年版。

卢小合：《艺术时间诗学与巴赫金的赫罗诺托普理论》，北京大学出版社 2016 年版。

申丹等：《英美小说叙事理论研究》，北京大学出版社 2005 年版。

申丹、王丽亚：《西方叙事学：经典与后经典》，北京大学出版社 2010 年版。

吴安其：《历史语言学》，上海教育出版社 2006 年版。

徐通锵：《历史语言学》，商务印书馆 1996 年版。

张新军：《可能世界叙事学》，苏州大学出版社 2011 年版。

张万敏：《认知叙事学研究：以鲍特鲁西和迪克森的"心理叙事学"为例》，中国社会科学出版社 2012 年版。

赵毅衡：《文学符号学》，中国文联出版公司 1990 年版。

赵毅衡：《广义叙述学》，四川大学出版社 2013 年版。

郑张尚芳：《上古音系》，上海教育出版社 2003 年版。

二、中文期刊

陈良梅：《论叙事情境理论》，《当代外国文学》2005 年第 4 期。

郭泉江、罗思明：《运动事件的概念—语义—句法映射——以英汉 "投掷" 运动事件为例》，《外国语言文学》2011 年第 3 期。

贾放：《普罗普故事学思想与维谢洛夫斯基的 "历史诗学"》，《北京师范大学学报》（人文社会科学版）2006 年第 6 期。

贾国恒：《模态逻辑可能世界与情境》，《学术研究》2007 年第 2 期。

贾国恒：《专名及其逆向信息》，《自然辩证法研究》2008 年第 2 期。

韩晓玲、陈中华：《框架理论及其在话语分析中的应用》，《外语与外语教学》2003 年第 9 期。

胡壮麟：《语法隐喻》，《外语教学与研究》1996 年第 4 期。

黄国文：《系统功能语言学的一个模式：加的夫语法》，《北京科技大学学报》（社会科学版）2008 年第 1 期。

黄裕生：《论奥古斯丁对时间观的变革——拯救现象与捍卫上帝》，《浙江学刊》2005 年第 4 期。

蒋承勇、李安斌：《 "人" 的母题与西方现代价值观——人文主义文学新论》，《文艺研究》2005 年第 12 期。

李可胜：《语言学中的形式语义学》，《中国社会科学院研究生院学报》2009 年第 2 期。

李满亮：《悉尼语法和加的夫语法对英语名词词组研究的比较》，《北京科技大学学报》（社会科学版）2009 年第 1 期。

李勇忠、李春华：《认知语境与概念隐喻》，《外语与外语教学》2001 年第 6 期。

凌建侯：《当代俄罗斯文学问题访谈》，《俄罗斯文艺》2004 年第 2 期。

刘龙根：《 "认知框架" 理论与外语阅读教学》，《外国语文》1988 年第 1 期。

刘森林：《认知语境因素结构化》，《四川外语学院学报》2000 年第 4 期。

牟博：《论亚里士多德的若干关于实体、形式与共相的 "不相容" 论断》，

《哲学研究》1994 年第 12 期。

马大康：《跨越自律性与功利性之间的鸿沟——论萨特的文学艺术虚构观》，《文艺研究》2012 年第 5 期。

马清华：《词汇语法化的动因》，《汉语学习》2003 年第 2 期。

彭建武：《语境研究的新思路——认知语境》，《山东科技大学学报》（社会科学版）2000 年第 1 期。

戚雨村、谢天蔚：《国外社会语言学研究综述》，《现代外国哲学社会科学文摘》1983 年第 5 期。

申丹：《何为"不可靠叙述"?》，《外国文学评论》2006 年第 4 期。

申丹：《叙事结构与认知过程——认知叙事学评析》，《外语与外语教学》2004 年第 9 期。

沈家煊：《"语法化"研究综观》，《外语教学与研究》1994 年第 4 期。

束定芳：《中国认知语言学二十年——回顾与反思》，《现代外语》2009 年第 3 期。

孙毅、陈朗：《概念整合理论与概念隐喻观的系统性对比研究》，《北京第二外国语学院学报》2008 年第 6 期。

谭君强：《比较叙事学："中国叙事学"研究之一途》，《江西社会科学》2010 年第 3 期。

谭君强：《学术史研究及其在学科发展中的意义——以叙事学与比较叙事学为例》，《贵州社会科学》2011 年第 1 期。

童珊：《从传统语境到认知语境——语境理论的动态发展》，《国外理论动态》2009 年第 3 期。

王馥芳：《"语法化"理论和韩礼德的语法隐喻模式》，《山东外语教学》2001 年第 2 期。

王志耕：《基督教与陀思妥耶夫斯基的"历时性"诗学》，《外国文学评论》2001 年第 3 期。

夏忠宪：《俄罗斯著名汉学家李福清访谈录》，《俄罗斯文艺》2000 年第 3 期。

熊学亮：《认知语境的语言学涵义》，《外国语言文学研究》2001 年第

1 期。

徐盛桓、李恬、华鸿燕：《意象建构与句法发生——语法语义接口研究的"用例事件"模式》，《华南理工大学学报》（社会科学版）2014 年第 5 期。

俞洪亮、朱叶秋：《英国现代语言学传统与伦敦学派的发展历程》，《外语教学》2003 年第 1 期。

王寅：《认知语言学和历史语言学的最新发展——历史认知语言学》，《外语教学与研究》2012 年第 6 期。

乌斯宾斯基：《马把舒申科带到另一个国度》，《俄罗斯文艺》2007 年第 2 期。

扎哈罗夫：《作为历史诗学问题的时空体》，《俄罗斯文艺》2008 年第 1 期。

张德明：《暴风雨：荒岛时空体的文化叙事功能》，《外国文学》2011 年第 4 期。

张永清：《历史进程中的作者（上）——西方作者理论的四种主导范式》，《学术月刊》2015 年第 11 期。

张永清：《历史进程中的作者（下）——西方作者理论的四种主导范式》，《学术月刊》2015 年第 12 期。

赵宪章：《形式美学：中国与西方》，《文史哲》1997 年第 4 期。

周长银：《事件结构的语义和句法研究》，《当代语言学》2010 年第 1 期。

朱国华：《纯粹语言、经验、理念与弥赛亚时间——本雅明哲学的几个主题》2006 年第 5 期。

朱雪峰：《贝克特后期戏剧的时空体诗学》，《外国文学评论》2011 年第 4 期。

朱永生：《框架理论对语境动态研究的启示》，《外语与外语教学》2005 年第 2 期。

庄华萍：《〈凶年纪事〉的叙事形式与"作者时空体"》，《当代外国文学》2011 年第 1 期。

三、英文专著

Bart Keunen, *Time and Imagination*: *Chronotopes in Western Narrative Culture*, Northwestern University Press, 2011.

David Herman, *Story Logic*: *Problems and Possibilities of Narrative*, University of Nebrasha Press, 2002.

Fludernik Monika, *Towards A 'Natural' Narratology*, Routledge, 1996.

Franz Karl Stanzel, *A Theory of Narrative*, Cambridge University Press, 1984.

Gerald Prince, *Narratology*: *The Form and Functioning of Narrative*, Walter de Gruyter, 1982.

Joanna Gavins and Gerard Steen, *Cognitive Poetics in Practice*, *Routledge*, 2003.

Jon Barwise and John Perry, *Situations and Attitudes*, MIT Press, 1983.

LiisaSteinby and TinttiKlapuri, *Bakhtin and his Others*: （*Inter*）*Subjectivity*, *Chronotope*, *Dialogism*, Anthem Press, 2011.

Margaret E. Winters, *Heli Tissari and Kathryn Allan*, *Historical cognitive linguistics*, De Gruyter Mouton, 2010.

Mariana Valverde, *Chronotopes of Law*: *Jurisdiction*, *Scale and Governance*, Routledge, 2015.

Marie-Laure Ryan, *Possible Worlds*, *Artificial Intelligence*, *and Narrative Theory*, Indiana University Press, 1991.

Marisa Bortolussi and Peter Dixon, *Psychonarratology*, Cambridge University Press, 2003.

Mikhail Mikhailovich Bakhtin, *The Dialogic Imagination*, University of Texas Press, 1981.

Nele Bemong, Pieter Borghart and Michel De Dobbeleer, et al. , *Bakhtin's Theory of The Literary Chronotope*: *Reflections*, *Applications*, *Perspectives*, Academia Press, 2010.

PeterBrooks, *Reading for the Plot*: *Design and Intention in Narrative*, Harvard

University Press, 1992.

Raymond Bradley and Norman Swartz, *Possible Worlds*: *An Introduction to Logic and Its Philosophy*, Hackett Publishing Company, 1979.

Richard G. Erskine, *Life Scripts* : *A Transactional Analysis of Unconscious Relational Patterns*, Karnac, 2010.

RogerC. Schank, *Robert P. Abelson*, *Scripts*, *Plans*, *Goals*, *and Understanding*: *An Inquiry into Human Knowledge Structures*, Lawrence Erlbaum Associates, Distributed by the Halsted Press Division of John Wiley and Sons, 1977.

Wayne C. Booth, *The Rhetoric of Fiction*, University Of Chicago Press, 1983.

Winfred P. Lehmann, *A Reader in Nineteenth Century Historical Indo-European Linguistics*, Indiana University Press, 1967.

Wolfgang U. Dressler, *Leitmotifs in Natural Morphology*, John Benjamins Publishing, 1987.

四、英文论文

Ansga Nüning . Towards a Cultural and Historical Narratology: A Study of Diachronic Approaches, Concepts, and Research Projects//Reitz B, Rieuwerts S. Anglistentag 1999 Mainz: Proceedings. Wissenschaftlicher Verlag Trier, 2000.

Brian McHale. Beginning to Think about Narrative in Poetry. Narrative, Vol. 17, No. 1, 2009.

Brian Richardson. Recent Concepts of Narrative and the Narratives of Narrative Theory. Style, Vol. 34, No. 2, 2000.

Dan Shen. Why Contextual and Formal Narratologies Need Each Other. Journal of narrative theory, Vol. 35, No. 2, 2005.

Daniel Punday. Space across Narrative Media: Towards an Archaeology of Narratology. Narrative, Vol. 5, No. 1, 2017.

David Herman. Storytelling and the Sciences of Mind: Cognitive Narratology,

Discursive Psychology, and Narratives in Face-to-Face Interaction. Narrative, Vol. 15, No. 3, 2007.

Monika Fludernik. The Diachronization of Narratology: Dedicated to F. K. Stanzel on His 80th Birthday. Narrative, Vol. 11, No. 3, 2003.

Valerij I. Tiupal. Narratological Bakhtin. The Dostoevsky Journal, Vol. 16, No. 1, 2015.